U0550997

遊隼

自然文學經典，
追隨幻影的詩意凝視

The Peregrine

J·A·貝克（J. A. Baker）著
王心瑩 譯

目次

導讀

馬克·科克／撰文

馬克·科克（Mark Cocker）是作家、博物學家和環保人士，針對大自然和野生生物，在英國各種媒體撰寫文章和錄製節目。獲獎的作品包括《烏鴉原鄉》（*Crow Country*）、《鳥類與人類》（*Birds & People*，與大衛·提普林〔David Tipling〕合著）和《克拉斯頓：來自一個小行星的田野筆記》（*Claxton: Field Notes from a Small Planet*）等書。

J·A·貝克如今獲得廣泛認定，名列二十世紀最重要的英國自然書寫作家。他的第一本書《遊隼》於一九六七年出版，寫盡了遊隼意想不到的力量和令人目眩的膽識，立刻成為眾所公認的傑作。時至今日，許多人都視之為所有自然寫作的黃金標竿，而且從許多角度看來，它甚至超越了這樣的讚譽。以任何一種文類的標準來衡量，都很容易顯現它的偉大之處。

貝克在一九八七年早逝，至今過了三十年，享年只有六十一歲，而自從他的最後一部、也是第二部作品《夏之丘》於一九六九年出版之後，至今也有四十多年了。在這段期間，大多數時候這兩本書在市面皆難尋。然而，若手上有貝克的作品，它們比以往任何時候都更有價值。他的作品與自然和地景文學的復興有非常密切的關係，即所謂的「新興自然寫作」，相關作家包括提姆·迪伊[1]和羅伯特·麥克法倫[2]；事實上，貝克的作品重新獲得重視，麥克法倫扮演了重要角色。貝克的作品在大學作為指定教材受到研讀。當代重要詩人，從凱瑟琳·傑米[3]到曾任英國桂冠詩人的安德魯·莫申，都認可貝克的詩意才情。各界的評論家，從電影製片人大衛·科本到電視節目主持人和野生動物攝影師賽門·金恩，無不推崇貝克對他們的影響。

這一切真是了不起的成就，特別是從貝克個人所處環境的角度來看。他在埃塞克斯郡出生長大，一輩子都住在當時是鄉村小鎮的切爾姆斯福德，主要的住所有兩個地址：芬奇利大街二十號，以及瑪爾堡路二十八號。他的父母，威佛瑞和潘希，或許是所謂的中產階級下層；威佛瑞是「克朗普頓·帕金森」這家工程公司的製圖員。J·A·貝克是家中獨子，在切爾姆斯福德鎮的愛德華六世國王學校接受正規教育，直到一九四三年為止，當時他只有十六歲。他對詩歌和歌劇的熱愛之情持久不變，以他的社會背景來說或許很特別，青少年時期的貝克似乎很少有機會或根本無從接觸其他作家和藝術家。他與文學唯一的關聯，源於柯林斯出版公司最後決定出版《遊隼》和《夏之丘》。

從許多方面來看，這確認了他擁有非凡的才華，他的作家聲譽完全仰賴這兩部刊行後共計三百五十頁的散文作品，儘管內容關注的是極為狹小的地理範圍。它們描述的是埃塞克斯郡一塊約呈長方形的土地，只有五百五十平方公里，包括切爾姆河谷，從切爾姆斯福德鎮的東側邊緣出發一直到馬爾敦鎮，以及切爾姆河和黑水河等數條河流的匯流處。中心地帶橫亙著丹布利山，是埃塞克斯郡的制高點，擁有壯觀的古老林地，由鵝耳櫪和歐洲栗的灌木林所組成。於是貝克筆下的鄉間沿著丹布利山遠側的山坡往下延伸，直到黑水河口的南岸和北岸，最終是北海岸邊的深色泥灘地。如今這片鄉間的大部分地區位於倫敦市的通勤範圍內，距離市中心的車程還不到一小時，但在貝克生活的時代，當地是偏遠的鄉村地區。住在小巴多村這個漂亮村莊的居民回憶，當時大家夜不閉戶，至少直到一九七〇年代都是如此。某個冬日的晨昏之間，透過四通八達的安靜鄉村小路，貝克可以穿梭於這整個地區。他一輩子唯一的交通工具就是腳踏車。他從來不曾學會開車。

像這樣全神貫注於一小塊土地，很容易讓我們聯想到某位歷史作家的生活和作品，像是吉爾伯特・懷特[4]，或許也想到詩人約翰・克萊爾[5]。而同時，對自己的地理探索設下嚴格的限制，讓貝克成為格外重要的現代人物。他在《遊隼》書中寫道：「在還來得及之前，我試著重新捕捉這種鳥類的非凡美麗，傳達牠們生活的這片土地的美好，這片土地對我來說如同非洲一樣豐富又壯麗。」對於第一印象看似普通的景色，他得到如此出色的成果，雕琢出這麼優質的散文，也對我們這個時代發出挑戰。對於如今深切注意減碳議題的社會來說，貝克絕對是優秀的榜樣。他以腳踏車所設下的探索範圍，是未來作家的學習典範。他的書擺脫了「地方性」這個詞所助長的貶義，不會讓人聯想到狹隘和保守。他的「地方性」只是字面上的意思。他讓這些島嶼每一個角落所展現的豐富奧祕顯得光彩奪目。

他的兩本書寫盡了埃塞克斯郡的大地景色和野生動物，在風格和內容方面彼此密切相關。就某些方面來說，這兩本書非常簡單，是描寫作者與自然相遇的作品。它們描寫野生動物，特別是鳥類，都是貝克出門去觀察和聆聽的鳥類。它們都取自貝克踏遍同一片大地堅持不懈的探索。然而，若說《夏之丘》是他在春季到秋季之間對於野生生物見聞的一般描述，那麼《遊隼》的獨特之處，則是密切關注單一物種，地球上飛得最快的鳥類。

在貝克的一生之中，在他居住的埃塞克斯郡，這種耀眼的鳥類只是一種稀有的冬季訪客。更糟的是，在二十世紀的後半葉，這種猛禽的數量經歷了災難性的急劇下降。幸好近幾年來，遊隼族群有恢復的趨勢，數量攀升的程度在英國可能是自十七世紀以來前所未見的。遊隼甚至在埃塞克斯郡恢復繁殖。時至今日，我們還是很難從一九六〇年代席捲歐洲或北美洲的遊隼滅絕危機感完全恢復；要了解這本書和它的影響力，我們就必須提醒自己，這種地球上最成功的猛禽（廣泛分布於每一塊大陸，就這點來說，比遊隼更厲害的也許只有我們人類或赤狐），在一九六〇年代如何受到有機氯化物農藥的嚴重毒害。遊隼原被視為面臨全球性的滅絕危機。

正是這樣的焦慮，激發了貝克內心深處的使命感，促使他在埃塞克斯郡的冬季大地遍尋遊隼。他寫道：「我花了十年的時間追尋遊隼，我深受牠的吸引。牠是我追尋的聖杯。如今牠消失了。」面對這種鳥類即將滅絕的感受，不僅為這本書提供了情感上的理由，也提供了主題上的整體性和強烈的敘述動機。然而，這些元素在《夏之丘》就沒有那麼明顯了，因此，坦白說，《夏之丘》閱讀起來比較辛苦且難以捉摸。《夏之丘》幾乎沒有情節，作者也從來沒有想要說明整體的形式或意圖，就只是讓每個章節鬆散地圍繞不同的棲地展開：山毛櫸樹林，河口，等等之類。如果沒有先讀過《遊隼》，體會到《遊隼》如何為第二本書提供書寫背景，那麼《夏之丘》的讀者可能很容易覺得內容流於漫談，進展緩慢，只是大自然的隨意見聞。事實上，《夏之丘》絕不只如此，書中的每一頁都展現出最高的寫作層次。

然而，《遊隼》的整體結構使很多人認定這部作品比《夏之丘》更好。根據推測，貝克把最豐富的素材融合在一起，傾力進行更深入的編輯鋪排。在比較後來的版本中，書籍簡介提到他重寫了五次。你必然會猜測，他不斷重寫的原因是企圖找到某種手法，把他歷經十個不同冬季對遊隼的追尋過程，融合成一部前後連貫的整體作品。我強調「猜測」這個詞，是因為坦白說，我們並沒有真正了解貝克的寫作方式。不只因為他似乎毀棄了每一次的手稿，他甚至丟棄了很多日常手記。留存下來的日記大約有三分之一，於二〇一〇年首度出版。

對讀者來說，貝克的作品還呈現其他問題，因為就內容本身來說，他非常不願意透露自身的個性或私下的觀點。確實會在一些地方流露出這種特徵，但是，總體來說，如同貝克本人的說法，《遊隼》是他自身經驗的客觀描述，他寫道：「我描述的每一件事，都發生在我的觀察過程中。」作者既安靜又謙虛，書中缺乏自我揭露的任何細節，讓這本書的核心產生些許真空感，很多評論家覺得幾乎要把自己的理論和想法投射進去。有個事實甚至到最近都很少有人察覺到，即貝克的全名：一般大家熟知的J．A．貝克，代表的是約翰．亞歷克．貝克（John Alec Baker）。另一個謎團也是近十年才有了解答，就是在《遊隼》這本書的獻詞背後，顯然有一位充滿耐心又能體諒的女性。「獻給我的妻子」指的是朵琳．葛蕾絲．貝克（娘家姓是「柯伊」），她到二〇〇六年才過世，比她的第一任丈夫多活了四分之一世紀。他們結縭了三十一年。

也許是命運捉弄吧，一位非常低調的人，發現他或她最希望保留的事，或者認為最不重要的事，變成眾人最廣泛猜測的事。由於缺乏不容爭辯的事實，經常有人擅自把虛構或半真半假的事情添加到貝克的故事裡，就像藤壺自己附著到船身上面。有個例子很經典，說他是圖書館員，也許是因為有人猜測，只有愛書人才能寫出這麼富有文學性的作品。事實上，貝克是英國汽車協會切爾姆斯福德分會的經理（就一位從來不曾開車的人來說，這工作也許有點怪），後來則任職「碧域」飲料公司的倉庫經理。

還有一個很具代表性的猜測，說貝克書寫《遊隼》之前診斷出嚴重的疾病，因此內容帶有病弱人士的灰暗尖酸語氣。這種聯想的背後至少有一定的道理。然而，貝克直到寫完《遊隼》都沒有生什麼嚴重的病。他進行野生動物突襲觀察、取得寫作素材的主要十年期間（一九五五到一九六五年），過著相當正常的生活。白天他在英國汽車協會或碧域飲料公司工作。閒暇時間，他騎著腳踏車出門，沿著切爾姆河的岸邊觀察鳥類。然而在這整段時期，他確實飽受越來越嚴重的類風溼性關節炎所苦，到了《夏之丘》出版時，他嚴重行動不便。事實上，正是這種疾病導致他最後英年早逝：造成他過世的癌症，是由治療病況的處方藥物所引發。

到目前為止，外界提出的猜測中，最富有挑戰性、最難以解答的，是宣稱《遊隼》的內容有一部分，或甚至全部都是貝克杜撰出來的。這樣的反應由來已久，特別是具有鳥類知識的讀者。這些疑問可不能輕忽、當成吹毛求疵的懷疑態度，因為鳥類學的科學研究和休閒嗜好似乎與這樣的態度密不可分。所有對《遊隼》有深入理解的讀者，都必須正視這些嚴肅的問題。其一是貝克在切爾姆河谷的內外周遭尋找遊隼，但幾乎沒有其他同儕觀察者設法在那一帶觀察遊隼。在當時，《埃塞克斯郡鳥類情報》的編輯表達了毫不掩飾的懷疑，他們認為貝克看到的遊隼並非來自野外（換言之是養鷹人的鳥）。

還有一個特別引發關切的重點：十年期間，貝克聲稱他找到六百一十九具其他鳥類的遺骸，是由渡冬的遊隼所獵殺。只要是經常在鄉間走動的人都很清楚，能看到任何一種死鳥是多麼稀奇的事。因此，作者聲稱曾經找到那麼多的鳥屍殘骸都是由一隻隻遊隼所吃掉，確實似乎很值得注意。接著貝克也面臨一連串較小的質疑。他怎麼會看到遊隼去吃牽引機和耕耘機翻土過後的蠕蟲，而沒有其他人看過？《遊隼》的瑞典版譯者本身是經驗豐富的鳥類觀察者，他對於貝克聲稱遊隼會定點鼓翼提出質疑，但貝克堅持譯文要使用那個意思是「定點鼓翼」的瑞典字rytla。有一位著名的遊隼專家甚至大膽指出，貝克可能無法區分遊隼和紅隼。

針對這些懷疑和疑慮，有好幾種回應方式。其中最常見的一種說法是，貝克絕對非常迷戀遊隼。他想要搜尋單一的影像，這驅使他深入悠遊埃塞克斯郡的大地景致。他對每一隻鳥的性格做了詳盡的深入觀察，而那麼多年來，他越來越了解遊隼會在何時何地出沒。因此，他很有可能經常在別人看不到的地方看到遊隼，也會找到遊隼獵物的遺骸，因為他能精準掌握那些遊隼喜歡流連的地方。

另一個重點在於，如果你觀察那些遊隼的時間夠久，牠們會有一些反應是其他人平常看不到的，甚至是沒有其他人看過的，像是吃蠕蟲。近期的研究也揭露一些過去很少發現的行為，即遊隼在光線昏暗的時候進行狩獵（附帶一提，貝克便指出遊隼在日落之後相當活躍）。近來的這些遊隼夜行性觀察結果，顯然沒有人會只因為沒有先例就質疑那是不正確的；至少會覺得質疑不易成立，畢竟曾有影片拍到這種鳥類的單獨個體停棲在德比座堂上面，正在吃一隻活的山鷸，影片可以在YouTube上看到。為何貝克就應該比較不值得信任？遊隼，即使已被深入研究，仍是一種神祕的鳥類。這無疑是所有野外研究的魅力所在。

關於貝克為何引發這些質疑，還有第二種解釋可以回答一部分猜疑，這與他在《遊隼》書裡公開聲明的方法有關。整本書的架構是一個冬季的日記敘述，但作者清楚表示，這種形式只是為了把他十年來的經驗濃縮成一個完整的敘事。閱讀這本書，如果把它當作一系列逐一記錄的真實日記條目，就無從體會「一部筆記字面上的真實性」與「貝克所要表達的文學上的真實性」之間的差異。事實上，如果貝克這兩本書的讀者執著於特定的錯誤設定，就會面對更深層的問題。貝克不只對兩本書的時間架構進行精簡壓縮和調整改動，甚至移除了地名，也沒有提及可茲辨識的地形特徵。在《遊隼》中，他寫到「涉水灘」，或者「北樹林」或「南樹林」，但完全沒有更明確的線索，因此讀者無法輕易認定那段內容發生在哪個真實的時刻或地點。

對貝克的書迷來說，這種創作手法引發了一種風潮，他們針對那些原則上沒有確切指名的描述，嘗試解答出背後真實的地形地貌。有些地標剛好是可以辨認的。《遊隼》於十月二十四日提及一座「六十公尺高的煙囪」，有遊隼停棲在該處，幾乎可確定那是一座古老的磚造高塔，如今已遭拆毀，以前那裡有個蒸氣幫浦連接到俾利教區的水廠，就在馬爾敦鎮的西方。一月二十五日，他看到一隻「鷦鷯爬上木造教堂塔樓的斜屋頂」。這可能是在烏爾廷村，當地的切爾姆河畔有一座漂亮的小教堂，是埃塞克斯郡很有名的木造尖塔教堂。而最重要的地理特徵，也許是可以指認一些特定的「涉水灘」，他有很多觀察都來自那樣的地方，遊隼也經常去那裡沐浴。最有可能的候選地點是山登溪流過哈洛斯路的地方，就在小巴多村的西邊。

若想大致了解貝克的真實時間架構，也可以從行文之中的證據來破解。推論出來的一些細節，有助於我們把內容落實到真實的日曆裡，包括他針對單一冬季觀察成果所描述的極端天氣。無庸置疑的是，一九六二到一九六三年是個非比尋常的冬季，嚴寒季節的雪量是一百五十年以來最多的，地面有厚厚的積雪長達好幾個月。根據紀錄，那是英格蘭南部自從一七四〇年以來最寒冷的時期，漫長的海岸線結成厚實的冰層，海面還開始出現浮冰。貝克描述埃塞克斯郡的大地受到大雪圍困，從十二月二十七日一直延續到三月的第一週，非常符合上述那段時期的氣象模式。

這些細節固然可為這本書的時間和地點提供大略的範本，但貝克一點都不打算受其束縛。事實上，他處理素材時選擇這樣的自由度，使得有些人認為幾乎可以把《遊隼》當成小說來閱讀。更確定的是，我們可以看得出來，這種寫作手法不只創造出多元的意義層次，讓那些比較注重字面意義的讀者感到困惑；同時，這也賦予作品一種令人驚豔的普世性。即使並非完全不受時間影響，這本書顯然能與讀者與時俱進，每一代的新讀者都能像過去一樣，在文本裡面尋找到感受和意義。同樣的，貝克不願把鳥類束縛於某個可茲辨認的地點，他讓書中的遊隼變得幾乎像真實的物種一樣，活動範圍非常廣泛。他所探索的壯麗景致幾乎可以是任何一處景致。讀者得以讓想像力自由馳騁，把貝克家鄉的「涉水灘」或「北樹林」，轉換成瑞典的斯堪尼省、美國的加州或加拿大的魁北克省，或甚至澳洲的昆士蘭州。藉由把脈絡去除到這種程度，貝克留給我們的是一個神話般的探索故事，探索一種神話般的鳥類，這種鳥類神奇地無拘無束，同時卻也無比真實。

認為貝克的作品有騙局或詐欺的跡象，最深的諷刺不只在於這些質疑與他的計畫無關。事實上，他寫的幾乎每一個句子都親自回應那些指控。關於他與鳥類、自然和風景相遇的真實性，他的整部作品充滿了近乎法醫般的關注，無論是英國作家乃至全世界的英語作家都很少有人能與之匹敵。舉例來說，他仔細觀察一隻縱紋腹小鴞那雙銳利的檸檬黃眼睛時，注意到「黑色瞳孔與鮮豔黃色虹膜的寬度幾乎是一樣的」。他找到一隻剛剛遭到獵殺的鷓鴣遺體，注意到「紅隼爪子緊緊抓住的印痕，依然顯現於牠柔軟的灰色毛皮上」。

從很多方面看來，在《夏之丘》書中，他對真實性的關注甚至更加豐富明確。書中那種沒有結構的形式，似乎是要強調作者如何去蕪存菁，以便達到一個目標：一位自然作家可以把自己觀察和體驗到的事物用文字記錄成什麼樣子？他對這項志業懷著這樣的忠誠之心，代價是犧牲其他所有的一切，而這或許能解釋《夏之丘》為何幾乎已為人所遺忘。然而同時，正是他像這樣毫不妥協地追求一種真實的語言，才能達成作品中看似古怪但無可否認的神奇力量。

在《遊隼》書中，他寫道：「最難觀察的事物，就是真實存在的事物。」概括來說，這正是貫穿他所有作品的哲學。值得注意的是，貝克從未參照其他作家來確認他自己的觀察、想法或感受。沒有中間的媒介。相反的，他深深鑽入當下那一刻，然後帶著一篇散文回到表面，創造力令人驚嘆，不過同樣具備了清楚和準確。有時候，他就是找到十分簡樸真誠的方法，把最微妙的變化記錄下來，非常引人入勝。在《遊隼》書中，他在四月二日寫道：「春天傍晚；空氣溫暖，不甚劇烈。」三月二十七日，他看到一隻「身懷重病的吃草兔子」；同一天，他用「平靜」來描述陽光。整個句子是這樣說的：「平靜的陽光照亮了逐漸退去的潮水。」

這個句子很能代表貝克樂於操弄文字的功能。於是，傳統上的不及物動詞，被他用來接上受詞：牠們閃耀著微弱的金光（shone frail gold）。他把名詞變成動詞用：椋鳥……猛烈地騰空（sky up）；每一根細枝似乎都向內分布成脈（vein inwards）。他也把形容詞當名詞用：在一片陰冷雲層（a bleak of cloud）透出幾縷陽光，然後來個大轉身，把動詞當名詞用：白色的沸騰（a seethe of white）。有時候，簡單的詞語並置就創造出驚人的能量。有個典型的例子是「骨灰色的天空有骨白色的海鷗」，或者在《夏之丘》這樣描述一隻褐頭山雀帶著鼻音用力擠出的柔弱叫聲：「一種細小吝嗇的聲音。」最後，有些嶄新的詞彙幾乎只有莎士比亞才敢用。最有名的也許是貝克的這個句子：「我飛快穿越萊斯特郡的俐落綠光。」

有時候，吸引人的不是文字，而是句子的結構本身非常有創意。有個經典的例子是他找到一種手法，用來表達水鳥群在潮間帶泥灘地所創造的迷人印象，以及牠們的隨意、雜亂與無形。

灰斑鴴發出微弱、持續的悲鳴。翻石鷸和黑腹濱鷸騰空飛起。二十隻青足鷸鳴叫、飛高；灰白羽色很像海鷗，也像天空。斑尾鷸與大杓鷸並肩飛行，還有紅腹濱鷸，還有灰斑鴴；很少落單；很少落地；帶著鼻音怪聲怪叫；長鼻子、叫聲亮的海洋樂天派；牠們的鳴叫像是噴鼻息、打噴嚏、喵喵鳴、噴沫吠叫。牠們往上彎的細長嘴喙轉來轉去，牠們的頭轉來轉去，牠們的肩膀和全身轉來轉去，牠們的翅膀扭動搖擺。牠們在洶湧水域上方炫耀自己的花式飛行技巧。

正如這段文字所示，貝克一點都不擔心寫得簡潔、重複，或陳述顯而易見的事。我在《遊隼》中最愛的句子之一是：「什麼事都沒發生。」在《夏之丘》，他把這種百無聊賴改成：「現在什麼事都沒發生。」對於觀察野生動物這項志業所需的十足耐心，沒有一位自然作家比他更坦白，或者更熱愛專注於此。他的寫作在許多方面都與野生動物電視節目站在對立面，電視節目總是直接切入正題。貝克則是放空和沒有行動的大師。

一隻雌遊隼從遠處鹽沼地的桿子上看著我，她坐在那裡縮成一團，在陰暗的雨中顯得孤僻陰沉。她不太飛起，已經吃飽，無事可做。隨後，她飛向內陸而去。

在漫長的野生動物踏查期間，貝克固然會傳達自己在情緒上體驗到的無聊或無感，但讀來絕不會單調乏味。事實上，如果真有人批評，那也是起因於行文之中少有喘息。文字全都高度精煉，高度濃縮。事實上，讀者幾乎每讀一個句子都要接受挑戰。到了這種程度，有時候很容易把他的散文當成詩。有時覺得一次讀個一、兩頁就夠了。確實沒錯，你會驚訝於他的作品這麼容易用詩的結構來傳達：

春日暮色；
蝙蝠振翅的咯吱聲
迴盪於冷硬河流上方，
像狐猴瞪大眼睛的貓頭鷹
叫得像大杓鷸。

或者這一段：

葉子落盡的樹木有種鍛鐵般的荒涼，

沿著河谷天際線鮮明挺立。
冷冽北風，宛如一塊冰晶，
變幻又澄清。
泥濘耕地深黑如麥芽，
收割的殘莖冒出草鬚
而且浸潤於水中。
強風吹走了僅剩的葉子。
秋季倒下。冬季挺立。

如果要指出貝克身為作家最特別的天賦，那麼我會分別提出兩個特質。其一是能夠以家禽家畜和人體功能作為參照的對象，傳達出野生動物的差異性。他所冒的風險是遭指為擬人化，在這方面他幾乎從未落人口實。聽起來有點矛盾，但他就是能透過巧妙的比喻，讓動植物立刻容易理解，卻沒有減損它們與人類不同的獨有特性。以下是一個延伸的範例：

在海邊的礫石上，有一隻死去的鼠海豚隆起成一團，沉重得像一袋水泥。光滑的皮膚帶有粉紅和灰色斑點；舌頭是黑色的，硬得像石頭。牠的嘴巴大大張開，很像鞋底綴有釘子的舊靴子裂開了。牙齒看起來像陰森的古董睡衣袋的拉鍊。

更完美的例子，也許是他描述金斑鴴的夏羽：

牠們胸前的黑色羽毛在陽光下閃閃發亮，位於芥末黃色背部的下方，很像黑色鞋子有一半覆蓋著毛茛的黃色花粉。

他這番成就的核心還有另一種能力，雖然不是完全精確，總之我稱為「共感」：這種能力可以將來自某一感官的資訊，轉化為彷彿由另一種感官所接收和表達的體驗。舉例來說，他闡述聲音時，那些聲音就好像看得見或彷彿可以嘗到。在《遊隼》書中，他寫到夜鷹在微光之中的唧唧鳴叫：

牠的歌聲宛如一道流動醇酒的潺潺聲，由高處嘩嘩傾瀉而下，落入酒桶發出深邃轟鳴。那是一種芳香的聲音，帶著香氣飄向安靜的天空。在白天的耀眼光線中，歌聲似乎會比較細薄又乾澀，但暮色使之圓潤芳醇，越陳越香。假如歌聲可以聞得到，這種歌聲會是壓碎的葡萄、杏仁與幽暗樹林的氣息。聲音傾瀉而出，絲毫沒有消失。

這種共感的能力，很少用如此清晰明白的形式表達出來。比較常見的是，他把比較廣泛的感受融合成比較微小而巧妙的示意，並用單獨一個字詞來含括。以下四個句子取自《夏之丘》：

一隻柳鶯的純淨綠色之歌從一棵落葉松傳來。

一隻紅冠水雞的叫聲從池塘的氣味傳遞而來。

一隻夜鷹唧唧鳴唱，似乎讓寂靜的平滑表面起了漣漪。

在丘陵地的長條河谷裡，歐石鴴的鳴叫聲聲高亢，像是從白堊地層釋放出來的化石聲音。

後兩則引述文字特別重要，與先前已引述的句子「萊斯特郡的俐落綠光」一樣，明確展現出同樣的敏銳善感。請注意如何將光線體會成「俐落」。這三個例子凸顯出我所說的「共感」，其實還不足以涵蓋貝克天賦英才的所有面向。

因為我的意思是，除了那個字詞的標準定義，還包括他把那些無形、無實體的事物轉化為具體存在的能力。他讓看不見的事物變得可感、具象。他的散文為光線、空間、時間、重力和運動物理學的蒼白骨頭賦予血肉。就像是他遇見的空氣，是我們透過化學知識所知的物質元素，例如氧、氮等等；是這樣沒錯，但我們就算遇見，也很少真的好好去體驗。那是一種藝術，幾乎像是在生態方面有所適應，演化成能夠捕捉地球上飛得最快的鳥類。貝克和遊隼是完美的結合。而這種特殊的天賦在貝克的作品中隨處可見。以下是他如何看待一群歐金翅雀：

鳥群不時飛到樹上，振翅發出乾燥的沙沙聲，然後又靜靜飄飛而下，穿越塵土飛揚的光影格柵。金黃陽光閃爍搖曳，伴著細雨一般的鳥影。

在《遊隼》中，這種將天空想像成具體事物的能力，產生了一整串的隱喻，例如，用海洋生物的詞彙來描述天空與其居民。因此貝克抬頭仰觀之時，似乎像是低頭探看海洋深處。最美的是，到了這本書的末尾，他想像著遊隼：「很像綠色大海裡的海豚，很像四濺水花裡的水獺，牠投身於深邃的天空潟湖，上達卷雲的高空白色雲帆。」

在其他地方，貝克也沉思著一隻海豹在海中活動的流動性和顯而易見的快樂。於是如此側想：

真是美好的生活，一隻海豹，在這裡的淺水海域。如同很多空中和水中生物的生活，牠的生活似乎比我們的更美好。我們缺乏一個完全適合、自然歸屬的環境。我們一旦崩壞，沒有什麼能夠支持我們。

在這裡，貝克對整個自然寫作文類展現非凡的啟示。閱讀這段文字，你會想到一些特定的生物（以及對牠們最忠誠的作家／愛好者），曾經深刻喚起現代英國人的想像力：水獺（亨利・威廉森[6]、噶文・馬克士威[7]）、鯨豚類（希思科特・威廉斯[8]，與整個「新時代運動」）對鯨豚的迷戀），以及鳥類，特別是猛禽（威廉・亨利・哈德森[9]、特倫斯・韓伯瑞・懷特[10]，以及貝克）。如果我們不能像這些美妙的動物一樣穿梭於各種自然環境之間，那麼人類至少可以想像水獺或遊隼的生活。但就我所知，沒有一位作家能像約翰・亞歷克・貝克一樣，帶領我們深入另一種生物的生活，讓我們體會到精妙掌控自然環境究竟是什麼樣的感覺。

——寫於二〇一〇年三月

---

1 提姆・迪伊（Tim Dee）是英國廣播節目製作人和作家，著名作品《流動的天空》（*The Running Sky*）書寫他的觀鳥生活。

2 羅伯特・麥克法倫（Robert MacFarlane）是英國當代最重要的自然作家和學者，著名作品有《心向群山》（*Mountains of the Mind*）、《野性之境》（*The Wild Places*）等。請參閱本書〈後記〉。

3 凱瑟琳・傑米（Kathleen Jamie）是著名蘇格蘭詩人。

4 吉爾伯特・懷特（Gilbert White）是十八世紀英國著名的博物學家，一七八九年出版了與家鄉有關的自然史名著《塞耳彭自然史與民俗紀事》（*Natural History and Antiquities of Selborne*）。

5約翰．克萊爾（John Clare）是十九世紀英國詩人，執著以原鄉為創作題材與背景，有偉大的工人階級詩人之稱。

6亨利．威廉森（Henry Williamson, 1895~1977）是英國作家，書寫自然生物、英國歷史和一次世界大戰。小說《水獺塔卡》（*Tarka the Otter*）獲頒一九二八年的豪森登文學獎（Hawthornden Prize）。

7噶文．馬克士威（Gavin Maxwell, 1914~1969）是英國博物學家和作家，最著名的是研究水獺成果與作品。

8希思科特．威廉斯（Heathcote Williams, 1941~2017）是英國詩人、演員，著名長篇詩作包括《迷戀海豚》（*Falling for a Dolphin*）和《鯨魚國度》（*Whale Nation*）。

9威廉．亨利．哈德森（William Henry Hudson, 1841~1922）是阿根廷作家，一八七四年移居英國，對鳥類做了大量研究，許多作品是關於鳥類和英國鄉村生活。

10特倫斯．韓伯瑞．懷特（Terence Hanbury White, 1906~1964）是英國作家，最著名的作品是描述亞瑟王傳說的《永恆之王》（*The Once and Future King*）四部曲，其中的《石中劍》曾改編為迪士尼動畫電影。他的馴鷹紀錄《蒼鷹》（*Goshawk*）亦是名著。

關於作者

約翰·范沙維／撰文

約翰·范沙維（John Fanshawe）是作家和環境保護人士，住在康瓦爾郡北部，曾在英國和東非致力於鳥類和生物多樣性保育工作，主要是協助國際鳥盟（BirdLife），以及劍橋保育計畫（Cambridge Conservation Initiative）。

英國企鵝出版公司於一九七〇年出版貝克的《遊隼》平裝版，由布萊恩・普萊斯—湯瑪斯設計了非常突出的黑白封面；當時作者簡介透露的資料很少：

約翰・A・貝克年約四十，與妻子住在埃塞克斯郡。他沒有電話，也很少出門參與社交活動。自從十七歲離開學校後，他曾經從事十五種各式各樣的工作，包括砍樹、在大英博物館推運書車等，沒有一件工作做得成功。一九六五年，他放棄工作，依靠存款生活，將所有時間奉獻給過去十年來他最著迷的事物：遊隼。他反覆記述這種鳥類，重寫了五次之多，然後投稿尋求出版機會。即使他未經鳥類學的訓練，以前也從未寫過書，等到《遊隼》於一九六七年出版時，他這部抒情的散文作品獲得熱烈的評論和讚譽。那年稍後，他獲頒著名的達夫・庫珀獎。他也獲得相當豐厚的英國藝術委員會獎助金。他的第二本書，《夏之丘》，於一九六九年出版，同樣獲得書評界的普遍讚譽。

《遊隼》於一九六七年初次出版，直到二〇一〇年春天，柯林斯出版公司結合他的其他作品，即《夏之丘》和編輯過的日記，以單冊的形式重新出版為止，在這兩次出版之間，貝克依舊是個謎。一九八四年，企鵝出版公司重新發行《遊隼》，收錄於「國家圖書館」系列，由插畫家莉茲・巴特勒繪製新封面，但作者簡介大都維持同樣的內容。再過二十年後，二〇〇四年，《遊隼》放在《紐約書評》經典系列再次現身，搭配作家羅伯特・麥克法倫的精采導讀，他認為這本書「毫無疑問，是二十世紀非小說類的傑作」。然而《紐約書評》經典系列的編輯未能披露貝克的更多資料，麥克法倫形容他的作風「非常強烈，彷彿中邪，將觀鳥行為變成一種神聖的儀式」。他們只總結說：「貝克的第二本書（即《夏之丘》）是他的最後一本著作，而他的餘生似乎一直擔任圖書館員。」他們坦白表示：「包括他過世的確切年分在內，對於這位異常低調的人士，其他方面所知有限。」

幸運擁有《遊隼》早期版本的人非常珍惜手中的書。作家提姆・迪伊在他的著作《流動的天空》寫道：「在我小時候，我心目中的遊隼是由貝克的《遊隼》這本書建立起來的。我十一歲的時候讀了這本書，它潛藏到我的腦中，留在那裡，然後我像得了強迫症一樣反覆閱讀。」

貝克這部謎樣的作品，究竟有什麼因素擄獲了後代，像是麥克法倫和迪伊這些作家的想像力？當時是瑞秋・卡森的《寂靜的春天》出版之後幾年，而如同貝克在他自己的前言提出的論點：「剩下的遊隼很少，以後還會更少，牠們可能不會存續下來。很多遊隼仰臥而死，爪子朝向天空瘋狂抓握，那是最後的抽搐，遭到暗中受農藥汙染的花粉所害，衰弱消亡。在還來得及之前，我試著重新捕捉這種鳥類的非凡美麗，傳達牠們生活的這片土地的美好，這片土地對我來說如同非洲一樣豐富又壯麗。這是個垂死的世界，像火星一樣，但依然發光發熱。」

毫無疑問，貝克若知遊隼的數量已經恢復得這麼成功，一定會感到驚奇又開心，如今遊隼回到很多傳統的棲地，同時在英國各地城鎮繁衍後代，包括倫敦，特別是築巢在英國國會大廈和泰德美術館那兩對著名的遊隼。近年的這種恢復狀況，肯定是貝克一輩子或成長於一九六〇年代的作家完全想像不到的。提姆．迪伊寫道，他「成長過程中認為遊隼病懨懨的」。「優秀的獵手，荒野之神祇，站在國王戴了手套的拳頭上的遊隼，變得像渾身抽搐的籠中蛋雞一樣無助，會打破自己產下的蛋。」

在十九世紀，遊隼曾面臨各種困境；特別是獵場看守人和鴿子飼主的迫害，連撿蛋的人也來掠奪。雖然到了一九三〇年代，遊隼的數量一度趨於穩定，但在第二次世界大戰爆發時，空軍部授權大規模撲殺遊隼以保護信鴿，數百隻遊隼因此被消滅。到了一九五〇年代，遊隼的數量已開始恢復，但接著又有一波新的災難性減少。到了貝克發出悲嘆時，有機氯化物殺蟲劑的化學浩劫不但殺死成鳥，也讓牠們的蛋殼變薄而容易破裂。這個故事現已廣為人知，已故的德瑞克．雷克里夫[1]也在他書寫遊隼的史詩級著作中提過，但貝克行走於埃塞克斯郡鄉間時，在當時新興的保育社群心目中，持續使用的殺蟲劑仍是重要問題，是貝克所熱愛、生活在陸地和海濱、在他所有作品裡名聲響亮的那些鳥類的一大威脅。遊隼是一種圖騰，代表著不斷受難的荒野。

二〇〇九年，我和馬克．科克籌備新版《遊隼》、《夏之丘》和編輯過的日記時，對貝克的興趣日益濃厚，於是對他的人生發掘出多一點的蛛絲馬跡。因此在馬克為這本書撰寫的導讀裡，以及我自己對日記所寫的導讀裡，我們概略描述了新曝光的資料；當時製片人大衛．科本拜訪貝克的遺孀朵琳（如今已過世），獲得了他的日記。這件事開啟了一段過程，已揭示了關於作者生活與創作影響的線索，希望未來能夠繼續發掘。過程中最重要的是與貝克的同學見面，並找到一小疊信件。後續已在埃塞克斯大學建立這些文件的檔案庫。

約翰．亞歷克．貝克，是威佛瑞和潘希．貝克的獨生子，出生於一九二六年八月六日。威佛瑞在克朗普頓．帕金森工程公司擔任製圖員，而我們相信，威佛瑞撥出時間擔任自治鎮的政務委員，後來成為切爾姆斯福德的鎮長。這家人住在芬奇利路二十號，而貝克在一九三二到一九三六年間就讀附近的三一路小學。

最早顯露出貝克是聰明孩子的跡象，是就讀愛德華六世國王文法學校時，他在一次兒童展覽比賽獲勝。他在那裡初期的生活細節還不是很清楚，但這段時期的三位好朋友——愛德華．丹尼斯（後來擔任貝克的伴郎）、約翰．特瑪（後來擔任埃塞克斯座堂的牧師）和唐恩．山謬（後來成為英文教師）——為貝克後來的學校生活提供更多線索。由此顯示在一九四二年，他完成「普通教育文憑」後，又在學校多留一年。那是戰爭期間，因此學校經常停課，當時只剩另外四位男學生來上課。貝克加入他們的行列，雖然不是為了要拿到「高等中學文憑」，他還是很開心有一年的輔導閱讀課，受教於一位很有魅力的英文教師，柏頓牧師。

多讀這一年書顯然並不尋常，我們不清楚貝克究竟為何獲准就讀，不過根據特瑪的回憶，貝克經常因為生病而未到校，包括罹患腺熱[2]，以及關節炎的早期發作，這個疾病到後來令他走路跛行。可能是愛德華六世國王文法學校的職員感到同情，覺得貝克理應多上一點課。

也有其他點點滴滴的資料浮現出來。綽號是很常見的，貝克的綽號是「麵團」。這當然是玩他名字的文字遊戲[3]，不過他的身材健壯結實，似乎不是你會想要找碴的人。儘管身體不好，但為了改善近視，貝克確實打板球。學校刊物有一篇報導，描述他是「不穩定的投球手，主要問題是不能維持投球距離。他缺乏自信，但顯然大有前途」。此外，朋友們全都記得他熱中於反體制，而且相當執著。沒有人記得他在學校對鳥類感興趣，這符合貝克的自白：「我對鳥類的熱愛之情來得很晚。」

有足夠的聰明才智，獲准繼續升上大學預科，經常身體不適，對閱讀很有熱情，又有點叛逆。貝克的朋友們都對他懷有溫暖的回憶。到了快要從文法學校畢業時，約翰．特瑪還記得，大學預科的老師說貝克「喜歡某些一般的閱讀，但沒有盡力發揮」。唐恩．山謬甚至形容他很有才華，雖然非常懶，不過注意到他很熱中於閱讀，直接用山謬的話來說：「整個人沉浸在書裡。」他也回想起貝克熱愛狄更斯，喜歡在大學預科的圖書館裡曲起膝蓋，輕鬆閱讀狄更斯的小說。

一九四三年，他的同學都離開學校入伍從軍，貝克因為近視而躲過這樣的命運。看來有可能是在這個時期，就像最初的作者簡介所說的，貝克從事最早期那些不成功的「十五種各式各樣的工作」。相關資料很少，不過山謬說，貝克喜歡在戶外工作，那對他的健康是最好的環境，也回想起他在丹布利山周圍的果園採收蘋果，那裡位於切爾姆斯福德鎮的東邊。

三位朋友全都記得，他們在海外從軍時，貝克熱中於通信，寄給他們的信裡經常寫滿新聞，以及他寫作的雛形，包括早期的詩作。唐恩．山謬很有先見之明，保留了一些信件，這些信件主要寫於一九四四到一九四六年之間，為貝克的生涯發展提供全新的線索。這些信件也確認了貝克真的曾經任職於大英博物館的後臺工作（雖然只工作短短三個月就離職）。大多數信件書寫的地方是切爾姆斯福德鎮他父母的家裡，但也有些信是在威爾斯北部、康瓦爾郡和牛津郡所寫，為《遊隼》和《夏之丘》書裡出現的地景和海景提供了第一手資料。舉例來說，一九四六年八月，他寫信給山謬：「星期一，我從帕丁頓搭火車到斯托昂澤沃爾德，開始打聽農田方面的工作。我到的時間有點早，還沒收割，不過我堅持留下，也得到地主一些隨口的承諾。」

嚴格說來，這些信呈現的是貝克決定寫下的內容。一九四六年四月二十五日在切爾姆斯福德寫的一封信中，貝克表示：「我得坦白說，我偶爾對自己身為詩人的能力感到絕望，完全是因為我很少有機會得到別人的意見。不過我呢，很有信心最後會成功，就像你（唐恩）說的，那非常重要。」而在五月五日他寫的下一封信：「我今天早上在《觀察家報》偶然看到一段摘錄文字，是在一篇書評裡，來源的那首詩出自一位超現代詩人之手，狄蘭．湯瑪斯。湯瑪斯是非常有獨創性的作家，我非常喜歡他的一些詩。」他繼續描述自己談論的那首詩，〈蕨山〉：「我們童年快樂暑假時光的縮影；對樹林和河流和山丘的熱愛。」

這些信件所呈現的年輕人模樣，很符合他的同學回憶中的男孩。確實，在留存下來的第一封信中，寫於威爾斯北部的蘭迪德諾鎮，一九四四年八月，貝克寫道：「我的假期有一本書陪伴我，也是唯一一本我隨時隨地帶在身邊的書；是的，你猜到了，《匹克威克外傳》，我再一次驚嘆於偉大的狄更斯對藝術的掌握。」

一年後，貝克以長篇大論闡述他對另一位作家的敬佩，是愛爾蘭劇作家約翰・米林頓・辛格。辛格以《西方世界的花花公子》成名，這部作品的靈感來自他於一八九八到一九〇一年間造訪地處偏遠的阿倫群島，位於哥爾威灣的西方，在那裡敞開心胸汲取大西洋的養分。辛格的《阿倫群島》筆記於一九〇七年出版。如同貝克的說明，這些作品「對人和他們的生活方式做了忠實且生動的描述」。貝克認為「是阿倫群島，孕育了他（辛格）那種充滿韻律感的美好語法」，而那一切「對我來說，它們（群島）會是我神遊各國的一個朝聖地點」。這一切也許對貝克產生影響，建立了敏銳而生動的創作風格，也對荒野產生持久的興趣，暗暗想要獨自探索自己的家園。

在同一封信的最後一頁，貝克對於埃塞克斯郡大地景色的熱愛之情已經非常明確，早在追尋遊隼之前，他就開始練習寫一些後來出現在作品中的描述：

> 最喜愛的鄉間景色位於大巴多村和西漢寧菲爾德村之間。波浪起伏的綠色原野，高低不平

的耕犁土地，甘美多汁的果園，松樹林叢，一排排優雅莊重的榆樹——這些全部結合成優美平衡的景致，永遠不可能變成沉悶乏味的景象。一個人不能遠離人群，遠離那些聚集於蜿蜒小巷內的質樸鄉村小屋。然而這些彼此非常靠近的住宅，似乎給人一種疏離的印象。

你步行越過這些田野，在夏季尾聲的傍晚，兀自佇立的丹布利山充滿翠綠和霧藍。不斷變化——有時候呈現出真正的大山壯麗，令人目眩神迷，帶來欣喜與信念。

夏季的最後這些時日，是綠色和金色的精巧詩句——雲層舒展開來，顯得無比壯麗，其間的推移與消逝令我感動落淚。

這處鄉間有著小巧田野和潺潺溪流，沐浴在逐漸消逝的夏日金光之中，等到你下次回來依然存在——鄉間之美，給你和所有人同享。

除了這些信件，最近披露的另一件事，讓我們對貝克的個人藏書有更深入的了解。由於大衛．科本有興趣為《遊隼》拍攝一部影片，貝克的舅子，柏納．柯伊，在朵琳．貝克的家裡對書架拍了一系列照片。由於拍攝時間距離貝克過世已經二十年，有些書可能已遺失，但由書背看來，書名有關於鳥類和大自然、地理學、地質學、旅行、空拍攝影、地圖集、食譜、板球、歌劇，以及當然，很多文學方面的書籍，散文和詩集都有。詩集的收藏包括華茲華斯、濟慈、拜倫、雪萊、丁尼生、哈代、艾略特、傑拉德．曼利．霍普金斯、愛德華．托馬斯、狄蘭．湯瑪斯、羅伊・坎貝爾、理查・墨菲、聶魯達、西默斯・希尼、查爾斯・考斯利和泰德・休斯。

二〇〇九年五月，作家亞當・福爾茲在英國《獨立報》發表《遊隼》的書評，認為貝克的寫作最近似詩人泰德・休斯：「隨處都可感受到活生生世界的嚴酷生命力。」二〇〇五年，環境學家肯恩・沃波爾寫道，貝克「真要說的話……他對動物世界有比較強烈的認同」。貝克有好幾本休斯的詩集，包括《烏鴉》、《牧神記》、《沃德沃》、《摩爾敦日記》、《季節之歌》，以及一九七九年休斯與攝影師菲伊・古德溫合作的《埃爾梅特遺跡》。

貝克介紹《遊隼》時，在「開端」這個篇章裡，他談到這部作品坦白說就是關於殺戮。

我會嘗試把殺戮的血腥表達清楚。站在鷹隼那邊的人太常對這點避而不談。吃肉的人絕對沒有比較優越。要移情於死去的生命是很容易的。「掠食者」這個詞因為使用不當而造成意義不明確。其實所有鳥類在生命中的某段期間都吃活生生的肉類。不妨想想目光冷靜的歌鶇吧，在草地上輕快移動的食肉鳥類、蟲子刺客，攻擊蝸牛致死。我們不該對牠的優美鳴唱表現得多愁善感，渾然忘卻要維持那般鳴唱所需的殺戮行為。

不妨也想想休斯的詩作〈歌鶇〉，出自詩選《牧神記》，一九六〇年出版，當時貝克正準備要寫《遊隼》：

可怕的是草地上那些全神貫注且羽色光亮的歌鶇，
比起生物更像盤緊的鋼鐵——一隻泰然自若
漆黑致命的眼睛，那雙纖細敏銳的雙腳
受到觸發而活躍，超越感官——一次驚起，一個蹦跳，一陣戳刺
技壓某種扭動之物的迅捷與掙脫。
沒有懶散的耽擱也無呵欠的瞪眼。
沒有嘆息或搔頭。唯有蹦跳和戳刺
以及狼吞虎嚥的一瞬。

而在《遊隼》中，十二月二十日，貝克寫道：「歌鶇蹦蹦跳跳，對著露出地面的蠕蟲戳戳刺刺。歌鶇有種非常冷靜的特質，在花毯般的草地上不斷聆聽並戳刺，專注的眼睛看不見牠戳刺的目標。」

貝克在一九四六年寫完給唐恩．山謬的信，我們進入另一段沒有音訊的時期，不過看來在一九五〇年，貝克決定去受訓成為教師。他當時二十三歲，而四年後的一九五四年四月四日，他曾在自己的觀鳥日記裡提到學院，不過只是一隻旋木雀的觀察背景：「鼠灰色的小型鳥類，叫聲

尖銳。第一次目擊是一九五〇年從學院圖書館的窗戶看到，牠忙得團團轉。」貝克的同學不記得他就讀的師範學院的名稱，但所有人都記得結果並不成功。他顯然不喜歡教學實習，也不喜歡與小孩子相處。

在那之後不久，貝克進入英國汽車協會。他的朋友暗中促成，讓他得到這份工作。約翰・特瑪的父親是地區經理，而唐恩・山謬已經在協會的切爾姆斯福德辦公室工作。兩人都同意，這份工作讓貝克有機會安頓下來，達到某種穩定生活。

大約這個時候，貝克遇見十六歲的朵琳・柯伊，墜入愛河。愛德華・丹尼斯還記得他們相遇的經過，當時貝克發現她錯過一輛晚班公車而不知所措，於是讓她坐在腳踏車的橫桿上載她一程。朵琳的父親不准她在二十一歲之前與貝克結婚，於是她等待，守在他身邊，兩人於一九五六年十月六日結為連理。貝克三十歲了，朵琳二十一歲又一個月；總算到了這一天。

到了那時，他經常觀察鳥類，騎著腳踏車穿梭於切爾姆斯福德地區。日記從一九五四年三月二十一日開始寫，現存最後的頁面則是一九六三年五月二十二日。總計有六百六十七頁，全都手寫在學校的線裝小作業本裡。朵琳對大衛・科本說，貝克的習慣是每天傍晚回到書房休息，寫下他的日記。雖然沒有證據顯示他在野外寫筆記，但很難讓人相信他完全沒有做紀錄，

眾所周知，由於類風溼性關節炎的關係，貝克走起路來漸漸會跛腳，到了一九七〇年代初期，他嚴重不良於行。親近的朋友顯然知道貝克的身體越來越不好，不過另一位同學，傑克・貝

爾德，還記得在一九八〇年代初期難得舉辦的同學會上見到貝克，說他完全沒有抱怨這件事。後來朵琳學會開車，也買了一輛車，會載著貝克去他最喜歡的一些地方，把他留在那裡走一走、坐一會兒、觀察鳥類，到了傍晚再去接他回家。確實如此，約翰・特瑪說他記得貝克一點都不自憐自艾。貝克在一九八六年十二月二十六日過世。享年只有六十一歲。

在貝克僅存的信件中，有封信來自一位讀者，稱讚貝克於一九七一年寫的一篇文章，刊登於英國皇家鳥類保護協會的《鳥類》雜誌。文章刊登的那期雜誌主題是，反對準備在福內斯島外海的馬普林沙洲建設倫敦的第三座機場和一座深水港的提案。文章標題是〈在埃塞克斯郡的海岸上〉。除了為《埃塞克斯郡鳥類情報》寫過一篇遊隼的論文，這篇文章似乎是貝克唯一曾經發表的作品，而我們獲得英國皇家鳥類保護協會的許可，在本書完整復刊。

〈在埃塞克斯郡的海岸上〉也促使英國皇家鳥類保護協會拍了一部影片，名為《荒野不是一個地方》，製作人是安東尼・克雷，攝影師是亞倫・麥奎格。這部影片隨著備受歡迎的英國皇家鳥類保護協會巡迴影展到處放映，另外三部影片是《禿鼻鴉的好日子》、《反嘴鷸回來了》和《乘著冒險的翅膀》。片名和少數的旁白直接取自貝克的文字，開頭也是編輯寫的一段簡介：「埃塞克斯郡的海岸線受到土地開發的威脅。貝克，《遊隼》和《夏之丘》的作者，指出此地同時具有美學和科學方面的價值。」

〈在埃塞克斯郡的海岸上〉刊出的時間，是在柯林斯出版公司發行《夏之丘》的一年後，文中充滿貝克對自己家園的熱情感受，以及他對遊隼遭受「暗中受農藥汙染的花粉」所害的憤怒和挫折。這篇文章描述丹吉村是海岸線上一個拳頭狀的地區，那段海岸線從福內斯島向北延伸到默西島。這番吶喊是要抗議相關的開發計畫，計畫最終暫緩實行，部分原因是一九七三年的石油危機。這是一場早期的自然保育戰役，而貝克的文章顯然做出正面的貢獻。沒錯，他使用的詞彙，像是「漂浮油汙的貝爾森集中營」，現在看來可能很不恰當，但我們也許能從中感受他的失望。一九六七年發生惡名昭彰的「托利卡尼翁」超級油輪擱淺的災難事件，令人記憶猶新。那艘船在七姊妹海崖斷裂時，大量石油湧入海中，也沖上康瓦爾郡的海岸，政府決定投擲凝固汽油彈，產生了地獄般的景象，那一幕深深烙印在許多人心裡，包括貝克。當時是政治敏感度比較低的時期，他也許想用那樣的影像造成震撼。

《鳥類》雜誌的那篇文章，展現出一個人想用他的寫作力量去支持逐漸萌芽的環境運動。如果貝克維持健康，肯定會寫出更多文章。確實，假如他現在還活著，就像那群八旬老人同學一樣，他一定還會為了埃塞克斯郡和許多其他荒野之地努力奮戰，敦促我們不要「用平庸政客的安撫語言來自我安慰」。

——寫於二〇一一年二月

1 德瑞克・雷克里夫（Derek Ratcliffe, 1929~2005）是英國非常著名的自然保育學家，曾任英國自然保育委員會的首席科學家，

2 腺熱（glandular fever）常見於孩童，症狀類似感冒，直到一九七〇年後才知道與感染ＥＢ病毒有關，更名為感染性單核球增多症（Infectious mononucleosis）。

3 他的姓氏 Baker，字面意思是麵包師傅。

開端

我對鳥類的熱愛之情來得很晚。有很多年的時間，我只把牠們視為眼角的微小騷動。牠們所知的苦惱和歡喜都是簡單的狀態，對我們來說很不可思議。牠們生活得躍動又熱情，那種心態是我們永遠達不到的。牠們競相遺忘。我們尚未停止成長，牠們已然老去。

我家的東邊，綿長的山脊躺臥天際線，很像潛水艇沉陷的船身。在那之上，東方天空映照著遠處的水光而明亮，有一種陸地之外揚起點點船帆的感覺。山上的樹木聚集成一片深濃尖聳的森林，但我朝森林走去時，樹木往兩旁緩緩開展，天空則在中間往下延伸，那些樹木是孤獨佇立的橡樹和榆樹，各自投下廣闊的冬日樹影。放眼所及的平靜、孤寂，吸引我走向它們、穿越它們，並且接觸其他森林。它們像地層一樣層層堆疊記憶。

河流從鎮上流向東北方，轉向東邊繞過山脊的北側，再轉向南方，匯入河口。河谷的上游是一片平坦開闊的平原，漸往下游則顯得狹窄又陡峭；而靠近河口的地方，河谷又再度變得平坦開闊。這片平原就像一處開展的河口，島嶼般的農地散布其間。河流緩緩流動，蜿蜒曲折；相對於這處又長又寬的河口，河流顯得太小了。這處河口曾經是一條更大河流的出海口，英國中部大部分的河川都由那裡奔流入海。

詳細描述大地風景令人不耐。從表面看來，英國各個地區非常相似。差異十分細微，私心熱愛能使之增色。此地的土壤是黏土：河流的北側是礫石黏土，南側則是倫敦黏土。河流階地有卵石，山脊較高地帶也有。曾經是森林，後來是牧場，現在這片土地主要是耕地。樹林範圍很小，只有少量的大樹；主要是橡樹的中年木，加上鵝耳櫪或榛樹的灌木林。很多樹籬都已遭到砍伐。依然屹立的有山楂、黑刺李，以及榆樹。榆樹在黏土裡長得高大；每棵樹形各異，勾勒出冬日天空的輪廓。可用來製作板球拍的白柳標示出河道，赤楊則沿著溪水而立。山楂生長得很好。這是由榆樹、橡樹和有刺灌木構成的鄉間。土生土長的人脾氣不好且性格慢熱，像赤楊的木材一樣陰鬱悶燒，話少簡潔，如同土地本身一樣沉悶。

如果把所有的小灣和島嶼都計入的話，此地有六百多公里長的潮汐海岸；它是所有郡中最長、最不規則的海岸線。這是英格蘭最乾旱的郡，卻位於水濱，層層剝落成沼澤、鹽沼和泥灘。退潮時乾涸的沙泥，讓上方的天空顯得清亮；雲朵映照水光，再反射回來照亮內陸。

農地秩序井然、豐饒興旺，但仍流連著一股受到忽視的氣息，像枯草的幽魂。永遠有一種失落感，一種被遺忘的感覺。這裡沒有其他事物，沒有城堡，沒有古代遺跡，也沒有宛如綠色雲朵的山丘。只有地表的一道曲線，與冬季田野的陰冷。黯淡、單調、荒蕪的土地，讓所有的憂傷為之麻木。

我一直渴望成為外在世事的一部分，處於遙遠的事物邊緣，利用空曠和寂靜來滌除人性的汙點，如同狐狸利用水的冰冷和脫俗來洗盡自身的氣味；以陌生人之姿回到鎮上。遊蕩時臉泛喜悅紅光，隨著抵達而消褪黯淡。

我對鳥類的熱愛之情來得很晚。有很多年的時間，我只把牠們視為眼角的微小騷動。牠們所知的苦惱和歡喜都是簡單的狀態，對我們來說很不可思議。牠們生活得躍動又熱情，那種心態是我們永遠達不到的。牠們競相遺忘。我們尚未停止成長，牠們已然老去。

我最早尋覓的鳥類，是經常在河谷裡築巢的夜鷹。牠的歌聲宛如一道流動醇酒的潺潺聲，由高處嘩嘩傾瀉而下，落入酒桶發出深邃轟鳴。那是一種芳香的聲音，帶著香氣飄向安靜的天空。在白天的耀眼光線中，歌聲似乎會比較細薄又乾澀，但暮色使之圓潤芳醇，越陳越香。假如歌聲可以聞得到，這種歌聲會是壓碎的葡萄、杏仁，與幽暗樹林的氣息。聲音傾瀉而出，絲毫沒有消失。整座樹林滿溢那聲音。接著它停止了。突然之間，出乎意料。不過耳朵依然聽得見，一陣延續且漸弱的回聲，流洩縈繞於周遭的樹木之間。在深沉的靜止中，在早現的亮星和漫長的餘暉之間，夜鷹高興躍起。牠振翅翺翔，舞動彈跳，輕盈地、安靜地飛遠。由照片看來，牠似乎像青蛙那樣癟著嘴，散發出憂傷的氛圍，彷彿葬身於幽暗的光線，鬼魅且不安。其實牠的一生從來不曾像那樣。透過薄暮，我們只能看到牠的身形和飛姿，捉摸不定，輕盈快意，像燕子一樣優雅靈巧。

暮色之中，北雀鷹總是在我附近出沒，就像我有意述說卻始終想不起來的話語。牠們的頭顱細窄，盲目瞪視，看穿我的夢境。我花了好幾個夏季追尋牠們的身影，但牠們數量稀少又機警，很難找到，更難看得清楚。牠們過著亡命一般的游擊生活。在很多雜草蔓生、乏人注意的地方，一代又一代北雀鷹的脆弱骨骸如今陷入樹林的腐植質深處。牠們是漂泊的美麗蠻族，一旦死去即無從取代。

我已經對夏日樹林的濃郁麝香感到厭惡，有好多鳥類在那裡逝去。秋天開啟了我的追鷹季節，到春天結束，其間的冬天宛如獵戶座的拱形那麼閃亮。

我的第一隻遊隼是在河口看到的，當時是十年前的一個十二月天。太陽從白色的河面霧氣中透出紅光。田野在霜凍中閃耀，船身也結了一層霜；只有輕柔拍岸的河水自在流動而散發光彩。我沿著河岸高處走向大海。隨著太陽升起，晴朗的天空蒙上一層耀眼的霧氣，原本凍得硬挺而劈啪作響的白色禾草變得潮溼柔軟。有陰影的地方整天都留有白霜，陽光溫暖，平靜無風。

我在堤岸底部休息，看著黑腹濱鷸在潮水線覓食。突然間，牠們往上游飛去，還有數百隻雀鳥從頭頂上方急速飛過，拚命振翅發出「呼呼」聲。我太晚才意識到自己不該錯過眼前的景象。我連忙跟上，發現在面向內陸的堤岸斜坡上，矮小的山楂樹擠滿了田鶇。牠們的銳利嘴喙朝向東北方，發出吱吱喳喳的警戒聲。我順著那個方向望去，看到一隻隼朝著我飛來。牠轉向右邊，越過內陸。像是一隻紅隼，但體型較大，色調也偏黃，頭部比較像子彈形狀，翅膀較長，而且飛起來更有活力和浮力。直到看見一群椋鳥在已收割作物的殘株間覓食，牠才開始滑翔，然後飛撲而下，隨即隱身在急忙飛起的鳥群之間。沒一會兒，牠從我頭頂呼嘯而過，一眨眼便消失在陽光照亮的霧氣中。牠飛得比先前更高，縱身向前衝刺，輪廓鮮明的雙翼向後彎折，輕快飛行的模樣很像一隻田鷸。

這是我的第一隻遊隼。自此之後我看過許多遊隼，但沒有一隻的飛行速度和熱情氣魄能夠超越牠。整整十年的時間，我整個冬天都在搜尋那種永不停歇的耀眼身影，追尋遊隼從天空俯衝而下那一瞬間的激情和暴力。整整十年的時間，我一直抬頭尋覓那切入白雲的錨形身影，像弩弓激射般穿越天空的掠影。我的雙眼變得對遊隼貪得無厭，帶著狂喜對牠們眨啊眨的，如同遊隼瞪大雙眼轉來轉去，注視著海鷗和鴿子那誘人的食物身形。

要讓某隻遊隼認識你、接受你，就必須穿著同樣的服裝，採取同樣的移動方式，以同樣的順序執行每一個動作。如同所有的鳥類，遊隼害怕不可預測之事。每一天要在同樣的時間進入和離開同一片田野，透過儀式性的行為來安撫遊隼的野性，就像牠自己的儀式恆常不變。掩蔽你注視的目光，隱藏你雙手的蒼白顫抖，蓋住你顯眼反光的臉龐，並像一棵樹保持靜止。只要看得清楚且距離很遠，遊隼什麼都不怕。你若要越過開闊的地面接近牠，動作要穩定，不遲疑。讓你的身形逐漸變大，但不要改變輪廓。除非你能夠完全隱藏起來，否則不要躲躲藏藏。獨自一人。躲開鬼鬼祟祟的怪人，避開農人不太友善的目光。學會恐懼。若要建立關係，感受同樣的恐懼是最佳方法。獵人必須變成他的狩獵對象。意思是說，當下就必須感受一支箭砰的一聲射進樹幹那樣的顫抖強度。昨日模糊且單調無色。一週前你尚未出世。堅持，忍耐，跟隨，觀看。

追鷹使視力變得敏銳。隨著飛鳥掠空飛行，大地傾瀉開來，從眼中奔流而出，幻化成色彩鮮明的三角洲。目光斜視能看穿事物表面的雜蕪，如同斜斧能砍進樹幹的中心。對所處地域有敏銳的感知，如同身上多了一種知覺的感官。每個方位各有其色彩和意義。南方是明亮、封閉的地方，混濁且悶熱；西方是一片土地蓊鬱成林，就像英國最好的牛肉部位，美味的腰臀肉；北方開闊、荒涼，通往空曠虛無；東方是天空的一陣胎動，光明的一陣召喚，大海的一陣驟雨。時間是以血液之鐘來量度。如果你十分積極，靠近鷹，追逐著，脈搏加速，則時間走得較快；如果你靜止不動，等待著，脈搏平穩，則時間過得緩慢。追鷹的時候，總是有種時間的壓迫感，向內緊縮，很像繃緊的彈簧。追鷹人討厭太陽的移動、光線的穩定變化、飢餓感的增加，以及心跳的瘋狂節拍。追鷹人說「十點鐘」或「三點鐘」的時候，指的不是城鎮生活那種灰白畏縮的時間，而是對於某種光線爆發或衰微的記憶，是那天、那時、那地所獨有，對追鷹人來說，那種記憶就像燃燒金屬鎂一樣強烈鮮明。追鷹人一踏出家門就知道風向，他感受到空氣的重量。在內心深處，他似乎看出鷹的每一天都越來越穩定，趨向他們第一次相遇的神態。時間和天氣把鷹和觀者都侷限在他們的定位杆之間。找到鷹的時候，追鷹人可以深情回顧在此之前苦苦尋覓等待的所有無聊和痛苦。一切為之改觀，彷彿一座神廟廢墟的斷垣殘壁突然恢復昔日的光輝耀眼。

我曾嘗試把殺戮的血腥表達清楚。站在鷹隼那邊的人太常對這點避而不談。吃肉的人絕對沒有比較優越。要移情於死去的生命是很容易的。「掠食者」這個詞因為使用不當而造成意義不明確。其實所有鳥類在生命中的某段期間都吃活生生的肉類。不妨想想目光冷靜的歌鶇吧，在草地上輕快移動的食肉鳥類、蟲子刺客，攻擊蝸牛致死。我們不該對牠的優美鳴唱表現得多愁善感，渾然忘卻要維持那般鳴唱所需的殺戮行為。

在單一冬季的日記裡，我嘗試維持一種整體性，把鳥類、觀鳥人和容納這兩者的場域連結在一起。我描述的每一件事，都發生在我的觀察過程中，但我認為誠實的觀察結果是不夠的。觀鳥人的情緒和行為也是事實，必須真實記錄下來。

我花了十年的時間追尋遊隼，我深受牠的吸引。牠是我追尋的聖杯。如今牠消失了。長久的追尋結束了。剩下的遊隼很少，以後還會更少，牠們可能不會存續下來。很多遊隼仰臥而死，爪子朝向天空瘋狂抓握，那是最後的抽搐，遭到暗中受農藥汙染的花粉所害，衰弱消亡。在還來得及之前，我試著重新捕捉這種鳥類的非凡美麗，傳達牠們生活的這片土地的美好，這片土地對我來說如同非洲一樣豐富又壯麗。這是個垂死的世界，像火星一樣，但依然發光發熱。

遊隼

遊隼眼中的大地，很像駕駛遊艇的人進入漫長河口所看到的岸邊景象。一道水波從他後方遠去，被刺穿的地平線所留下的尾痕也從兩側滑退。遊隼就像船員，生活在一個沒有接觸就流逝而去的世界，一個充滿尾流與傾斜的世界，陸地與水域都在下沉的世界。我們這些被錨定在地面上的人，無法想像這種眼界的自由。

最難觀察的事物，就是真實存在的事物。介紹鳥類的書籍收錄了遊隼的照片，文字也充滿各種資料。在雪白發亮的頁面上顯得巨大又孤立，遊隼對你回眸而視，大膽無畏，宛如雕像，色彩亮麗。但是等到闔上書本，你就再也見不到那樣的鳥了。與近距離的靜態影像比起來，現實中的遊隼則顯得黯淡又令人失望。活生生的鳥類絕對不會那麼巨大、那麼亮麗。牠會深藏大地之中，永遠隱身遙遠之境，永遠瀕臨失去身影。書中的照片是蠟像，而不是熱情、靈動、活生生的鳥類。

遊隼的雌鳥，體長介於四十到五十公分之間；約是成年男性的手臂從手肘到指尖的長度。遊隼的雄鳥，體長則短了八到十公分，大約三十五到四十公分長。體重也有差異：雌鳥介於七百九十克到一千一百三十克之間，雄鳥則介於五百六十克到七百九十克之間。遊隼身上的一切都不盡相同：羽色，大小，體重，性格，風格，一切都不同。

雄鳥的背部帶有藍色、藍黑色或灰色；腹部帶著白色，有灰色的橫紋。在幼鳥出生的第一年期間，通常第二年大部分時間也是如此，其背部是褐色，腹部是淡黃褐色，而且有褐色的縱紋。這種褐色從赤褐色到深褐色，淡黃褐色也從淡乳黃色到淡黃色都有。遊隼是在四月到六月之間出生。牠們直到隔年三月才開始把亞成鳥的羽毛換掉；很多遊隼甚至到一歲多才開始換羽。有些遊隼可能整個第二年冬天都保留褐色的羽色，不過通常從一月就開始顯現一點成鳥的羽毛。換羽可能要耗費長達六個月的時間才完成。天氣溫暖會加速換羽，寒冷則會延遲。遊隼要到兩歲以後才開始繁殖，但一齡鳥會選擇某個巢位，守護自己的領域。

遊隼習慣追殺飛行中的鳥類。牠的身形非常流線型。圓圓的頭和寬闊的胸膛以平順的線條往後逐漸變細，直到細窄的楔形尾部。雙翼很長而且很尖；初級飛羽又長又細，用於高速飛行，次級飛羽則是長而寬，能夠產生力量而提供升力，以便攜帶沉重的獵物。彎勾般的嘴喙可從獵物的骨頭扯下鮮肉。牠的上顎有個齒突，剛好配合下顎的一個凹槽。這個齒突可以插進鳥類的頸椎之間，於是透過施壓和扭轉，遊隼能夠迅速咬斷脊髓。遊隼的雙腳很粗壯，腳趾長而有力。腳趾的底部有凹凸不平的肉墊，有助於抓緊獵物。用來刺殺鳥類的後腳趾是四根腳趾裡面最長的，單用這根腳趾就能擊殺地面的獵物。巨大的胸肌提供飛行所需的力量和耐力。眼睛周圍的暗色羽毛會吸收光線，減少刺眼的強光。臉上褐色和白色羽毛構成鮮明的圖案，突然飛到獵物面前時，可能有讓牠們嚇呆的效果。就某種程度來說，那也是偽裝成一雙反光的大眼睛。

遊隼振翅的速度已經記錄到每秒四點四次。與一些數字比較如下：寒鴉四點三次，烏鴉四點二次，小辮鴴四點八次，斑尾林鴿五點二次。以振翅飛行的標準來說，遊隼看起來與鴿類相當，但翅膀較長也比較靈活，而且可以彎曲到背部上方高處。典型的飛行模式可以描述成一連串的快速振翅，中間穿插規律的間隔，這時採取伸展雙翼的長距離滑翔。事實上，滑翔絕不只是規律穿插而已，我看過的遊隼至少有一半的飛行時間包含幾次滑翔。遊隼沒有狩獵時，飛行會看似緩慢起伏，但永遠比看起來的樣子快很多。我測定過的飛行速度介於時速五十到六十五公里之間，很少低於此。水平追逐獵物曾達到時速八十到九十五公里，飛行距離達一點五公里或更遠；時速超過一百公里只能維持很短的時間。垂直俯衝的速度無庸置疑，絕對超過時速一百六十公里，但數字不可能很精確。觀察遊隼俯衝的興奮感受，是不能用統計數字來定義的。

遊隼從八月中旬到十一月抵達英國東部海岸；大多數於九月底和十月中之前到達此地。牠們有可能在各種天氣條件下從海上飛來，但最常見的是陽光普照的晴朗天氣，吹拂著清爽的西北風。遷移的候鳥可能會在一個地區停留二到三週，然後繼續往南飛。北返的候鳥則從二月底持續到五月。冬候鳥通常在三月底或四月初啟程離開。秋天最早抵達的是遊隼的雌亞成鳥，隨後是雄亞成鳥，最後是一些成鳥。大部分的成鳥沒有飛到這麼南邊，而是盡可能留在距離繁殖地不遠的地方。遊隼普遍沿著歐洲海岸遷移，從挪威的北角到法國的布列塔尼，而上述的遷移順序與北美洲東部海岸的觀察結果相當類似。繫放腳環的回收結果顯示，遷移到英國東岸的遊隼來自斯堪地那維亞半島。在英國繫上腳環的遊隼，未曾在英格蘭東南部回收到。一般來說，在河谷裡和沿著河口渡冬的所有亞成鳥，羽色都比英國巢內的亞成鳥要淺一點；牠們的翅膀有獨特的花紋，淡紅褐色的覆羽和次級飛羽與黑色的初級飛羽形成對比，類似紅隼。

我所觀察的區域，從東邊到西邊大約三十多公里，從北到南則為十六公里。每年冬天至少有兩隻遊隼在此狩獵，有時三或四隻。河谷和東邊河口的長度都是十六公里。在觀察區域內，這兩個河段一起構成狹長的中心地帶，在此至少總能找到一隻遊隼。至於牠們為何會選擇這些地點，實在難以確定。英格蘭的大部分地區，包括鄉鎮和城市，都能為遊隼的留鳥提供冬天的居所，但有些特定區域總是經常有遊隼造訪，其他地方則受到牠們忽略。有些遊隼想必很喜歡鴨子或涉禽，很容易在海岸、水庫、蓄水池、汙水處理廠或沼澤地發現牠們的蹤跡。不過到河谷渡冬的遊隼對獵物的選擇比較廣泛，其中以斑尾林鴿和紅嘴鷗為大宗。我想，牠們是基於兩個原因來到這裡：因為這裡已有很多年都被當作渡冬地點，也因為河谷裡的礫石溪流可提供理想的沐浴條件。遊隼非常注重傳統。同一個築巢的峭壁使用了數百年之久。同一個渡冬地可能同樣由每一代的亞成鳥進駐使用。事實上，牠們有可能回到自己祖先築巢的地方。如今在芬蘭的拉普蘭省和挪威山區的凍原環境築巢繁殖的遊隼，牠們的祖先可能曾在英國泰晤士河下游的凍原地區築巢繁殖。遊隼總是盡可能生活在靠近永凍層邊界的地方。

遊隼每天都會洗浴。牠們喜歡流動的水，水深約十五到二十五公分；只有大約五公分深或超過三十公分也可以接受。溪床必須是石頭或很堅固，從岸邊有斜坡漸漸往下延伸到淺灘。牠們比較喜歡這樣的地方，因為溪床的顏色很類似牠們自己的羽色。牠們喜歡有陡峭的河岸或懸垂的灌木，能讓自己隱身其間。較淺的小河、小溪或深溝，都比河流要好。幾乎不使用鹹水。有時候也選擇混凝土堤防，但唯有混凝土已經變色才行。涉水灘是流速很快的溪水漫過褐色斑駁的鄉間小路而產生，有些涉水灘是遊隼最喜愛的地方。為了提防人類靠近，牠們仰賴自己非常敏銳的聽力，以及其他鳥類的警戒叫聲。搜尋適合的沐浴地點是遊隼每天很重要的一種活動，而牠們的狩獵和棲息地點恰與這樣的搜尋有關。牠們經常沐浴，目的是除掉自己身上的羽蝨，以及可能由捕殺的獵物傳播而來的蝨子。這些新來的蝨子一旦離開天然宿主，其實不可能活太久，不過對敏感的遊隼來說徒增刺激與困擾。遊隼必須經常沐浴，藉此控制身上羽毛感染的蝨子數量，否則健康有可能快速惡化，這對於還在學習捕殺獵物的亞成鳥是相當危險的事。

遊隼展開一天生活時，固然有很多不同方式，但通常是由停棲的地點從容不迫慢慢起飛，前往附近適合沐浴的小溪。最遠可能飛到十五至二十公里外的地方。沐浴之後，牠們再花一、兩個小時晾乾羽毛、用嘴喙理羽，以及睡覺。經過沐浴後的打瞌睡，遊隼才會漸漸醒來。最初的幾次飛行都很短暫且不疾不徐。牠從停棲的地點移動到另一個地點，觀察其他鳥類，不時抓隻昆蟲或地上鼠類。牠彷彿把以前學習獵殺的整個過程重新搬演一次，那時牠剛從峭壁離巢，經歷了最初的、短暫的、實驗性的幾次飛行；越飛越久，也越來越有自信；像玩耍一樣假裝攻擊沒有生命的物體，例如掉落的樹葉或飄飛的羽毛；與其他鳥類玩一玩，再變成假裝發動攻擊，然後是第一次認真嘗試獵殺。遊隼像這樣花時間重現其青少年生活，到了尾聲的真正狩獵則是相對短暫的過程。

狩獵之前總是要玩一點把戲。遊隼會假裝攻擊石雞、不斷騷擾寒鴉或小辮鴴、與烏鴉爆發小規模衝突等等。有時候，無預警之間，牠會突然使出殺手鐧。事後，牠的所作所為似乎讓自己感到困惑，於是會讓獵物留在掉落的地方，之後真正要狩獵的時候再回頭去找。就算肚子餓了，也氣呼呼痛下殺手了，牠卻會坐在獵物旁邊等個十到十五分鐘，然後才開始進食。像這樣的情況，死去的鳥兒通常沒有明顯外傷，而遊隼似乎對此感到困惑。牠用嘴喙隨意推推那隻鳥。等到鮮血流出，牠立刻吃了起來。

在同一個地區進行規律的狩獵，會讓那些可能遭到獵捕的動物產生越來越有效的防禦反應。你總會注意到，九月和十月，鳥類發現有遊隼飛臨上空時，反應相對輕微；但是在整個冬天期間，牠們的反應逐漸提升，直到三月會變得既激烈又誇張。遊隼必須避免太常讓同一群鳥類感到恐懼，否則牠們會一起離開那個地區。正因如此，你會觀察到遊隼在同一個地方連續狩獵好幾天，然後有一週或更久的時間不會在那裡再看到牠。牠可能只移動很短的距離，或者會飛到三十多公里外的地方。每隻遊隼的狩獵習慣有很大的差異。有些遊隼狩獵時直線穿越自己的領域，飛行八到二十五公里遠。牠們會突然回頭，沿著來時路往回飛，攻擊那些已經慌張不安的鳥類。這樣的狩獵路線會從河口到水庫到河谷，再從河谷飛回河口；或者牠們會從棲息地點沿著飛行路線到達沐浴地點。領域也可以很有效率地劃分成四等分，結合長距離的逆風飛行，加上沿著對角線順風和側風滑翔，最後的終點距離原本的起點大約一點五到三公里。在陽光普照的日子進行狩獵時，主要則是順著風勢爬升和繞圈，基本上很類似用對角線劃分地面的方式。發動攻擊時，通常只有凶猛地俯衝一次。假如失手，遊隼會立刻飛走，尋找其他獵物。

在早秋和春天時分，白天較長，空氣也較溫暖，遊隼飛升得比較高，狩獵區域也比較廣。三月時節，天氣條件經常很適合高飛，遊隼的活動範圍增加了，藉由從極高的地方進行長距離俯衝，牠能夠獵殺體型較大且較重的獵物。多雲的天氣表示在低空進行短距離飛行。雨勢又更加限縮狩獵的範圍。霧氣讓狩獵範圍縮減在單一田地。白天較短時，遊隼比較活躍，因為能夠狩獵的時間比較少。冬至前後，隨著白天縮短或變長，遊隼所有的活動也跟著限縮或拓展。

碰到風勢太過強勁時，遊隼的亞成鳥會在空中定點鼓翼，因為無法以夠慢的速度在牠們審視的區域上方繞圈飛行。這樣的懸停在空中通常持續十到二十秒，但有些遊隼比較執著於這種習慣，因此比其他遊隼持續懸停更長的時間。正在狩獵的遊隼用上自己的所有優勢。高度顯然是其一。牠會從任何高度朝獵物俯衝而下，從九十公分到九百公尺的高度都有可能。理想的狀況下，牠們讓獵物大吃一驚：遊隼以高度作為掩護，在受害者未曾察覺的情況下疾速俯衝；牠們也會從樹上或堤防的隱蔽處突然衝出來。像北雀鷹一樣，遊隼也會埋伏等待。與亞成鳥相比，遊隼的成鳥比較常用一些出其不意的獵殺方法。有些遊隼逐漸飛高，背對著太陽，然後從容不迫地向下俯衝。牠們太常這樣做了，不只是隨興所至。

如同所有的獵人，遊隼受到某種行為準則的規範。牠鮮少在地面追逐獵物，也不像其他猛禽會追著獵物進入掩蔽處，雖然牠有能力如此。很多遊隼成鳥只捕捉飛行中的鳥類，但亞成鳥就沒這麼挑剔了。遊隼透過不斷練習來精進獵殺能力，很像武士或運動員。在行為準則的限制下，適應力最強的遊隼才能存活下來。如果持續打破行為準則，遊隼有可能生病或錯亂。

只要遊隼相對於獵物具有優勢，獵殺是很簡單的。碰到嬌小輕盈的鳥類，牠伸長雙腳就可逮住；大型沉重的鳥類則從上方俯衝，角度介於十到九十度之間皆可，而且經常把獵物撞到地面上。俯衝這種方法，可讓遊隼在接觸到獵物那一刻的速度大幅增加。俯衝的動量讓遊隼增加重量，因此像是以兩倍的體重擊殺鳥類。年輕的遊隼必須由父母教導牠們學習俯衝；馴鷹人也必須用類似的方法訓練他們飼養的鷹。俯衝的行為似乎不是天生就有，不過學起來很快。針對飛鳥俯衝的能力，可能是在相當近期才演化發展出來，取代了原本跟隨地面獵物、追逐抓起的捕捉方式。有遊隼飛臨上方時，大部分的鳥類依然從地面起飛，儘管這樣會更容易遭受攻擊。

遊隼朝向牠的獵物俯衝而下。隨著高度降低，牠向前伸長雙腿，直到雙腳位於胸口下方。牠緊握著腳趾，長長的後趾從三根前趾的下方伸出來；三根前趾往上彎曲，不造成干擾。牠欺近那隻鳥，幾乎要用身體碰觸到，這時依然高速移動。那根伸長的後趾（有時伸出一隻腳的後趾，有時兩隻腳一起）刺入飛鳥的背部或胸口，宛如一把利刃。擊殺的那一刻，遊隼把雙翼抬高到背部上方。如果襲擊獵物的動作乾淨俐落（通常要不是襲擊得很確實，就是完全失手），獵物會立刻死亡，若不是受到衝撞而死，就是某個重要器官遭到刺穿。遊隼的體重介於六百八十克到一千一百三十克之間；這樣的體重，從三十公尺高的地方往下墜落，除了體型最大的鳥類，其他無一能夠倖免。花凫、雉雞或大黑背鷗，通常會屈服於一百五十公尺以上的俯衝。有時候遊隼會抓住獵物然後放開，於是獵物墜落到地面上，驚嚇暈眩但還活著；牠也可能抓住獵物，帶到適合進食的地方。遊隼用嘴喙咬斷獵物的頸部，有時趁拎著的時候，有時則是降落後立刻進行。沒有一種食肉動物比遊隼更有效率，或者該說更加仁慈。牠並不是故意要這麼仁慈，只是天性如此。柯尼斯堡[1]的捕鴉人就是以同樣的方法捕殺獵物。把烏鴉誘捕到網子裡之後，他們殺死烏鴉的方式是咬住烏鴉的脖子，用牙齒咬斷脊髓。

遊隼開始進食之前，會先把獵物的羽毛拔掉。拔掉羽毛的數量各不相同，不只根據飢餓程度，也與個別喜好有關。有些遊隼總是把獵物的羽毛拔個精光，有些則只咬幾口羽毛。遊隼踩著獵物使之固定，以一隻腳或兩隻腳的內側爪子抓住牠。拔羽毛花費兩到三分鐘。進食則花費十分鐘到半小時，主要視獵物大小而定；田鷚或赤足鷸約十分鐘，雉雞或綠頭鴨則要花半小時。

如果獵物太重而難以攜帶，或者已經掉在適合的地方，遊隼會在掉落的地方進食。很多遊隼似乎不太在意地點，抓到獵物就地進食。其他有些則偏好完全開放的空間，或者完全隱密的地方。我找到的獵物有百分之七十躺在短草地上，雖然此地大部分的土地都是耕地。遊隼喜歡在堅固的表面上進食。如果是小型獵物，通常在樹上吃，特別是秋天的時候。遊隼如果是在樹上的鳥巢裡長大，只要找得到地方，牠們就會在樹上吃獵物。在海岸地帶，有些遊隼喜歡在海堤頂上進食，其他則在海堤底部的潮水線附近吃東西。後者可能是在峭壁的巢裡出生，很習慣進食的時候頭頂上方有一道陡峭的斜坡。

遭到遊隼捕殺的獵物很容易辨認。一隻鳥的骨架仰躺著，翅膀保持原樣，依然以肩帶連接著身體。胸骨和身體僅剩的所有骨頭可能都沒什麼肉了。如果頭部還留著，頸椎通常也沒有肉。雙腿和背部常常原封不動留下來。假如胸骨還完整，會發現遊隼的嘴喙在上面咬出許多小小的三角形。（非常大型的鳥類就不一定都如此，因為骨頭比較粗壯。）如果獵物身上還留下相當多的肉，表示遊隼隔天會回來，或甚至幾天後才回來，把它吃完。獵物若遭到棄置，身上剩餘的肉可幫忙餵養狐狸、老鼠、白鼬、小黃鼠狼、烏鴉、紅隼、海鷗、遊民和吉普賽人。銀喉長尾山雀會將獵物剩下的羽毛銜去築巢。我曾在遊隼製造出很多獵物的地方發現這樣的鳥巢異常密集。

遊隼追殺獵物時，沒有其他的掠食者會與之爭奪，但遊隼有時候避免去特定的地方狩獵，因為有些烏鴉會發動堅定的圍攻。此外，若有人類打獵，遊隼會跑到別的地方去。要分辨手無寸鐵的人和帶槍的人是很容易的。遊隼和紅隼之間有一種奇妙的關係，很難說得清楚。同一個地方經常可看見這兩種隼，特別是秋天和春天的時候。我看到其中一種時，幾乎都會在附近看到另一種。牠們會分享同一個沐浴地點，遊隼偶爾會搶奪紅隼的獵物，紅隼會吃遊隼剩下的獵物，遊隼會對紅隼不經意讓出的鳥類發動攻擊。九、十月的時候，有些遊隼似乎模仿紅隼的狩獵方式，我就看過兩種隼在同一片田野上方定點鼓翼。與此類似，我看過一隻遊隼在一隻短耳鴞附近捕捉獵物，而且顯然模仿短耳鴞的飛行方式。到了三月，遊隼和紅隼的關係就改變了；遊隼變得很有敵意，若有紅隼在附近定點鼓翼，遊隼會朝牠俯衝，也可能殺了牠。

十個冬季期間，我找到六百一十九件遊隼的獵物。下面列出各個物種：

斑尾林鴿	38%
紅嘴鷗	14%
小辮鴴	6%
赤頸鴨	3%
石雞	3%
田鶇	3%
紅冠水雞	2%
大杓鷸	2%
金斑鴴	2%
禿鼻鴉	2%

除了這十種，還撿過其他三十五種，構成整體的其餘百分之二十五。由科別來區分，所占比例如下：

鳩鴿科	39%

鷗科	17%
鷸鴴類	16%
鴨科	8%
獵禽[2]	5%
鴉科	5%
小型或中型的雀科	5%
其他	5%

我在這本書所描述的冬季期間，有比較多的斑尾林鴿遭到獵殺，因為天氣寒冷時，斑尾林鴿的數量特別多，也因為那種時候其他內陸物種比較少。以下是那一年冬天的相對數據：

斑尾林鴿	54%
紅嘴鷗	9%
小辮鴴	7%
赤頸鴨	3%
石雞	3%

田鷸 2%
紅冠水雞 2%
大杓鷸 2%
禿鼻鴉 2%
綠頭鴨 2%

其餘的百分之十四，包括其他二十二個物種。

從這些表格看來，遊隼的亞成鳥主要捕捉狩獵領域內數量最多的物種，前提是這些獵物的體重至少有半磅。麻雀和椋鳥在此地很常見，但遊隼鮮少獵殺牠們。體型較大的鳥類中，最常見、分布也最廣的種類，依序是斑尾林鴿、紅嘴鷗和小辮鴴。如果把可捕捉獵物的總重量考慮進去，則斑尾林鴿在總生物量中所呈現的比例，可能就相當於遊隼實際獵殺的斑尾林鴿所占的百分比。要是真的用上什麼選擇方法，其實可能沒有比以下這點厲害到哪裡去：遊隼最常獵殺的鳥種，就是牠最常看到的，前提是相當大型且顯眼易見的鳥種。如果任何一種鳥類出現異常的大量，必然導致在遊隼獵殺的種類裡占較高的比例。假如夏天很乾旱，有比較多的石雞繁殖成功，那麼在緊接的冬季期間，就會有比較多的石雞遭到遊隼奪命。如果寒冷天氣報到，赤頸鴨數量增加，則遭到獵殺的赤頸鴨會比較多。捕殺最常見的物種，會讓掠食者有最佳的生存機會。有些掠食者發展成只偏好單一物種，則很有可能餓肚子而生病死去。

在河谷和河口地帶，遊隼在十月和十一月獵殺很多海鷗和小辮鴴，主要來自剛翻過土的耕地。從十二月到二月，斑尾林鴿是主要的獵物，特別是嚴酷的天氣，那種時候比較難找到小辮鴴。三月還是會抓斑尾林鴿，而小辮鴴和海鷗的捕捉量又增加了，這時候獵殺的鴨子數量也比其他月分更多。整個冬天偶爾也會捕捉獵禽、紅冠水雞、田鶇和涉禽。下雨或起霧時，獵禽和紅冠水雞變成首要的獵物。鴨子遭到獵殺的數量遠比一般推測少了很多。這一點在所有國家皆如此，夏天和冬天都一樣；遊隼真的不是「鴨隼」。在大多數的遊隼獵物名單上，馴養和野生的鳩鴿都有很高的數量，但我在此地找不到半隻。我見過的所有遊隼都不曾攻擊鴿子，不然就是對牠們完全不感興趣。

遊隼選擇獵物會受到天氣條件的影響。如果是潮溼的夏天接續潮溼的冬天，土地吸飽水分，耕地作業延後，河谷裡的沐浴地點也會淹水。於是遊隼前往河谷的南邊和兩個河口之間，在草地上狩獵。牠們在溝渠裡或淹水處的邊緣洗滌身子。有些遊隼則是本來就喜歡在草地上狩獵，與天氣條件無關。這些「田園鄉村風格」的遊隼在晚秋時分抵達此地，一直待到四月底或五月初。牠們可能來自芬蘭拉普蘭省的凍原，那裡的鄉野在夏天很像一塊巨大的翠綠色海綿。於是，本地的潮溼沼澤牧場，以及厚重黏土長出的綠色原野，對牠們來說正是家鄉的色彩。牠們漫遊越過廣大的距離，飛得很高，因此，比河谷裡相對定居的遊隼，更難找到和追蹤。小辮鴴、海鷗和田鶇，在潮溼的牧場上吃蟲，就變成牠們最愛的獵物。愛吃苜蓿的斑尾林鴿則是從一月到三月遭到毒手。築巢期的禿鼻鴉也經常遭受攻擊。

遊隼似乎不太可能具有辨別味覺的能力。如果牠特別偏愛某種生物，可能是因為肉質的關係，以及骨頭上的細質嫩肉比較多。對人類的味覺來說，禿鼻鴉、寒鴉、海鷗、秋沙鴨和鷦鷯，或多或少不太好吃，但遊隼顯然吃得津津有味。

獵物身上顯眼的羽色或斑紋會增加受害的機會，因為會影響遊隼的選擇。鳥類在不同地點之間移動總是很容易受到攻擊，無論是沿著已知途徑飛進或飛出棲息處，或者只是在遷移途徑上路過遊隼的領域。剛抵達不久的鳥類還來不及找到棲身之所，立刻就遭到攻擊。落單的鳥兒永遠會被盯上。白化、生病、畸形、孤僻、呆傻、老邁、菜鳥，這些最容易遭到毒手。

掠食者得手獵物，靠的是利用弱點，而不是蠻力取勝。如同以下一些例子：

斑尾林鴿

翅膀和頸部的白色羽毛從很遠就看得到。白色相對於所有的大地色顯得非常突出。遊隼看見白色做出反應的速度遠比看到其他顏色快得多。在這片區域遭到毒手的鳥類中，有百分之八若不是以白色為主，就是有醒目的白色斑紋。斑尾林鴿起飛時，拍翅的響亮啪啪聲也洩露牠們的行蹤。春天時分，牠們的求偶展示飛行又讓自己更顯而易見。斑尾林鴿鳥群飛到高處的速度太慢了，而且總有幾隻跟不上而落單。牠們水平飛行的能力很強，很快就能察覺下方有危險，突然側身閃開；但如果攻擊是來自上方，牠們的反應就沒那麼強烈，要閃躲有其難度，直線飛行很難轉彎。牠們經常遭受人類的射擊和干擾，往往被迫飛在遊隼狩獵路線的下方。牠們的羽毛很蓬鬆，容易拔起。從每一方面看來，牠們都是遊隼獵捕的理想鳥種。牠們喧鬧愛叫，明顯易見，數量眾多，很有分量，肉質鮮美，營養豐富，而且不難獵殺。

紅嘴鷗

白色的海鷗是所有冬季鳥類之中最顯眼的。背景若是暗色的耕地，就連視力很差的人類眼睛在幾百公尺外都能看得見。正因如此，遊隼獵殺很多鷗科的成鳥，也有少數的亞成鳥。海鷗類可以快速爬升以躲避遊隼俯衝，但是從下方而來的攻擊很容易逼使牠們驚慌失措。牠們的潔白羽色與天空融合在一起；生活在海邊時，這樣可讓魚類看不見牠們。牠們仰賴這樣的偽裝，或許要過很久才能適應自己的下方也會出現意想不到的危機。過去曾認為遊隼討厭吃海鷗的肉。芬蘭的遊隼在夏季獵殺很多海鷗，挪威和蘇格蘭的海岸也經常有海鷗遭到獵殺。

小辮鴴

牠們在田間覓食的時候隱藏得很好，但只要有遊隼飛過上方，整群小辮鴴總是連忙飛起。牠們一旦起飛，黑白尾羽就是遊隼的眼睛鎖定的目標。春天時分，小辮鴴忙著求偶展示飛行，忽略了危險狀況，也對掠食者降低戒心。小辮鴴是出了名的難以獵殺，但我看過遊隼輕輕鬆鬆就飛得比牠們更快。

赤頸鴨

所有的鴨子當中，遊隼最喜歡的是赤頸鴨。在冬天的海邊，赤頸鴨是最常見的鴨子，牠的翅膀有寬大的白色區塊，而且鳴叫的哨音很嘹亮，非常引人注目。赤頸鴨與所有鴨子一樣，飛行速度很快且採直線飛行，但無法輕易躲過俯衝攻擊。三月的時候，成對的赤頸鴨面對遊隼的攻擊往往反應很慢。每年二月獵野禽的季節結束後，遊隼獵殺更多鴨子，經常可在傍晚時分看見牠們在海邊捕捉獵物。

整體來說，以下這些特點讓鳥類比較容易受到遊隼的攻擊：白色或淺色的羽色或斑紋、太過依賴隱蔽色、反覆高聲鳴叫、振翅聲可以聽得到、固定直線飛行、長時間在高空邊飛邊叫（像是雲雀和赤足鷸）、雄鳥在春天有求偶展示和打鬥行為、從適當的藏身處飛太遠去覓食、習慣使用同樣的覓食地點和沐浴地點、沿著已知的路徑飛進飛出棲息地點、一群鳥遭遇攻擊時無法重新聚集。

野外的遊隼吃下的食物數量很難精確估計。以籠中飼養的遊隼來說，每天大約吃下一百一十到一百四十克的牛肉（或者等量的肉類）。野外的亞成鳥可能吃得更多。野外的雄鳥每天會獵殺兩隻小辮鴴，或者兩隻紅嘴鷗，或者一隻斑尾林鴿。一隻雌鳥會吃兩隻斑尾林鴿（即使沒有完全吃完），或一隻更大的鳥類，像是綠頭鴨或大杓鷸。

三月期間，遊隼捕捉的獵物種類比較多樣化，包括更廣泛的鳥種，以及意料之外的大量哺乳類。這時開始換羽，遷移的時間也即將到來。為了長出新的羽毛，就需要增加血液的供應量。遊隼似乎永遠都在進食。每天獵殺兩隻鳥，另外還有小鼠、蠕蟲和昆蟲。

雌遊隼的一隻眼睛大約三十克重；牠們的眼睛比人類的眼睛更大也更重。如果我們眼睛和身體的比例等同於遊隼，則體重約七十五公斤的男性，他的眼睛會有七、八公分寬，重量約一點八公斤。針對遙遠的物體，遊隼一隻眼睛的整個視網膜所記錄到的解析度，大約是人類視網膜解析度的兩倍。側向和雙眼視覺聚焦的地方，是深深凹下的中央窩，包含許多細胞，遊隼此處所記錄的解析度比人類的同一區域高了八倍。這表示一隻遊隼利用不斷微微快速轉頭來掃視周圍的景象，能夠捕捉到所有移動的點；只要聚焦於那一點，遊隼可以立刻讓細胞激發起來，變成較大也較清晰的景象。

遊隼眼中的大地，很像駕駛遊艇的人進入漫長河口所看到的岸邊景象。一道水波從他後方遠去，被刺穿的地平線所留下的尾痕也從兩側滑退。遊隼就像船員，生活在一個沒有接觸就流逝而去的世界，一個充滿尾流與傾斜的世界，陸地與水域都在下沉的世界。我們這些被錨定在地面上的人，無法想像這種眼界的自由。遊隼能看見並記住那些我們甚至不知道存在的圖案：整齊方正的果園和林地，不斷變化的四邊形田野。透過一連串記憶中的對稱形狀，牠找到自己的方向而飛越大地。不過牠的理解究竟是什麼呢？牠真的「知道」某個變大的物體是朝向牠移動嗎？還是說，牠相信自己所見事物的大小，因此遠處的人類太小了，不構成威脅，但是近處的人類很巨大，所以很可怕？牠可能生活在一個不斷脈動的世界，物體的尺寸永遠都在縮小或擴大。瞄準一隻遠處的鳥類，拍著白色的翅膀……眼看牠像一團白點，從下方移動過來，遊隼覺得自己絕對不會失手。牠的一切都經過演化，把瞄準目標的眼睛和發動攻擊的鷹爪連結在一起。

1 柯尼斯堡（Königsberg）是濱臨波羅的海的城市，原本屬於德國，二次大戰後劃歸為蘇聯領土，更名為加里寧格勒（Kaliningrad）。過去當地人有捕捉烏鴉食用的習慣。

2 獵禽（Game Bird）是指為了娛樂性狩獵或食用而捕獵的鳥類，包括松雞、雉雞、鷓鴣和鵪鶉等。

狩獵生活

這個冬天，無論牠去哪裡，我都會跟隨。我會分擔牠狩獵生活的恐懼、欣喜和百無聊賴。我會跟隨牠，直到我的掠食性人類身影不再令牠害怕，不再讓牠明亮眼睛深處的中央窩所呈現的萬花筒百變色彩變得晦暗。我的異教徒腦袋將會深深沉入冬季大地，在那裡得到淨化。

十月一日

秋高氣爽，天空明亮。麥子採收了。收成後的田野閃閃發亮。果園裡的落果傳來酸醋味，許多山雀和灰雀來回飛舞，一隻遊隼滑翔而過，停到河岸邊一棵赤楊樹上。遊隼若有所思的神情映照水中，在河流的陰影裡輕輕蕩漾。那波光與鷺鷥的旁觀冷眼彼此交錯。陽光閃爍。鷺鷥用牠的嘴喙當作魚叉，刺瞎河流的白色角膜。遊隼匆匆飛起，迎向雲破天光。

一轉向一扭身，遊隼脫離了低空的霧氣，高高飛向第一道輕柔溫暖的陽光，在天空的直墜中細細感受翅膀的掌控力。牠是雄鳥，翅膀細長而柔韌。一齡鳥。牠的羽色呈現黃褐砂土色和紅褐碎石色。在陽光照耀下，那雙獵犬般的褐色大眼溼漉發亮，很像生肝臟的圓形環圈，嵌入顏色更深的暗褐色鬢斑面具裡。牠迅速飛向西邊，沿著波光粼粼的水域曲線而去。牠現蹤於向上爬升的鴴科鳥類後方，我勉力跟上。

燕子和毛腳燕叫聲尖銳，飛得很低；松鴉和喜鵲潛伏在樹叢裡低聲嘎叫；烏鶇的叫聲急躁絮叨。在河谷變寬的地方，平坦的田地有牽引機響亮轟鳴。海鷗和小辮鴴跟在犁具後方。陽光灑下，晴朗的天空點綴著高空卷雲。風勢繞個彎吹向北方。聽到紅腳石雞突然叫起來，斑尾林鴿也響起一陣嘩嘩聲，我知道遊隼正在飛升，沿著樹林蓊鬱的山脊飄飛到南邊。牠飛得太高而看不到。我待在河流附近，希望牠會乘風飛回。榆樹上的烏鴉一邊叫得凶，一邊上下擺動。山上傳來寒鴉的咯咯叫聲，零星叫著，越繞越遠，到最後遙遠又細微，在藍天深處歸於寂靜。遊隼下降飛向河流，在東邊一點五公里處；最後消失在樹林裡，那是牠兩小時前離開的地方。

年輕遊隼最令人著迷的，是在犁具後面翻起的褐色土壤上方，對著羽色雪白的海鷗，一次又一次俯衝揚升又飄飛墜落。秋天時分，耕地作業持續進行，耕耘機的後方彷彿拖著白色的旗幟，而遊隼跟隨其後，從河谷的這片田移動到那片田。牠們幾乎沒有發動攻擊，只是喜歡觀察。

我又在赤楊樹上發現遊隼雄鳥時，牠正是如此。牠在棲枝上一直待到下午一點，這時耕耘機的駕駛回家吃午餐，海鷗也降落到犁溝裡睡覺。松鴉在河流附近的橡樹上叫得尖銳。牠們正在尋找橡實，然後藏在樹林裡。遊隼聆聽動靜，看著牠們翅膀上的白斑在樹葉間閃動。牠乘著風垂直飛起，開始爬升。轉彎，飄飛，搖擺，牠繞著圓圈，飛向空中的熾熱雲團和沁涼地帶。我放下雙筒望遠鏡，讓痠痛的手臂休息一下。遊隼彷彿獲得解放，迅速飛到更高的地方，消失不見。我掃過卷雲的白色長條背脊，尋覓牠那纖細的黑色新月形，但是找不到蹤跡。微弱得宛如耳語聲，牠的粗啞歡欣叫聲飄然而下。

松鴉靜默無聲。有一隻飛起的模樣有點沉重，寬闊的嘴喙咬著一顆橡實。離開樹木的掩護，牠飛到草地上方高處，朝向四百公尺外的山坡樹林飛去。我可以看到大大的橡實鼓鼓的，把牠的上下喙撐開，很像野豬嘴裡塞了一顆檸檬。這時有一陣細細的嗚嗚聲，很像遠處某隻田鷸的嗡嗡風切聲。松鴉的後方有某種隱約的嘶嘶聲響，牠看似突然一個踉蹌，跌跌撞撞掉下來。橡實從牠嘴裡噴出去，很像瓶子的瓶塞噴出去的模樣。松鴉跌落時，全身歪斜抽動，彷彿癲癇發作。地面害牠送命。遊隼飛撲而下，拎著死鳥飛往一棵橡樹。牠在那裡拔毛進食，狼吞虎嚥，直到只剩下翅膀、胸骨和尾部。

松鴉貪吃又會囤積食物；牠真該貼地飛行，像平常一樣鬼鬼祟祟，從一棵樹溜到另一棵樹。空中虎視眈眈，牠絕對不該閃露出翅膀和尾部的白色斑紋。牠搖搖晃晃、慢慢飛過浸水的綠色草地時，實在是太顯眼了。

遊隼飛向一棵枯木，打起盹來。到了黃昏，牠飛向東邊，前往自己的棲息地點。

這個冬天，無論牠去哪裡，我都會跟隨。我會分擔牠狩獵生活的恐懼、欣喜和百無聊賴。我會跟隨牠，直到我的掠食性人類身影不再令牠害怕，不再讓牠明亮眼睛深處的中央窩所呈現的萬花筒百變色彩變得晦暗。我的異教徒腦袋將會深深沉入冬季大地，在那裡得到淨化。

十月三日

內陸蕭瑟，霧氣籠罩。海岸地帶，陽光炎熱，微風沁涼，北海無波而光亮。雲雀的田野，嗚唱，追逐，在陽光下一閃而過。鹽沼地充滿赤足鷸的叫聲。槍聲響起，在高潮時分。閃爍發亮的一群群涉禽從泥灘地飛起，搖搖擺擺越過鹽沼地。霧靄籠罩著白色沙灘。涉禽在海面上飛掠而過，宛如水霧，射向塵埃漫漫的內陸田野。

體型較小的涉禽大多停妥在貝殼沙灘上：灰斑鴴、紅腹濱鷸、翻石鷸、環頸鴴、三趾濱鷸。每一隻鳥都面朝不同方向，睡覺、理羽、觀察，輪廓鮮明的影子投射在耀眼的白色礫石海灘上。黑腹濱鷸停棲在沼澤植物的頂端，就在潮水表面上方。牠們迎著微風；不動聲色，很有耐心，搖來晃去地站著。海灘上仍有容身空間，但牠們就是不會飛過去。

五百隻蠣鴴從南邊飛來落下；斑駁羽色耀眼，粉紅色的嘴喙很像糖棍，發出吹哨般的叫聲。三趾濱鷸的黑色雙腳在白色海灘上快速奔跑。一隻彎嘴濱鷸離群而立；像幼駒般纖弱，大海在牠背後輕輕蕩漾，一雙柔和眼睛在羽色斑駁的臉上輕輕閉起。潮水漸退。涉禽在熱烘烘的霧靄中踩著水，很像靜止的黑色暗影的水中倒影。

遠處的海上，海鷗聲聲叫喚。雲雀一隻接著一隻停止鳴唱。涉禽融入自己的影子，蹲伏得小小的。一隻遊隼雌鳥，天空白色背板上的暗影，從海上盤旋而來。她放慢速度，漫無目的飄盪，彷彿大地上方的空氣十分厚重。牠向下飛落。海灘上激動喧鬧，白色翅膀齊揮。旋轉翻飛的鳥群把天空切割成碎片。雌遊隼飛高又墜落，很像一把黑色鐮刀將白色木頭劈成碎片。她劈砍劃破空氣，但無法發動攻擊。累了，乏了，她飛向內陸。涉禽飄降而下。禿鼻鴉呱呱叫著，飛到泥灘地去覓食。

十月五日

一隻紅隼在溪畔定點鼓翼，這條小溪位於河流平原和蓊鬱山丘之間。牠慢慢下降到已收割田地的殘株之間，翅膀旋轉的模樣很像一隻蜘蛛從蛛網垂降而下。

小溪的東邊有一片綠色果園，枝葉伸向天際。一隻遊隼在上方高處盤旋，開始定點鼓翼。牠在風中挺進一段距離，每隔四、五十公尺懸停一陣子，有時候一分多鐘維持不動。強勁的西風突然狂風大作，吹彎了樹枝，吹散了樹葉。太陽消失了，雲層越來越黑。西方的地平線突出黑色尖刺。風雨欲來。色彩褪去，變成鮮亮的明暗對照。遊隼一對修長水平翅膀的邊緣逐漸收窄，雙翼之間的頭部微微頷首，顯得又圓又大，很像貓頭鷹。一隻紅冠水雞叫了起來，發出叮鈴叫聲的紅額金翅雀默默躲在薊草裡。喜鵲蹦蹦跳跳進入長草地，動作很像青蛙的深蹲跳。遊隼飛到果園邊緣，轉個彎朝北邊飛去。見到我在場，牠不會越過小溪。

遊隼乘風飛高，沿著窄小的螺旋形往上攀升，以奔放輕鬆之姿飄揚了三百公尺高。牠輕盈地飛掠飄盪，慢慢繞著小圈，很像在空中揚飛的槭樹種子。從山丘教堂的遙遠後方高處，牠再度下降到果園，定點鼓翼並在風中挺進，就像之前一樣。牠張開尾羽往下壓，彎勾形的頭部微微頷首，雙翼向前彎曲頂住強風。牠蜷伏在空中，縮成小小一團，位於果樹上方三百公尺高處。接著牠伸展開來，慢慢撐開雙翼，轉向側邊。牠翻轉身子，以極陡的螺旋線降低高度，突然又以直線方式垂直俯衝。牠在空中拱背搖晃，墜落到樹木之間，一雙長腿向下搖擺著發動攻擊。逆光的身子黑黑的，牠的雙腿和雙爪顯得非常粗壯。不過這次攻擊有點笨拙，一定是失手了，因為再度飛起時，牠沒有抓到半點東西。

十分鐘後，一大群紅腳石雞從樹籬底下的長草叢走出來，那裡是牠們原本躲藏的地方；牠們回到一塊裸露的地面，繼續洗砂浴，剛才洗了一半遭到遊隼打斷。紅腳石雞像這樣洗砂浴有可能遭到獵殺。牠們的拍翅聲引來注目。

紅隼又在已收割田地的殘莖上方定點鼓翼，而遊隼對著牠俯衝。只是展現一種輕蔑、不屑的姿態；不過紅隼連忙降低高度，飛向田地最遠的角落，翅膀幾乎要碰觸到莖梗。

下午三點開始下起滂沱大雨。一隻白腰草鷸在小溪裡越走越遠。憂傷悲切的叫聲悠悠傳遞回來，其實牠早已迂迴走進雨霧中溼亮的蘆葦叢。金斑鴴在霧中深處鳴叫。這一天似乎結束了。不過我離開煙雨濛濛的田野時，遊隼從柵門附近猛然飛起，那裡的潮溼土壤混雜著泥土和稻草。六隻石雞隨即行動，躲進樹籬裡。眼看遊隼的身形越來越小，羽色似乎從類似大杓鷸的暗濁灰褐色，變成類似紅隼的紅褐色和灰黑色。牠的飛行姿態很沉重，活像渾身吸飽了水。我想，牠在殘莖之間坐了很長一段時間，等待石雞起飛。牠叫了幾聲，逐漸消失於朦朧的東方天際線，一邊鳴叫一邊遠去。在灰色霧氣中，牠看起來很像一隻大杓鷸，我都有點期待聽到遠方傳來大杓鷸那種吹響號角般的孤寂叫聲，與遊隼粗啞斷續的嘎嘎叫聲迴盪在一起。

十月七日

雄遊隼決定放椋鳥群一馬，只見牠振翅一揮、微微抖動，融入北邊天空的淡紫色薄霧。五分鐘後，牠重新現身，目標是河流，乘著風勢迅速滑翔而下。一隻雌遊隼與牠比翼而飛。牠們一起向前滑翔，越飛越低朝我而來，輕輕鼓動雙翼，然後又滑翔。才不過十秒鐘，牠們已經從三百公尺的高度降低到六十公尺高，正通過頭頂上方。雄鳥的輪廓比雌鳥略顯修長且帥氣。從下方看去，牠們的翅膀在次級飛羽那邊比較寬，也就是與身體相連的地方。雌鳥的翅膀寬度大於牠體長的一半。牠們的尾部很短。頭部和頸部從翅膀向前伸出的長度，只比翅膀後方的體長和尾部短一點點而已，不過寬度是兩倍。這讓牠們的頭部看起來大得異常。我詳細描述這些印象，是因為只能趁遊隼從頭頂上方滑過時才觀察得到。我們多半是從平視的角度或側邊觀察遊隼，看到的比例相當不同。那樣觀察到的頭部比較圓鈍，尾部比較長，而翅膀沒那麼寬。

宛如火焰轉瞬即熄，遊隼像火燒一樣劃過冷冽的天空就消失了，沒有在上方的藍色霧靄留下半點痕跡。不過在低空處，一整排鳥兒迤邐而歸，而且往上飛高，穿越海鷗盤旋的白色螺旋。

風漸漸變冷，陽光則曬得更暖。沿著山脊，樹木的輪廓很清晰。大宅草地上的雪松開始發燙，隱隱冒出墨綠色的光。

通往涉水灘的小路旁，我發現一隻長尾森鼠在草坡上覓食。牠正在吃草籽，用細瘦的白色前爪小心翼翼捧著草葉。好嬌小啊，光是路過汽車的排氣就要把牠吹倒了，一身綠褐色的毛皮彷彿柔軟的苔蘚；不過牠的背部摸起來堅硬又結實。牠有一對纖細的長耳朵，很像張開的雙手；牠的大眼睛具有夜視能力，漆黑不透明。牠沒有察覺到我摸牠，也沒發現我的臉在牠上方只有三十公分的距離，只見牠壓彎了樹叢頂端的草葉，用牙齒細細啃咬。對牠來說，我就像一個龐大的星系，太巨大而看不見。我大可把牠拎起來，但此刻強迫牠脫離這片至死都不會離開的地表，似乎是不對的。我給牠一顆橡實。牠咬著橡實爬上草坡，停下腳步，用牙齒讓橡實轉個角度，再用雙手輕輕撥動一下，很像轉動著陶胚。牠的生活就是努力進食而活著、趕上、追上；從來不曾帶頭做什麼事，永遠都在一個個瀕死關頭之間的狹小範圍內移動；夜晚時分，在白鼬和小黃鼠狼之間，在狐狸和貓頭鷹之間；白晝時分，在汽車和紅隼和鷺鷥之間。

有隻鷺鷥在田地旁邊站了兩個小時，倚著樹籬，面對作物採收後的殘莖。牠拱背、垮肩、垂頭，靠著一雙長腿支撐。牠假裝死掉。牠的嘴只移動過一次。牠正等待老鼠路過而出手獵殺。沒有任何老鼠路過。

有隻燕鷗沿著小溪獵食，低頭尋找某隻魚的閃光出現在牠的黑色倒影邊緣。牠定點鼓翼，然後向下衝進暗影裡；飛起時嘴裡有一隻擬鯉。燕鷗抛起擬鯉兩次，讓小魚旋轉落下，再趁牠落到水面之前咬住。接著燕鷗用力吞嚥四次，把魚吞下。牠向下滑翔，從小溪喝水，用下喙拂過水面，劃出一道又長又亮的漣漪。

燕鷗飛高時，遊隼向下俯衝，在空曠的天空裡嘎嘎哀叫。牠失手了，旋即爬升，飛離現場。在一棵空心樹木的樹冠上，我找到牠的三隻獵物：一隻椋鳥，一隻雲雀，還有一隻紅嘴鷗。

十月八日

霧氣抬升。河口逐漸現形，東風迎面吹襲。放眼望去，陽光亮得刺眼。島嶼從水中浮現。下午三點，有個人沿著海堤步行，手中的地圖迎風飄動。五千隻黑腹濱鷸在內陸飛得很低，從他頭頂上方約六公尺處飛過。那個人沒有看見牠們。牠們的影子宛如瀑布，傾瀉到他面無表情的臉上。牠們如雨點般降落到內陸，很像一大群蜜蜂閃耀著幾丁質的金光。

潮水位很高；所有的涉禽都飛進內陸；鹽沼地慢慢沒入光滑如鏡的潮水中。漏斗狀的涉禽鳥群急急飛向內陸的田野。我沿著一條乾溝朝牠們匍匐前進，宛如潮水一般緩慢推進。我爬過農作物的殘莖和乾掉的耕地。一整排大杓鷸沿著天際線站立，頭上的細長嘴喙轉來轉去，觀察聆聽。一隻雉雞突然從塵土中冒出來。大杓鷸看到我，起飛滑翔到稜線後方，但是小型涉禽沒有移動。

牠們在褐色的田地上排成一列長長的白色線條，很像一道積雪。有個影子在我前方劃過一道弧形。我抬起頭，看到一隻雌遊隼在頭頂上方盤旋。我越來越靠近那些涉禽時，她一直在我上方，希望我會把牠們嚇得飛起來。她也許不是很確定那些鳥到底是什麼。我保持不動，像涉禽一樣蹲伏身子，抬頭看著遊隼的十字弓形深色身影。她飛得低一點，向下看著我。她叫了一次；急切且尖銳的「嘎啊、嘎啊、嘎啊、嘎啊、嘎啊」。發現沒有半點動靜，她爬升高度離開內陸。

在犁溝的另一邊，至少有兩千隻涉禽面對著我，很像玩具兵集結起來準備戰鬥。牠們的白色部分主要是灰斑鴴的白色頭頂和臉部。很多黑腹濱鷸在睡覺；翻石鷸和紅腹濱鷸也昏昏欲睡；只有斑尾鷸靜不下來，保持警戒。一隻青足鷸飛過，單調的叫聲持續了好一陣子，害那些小型涉禽非常不安。牠們的反應就像是遊隼來了。有幾隻紅腳石雞從那些涉禽之間走過去，撞到黑腹濱鷸，也推擠著翻石鷸。牠們向前走，不時停下來覓食。遇到某隻涉禽不肯移動時，牠們竟試著踩過去。對一隻鳥來說，天底下的鳥類只分成兩大類：與牠們同類，不然就是危險的另一類。沒有其他類別的存在。再不然就只是無害的物體，像是石頭，或者樹木，或是死去的人。

十月九日

熱氣蒸騰，霧鎖白晝。聞起來有刺鼻和金屬的氣味，像是用冰冷腐爛的手指觸摸我的臉。霧氣流連於路邊，宛如侏羅紀的大蜥蜴，在沼澤裡散發惡臭，毫無生氣。

等到太陽升起，灌木和樹籬底下的霧氣散裂、旋繞、消失。到了十一點，燦爛陽光從廣大藍天的正中央照耀下來。霧氣從太陽邊緣向外消散，很像白色的日冕逐漸縮減。明亮的大地燃起色彩。雲雀高歌。燕子和毛腳燕飛向河流的下游。

在河流的北邊，犁具翻動著溼重的泥土而冒出蒸汽，在陽光下閃閃發亮。遊隼從遠處的鳥群脫離出來，高高飛入早晨的空中。牠飛向南邊，在今天第一道微弱的熱氣流中振翅滑翔，盤繞著8字形，先是往左繞又換成往右繞。牠遭到椋鳥圍攻，於是爬升穿越牠們，從我頭頂上方飛過，非常高也非常小，左右轉頭又低頭查看。在牠臉上的黑色鬢斑之間，大大的眼睛白色閃亮。遊隼的羽色很像作物草莖的黃褐色，太陽把牠曬得光彩耀眼，也讓牠抓握的腳爪突然閃現金光。牠撐開硬挺的尾羽向外伸展；十二根褐色的尾羽之間，透出十道藍天。

牠不再盤旋，迅速衝向前方，飛越陽光。那些椋鳥像飛機雲一樣向後飛射，四散開來，飄落地面。遊隼繼續向前，飛進南邊的閃亮霧雲。

牠移動得太快了，我沒能跟上。我在河谷裡，與石雞和松鴉待在一起，看著雲雀和小辮鴴從海岸飛進來。紅腳石雞的這個繁殖季很成功，族群比較大，數量比以前更多。松鴉也很多。我看到八隻松鴉飛過河流，每一隻的嘴裡都咬著橡實。牠們並沒有從前一週目睹的死亡事件學到教訓；遊隼也沒有學會利用牠們的愚蠢。也許牠覺得松鴉的肉質太多筋或沒味道。傍晚時分牠飛回來，但是沒有停留。牠在白楊樹之間滑翔，很像飽腹的白斑狗魚在蘆葦間游動。

十月十二日

乾燥的葉子枯萎發亮，橡樹的綠葉漸漸變色，榆樹有一道道金色條紋。

今天有霧，不過南風把霧吹散了。日曬的天空變得很熱。潮溼的空氣從滿是沙塵的泥土上飄過。北邊有藍色的霧霾，南邊則淡化成白色。雲雀在暖風中高歌，或者沿著犁溝迅速飛過。海鷗和小辮鴴從一塊耕地飄飛到另一塊。

秋天時節，遊隼從河口地帶飛進內陸，在小溪或河流的礫石淺灘處沐浴淨身。十一點到一點之間，牠們在枯木上休息，晾乾身上的羽毛，用嘴喙理羽，然後睡覺。牠們棲息時站得直挺挺的，看起來如同橡樹的節瘤或扭曲的樹枝。為了找到牠們，你必須學習辨認河谷裡所有樹木的形狀，直到一看見多出來的東西，立刻就知道那是一隻鳥。遊隼躲在枯木上，多出來的樣子很像樹枝。

日正當中，我把河邊一棵榆樹上的雄遊隼嚇得飛起來。背景有褐色田地、褐色枝葉、低垂於天際線的褐色霧氣，實在很難發現牠。牠看起來比追逐牠的兩隻烏鴉小多了。不過一旦飛高，背景是白色的天空，牠就顯得比較大，也比較容易凝神細看。過沒多久牠盤旋到更高處，突然間一扭身，沿著切線離開原本的路徑，攔截那些笨拙的烏鴉。牠們總是飛過頭，再辛辛苦苦回頭彌補相差的距離。牠們聲聲叫喚，把粗啞高亢「嘎兒、嘎兒」叫聲的「兒」音拖得很長，那是牠們圍攻遊隼的叫聲。遊隼遭到圍攻時，以規律的節奏深深鼓翼。翅膀壓到空氣會反彈，伴隨無聲的拍打，就像小辮鴴一樣。那種從容逃遁的振翅動作非常賞心悅目；你的呼吸會跟上那樣的節奏，頗有催眠效果。

雄遊隼在陽光下扭身轉彎。牠翅膀的腹面閃過銀色劍光。牠的深色眼睛炯炯有神，眼睛周圍裸露的皮膚像鹽粒一樣亮亮的。追了一百五十公尺左右，烏鴉放棄了，伸展翅膀翺翔回到樹上。遊隼爬升得更高，快速飛向北方，沿著很大的圓圈順暢地盤旋而上，直到沒入藍色的霧靄。整群金斑鴴從田間飛起，擾動著地平線，翅膀發出陰鬱的呼呼聲。

陽光燦爛的整個下午，我坐在河邊大片田地的南側。太陽把我的背曬得暖烘烘，而荒漠般的薄霧中，乾燥的砂土色田地閃爍發光。在亮晃晃的地面上，好幾群石雞站得很顯眼，像是一圈圈黑色的小石頭。遊隼盤旋到牠們上方時，圍成一圈的石雞連忙向內縮。小辮鴴起飛逃走。牠們原本躲在犁溝裡，當時遊隼隱身於天空的閃亮波光之中。

烏鴉再度起飛，想要驅趕遊隼，三隻烏一起飄飛至東邊。雄遊隼現在羽毛乾了，浮力比較好，因此沒有拍動翅膀，只利用充足的熱氣流在空中爬升。烏鴉突然衝來，牠輕鬆閃過，然後像田鷸一樣搖擺翅膀，朝牠們飛撲而去。有隻烏鴉滑翔回到地面，但另一隻動作緩慢，重重拍著翅膀繞圈飛行，位於遊隼下方三十公尺處。等到遊隼和烏鴉都變得很小，飛到森林茂密的山丘上方高處，遊隼慢了下來，等待烏鴉趕上牠。牠們衝向彼此，打成一團又匆忙飛開，然後急速爬升回到原本的高度。一下子爬升，一下子打鬥，兩隻鳥盤旋到視線看不到的地方去了。過了很久之後，烏鴉飄飄然飛回來，但遊隼不見蹤影。前往河口的半路上，我再次找到牠，在數千隻椋鳥群中盤旋飛行。在牠的周圍，椋鳥像潮水一般退下又湧上、彎曲又收縮，迂迴蜿蜒飛越天空，很像一道旋風的黑色漏斗形狀。牠們簇擁著那隻飽受糾纏的遊隼前往海邊，直到整群鳥一齊在地平線的金色光暈中消失無蹤。

河口的潮水正在上漲；昏昏欲睡的涉禽擠在鹽沼地；灰斑鴴則沒有休息。我原本以為遊隼會從天而降，但牠從內陸低飛而來。牠像是一彎飛掠而過的黑色新月，直線穿越鹽沼地，把一大群黑腹濱鷸嚇得飛起來，密密麻麻宛如一群蜜蜂。牠迅速飛高到那群鳥之間，像是黑色鯊魚闖進一大群銀皮魚類，翻騰又急墜。牠突然向下衝刺，脫離那個漩渦，追著一隻落單的黑腹濱鷸飛到空中高處。那隻濱鷸看起來好似慢慢退回到遊隼身邊。牠逐漸進入遊隼的黑色輪廓內，沒有再出現。沒有殘忍行為，沒有暴力行為。遊隼雙腳伸出，抓握，夾緊，毫不費力就掐息了濱鷸的心臟，宛如人類伸出手指按住一隻昆蟲。遊隼輕鬆慢飛，滑翔下降，前往島上的一棵榆樹，清理獵物的羽毛，吃了起來。

十月十四日

秋天少見的天氣。雲高無風，溫暖，遠處斑駁的陽光環繞成圈，蔚藍的天頂漸漸消失在薄霧裡。榆樹和橡樹依然翠綠，但現在有些葉子枯萎成金色。少數葉子掉落了。作物的殘莖燃燒起來，煙霧嗆人。

滿潮的時間是下午三點，潮水沿著河口的南岸逐漸上漲。田鷸在堤岸上抖動身子。白色晶亮的海水湧進來，吞沒海堤的石頭。停泊的船隻輕啄著海水。暗紅色的鹽角草亮亮的，宛如浸潤了鮮血。

大杓鷸從島嶼飛過來，鳥群排列成平坦的長盾形，在海岸上方宛如海浪一般改變形狀，長長的V字形手臂變寬又收窄。赤足鷸叫聲尖銳且激烈，不曾平息，不曾靜默。灰斑鴴發出微弱、持續的悲鳴。翻石鷸和黑腹濱鷸騰空飛起。二十隻青足鷸鳴叫、飛高；灰白羽色很像海鷗，也像天空。斑尾鷸與大杓鷸並肩飛行，還有紅腹濱鷸，還有灰斑鴴；很少落單，很少落地；帶著鼻音怪聲怪叫；長鼻子、叫聲亮的海洋樂天派；牠們的鳴叫像是噴鼻息、打噴嚏、喵喵嗚、噴沫吠叫。牠們往上彎的細長嘴喙轉來轉去，牠們的頭轉來轉去，牠們的肩膀和全身轉來轉去，牠們的翅膀扭動搖擺。牠們在洶湧水域上方炫耀自己的花式飛行技巧。

海鷗叫聲尖銳，在雲層下方盤旋得很高。島上擠滿了各色鳥類。一隻遊隼飛高又落下。斑尾鷸彈射飛越水域，翻滾，爬升。一隻遊隼跟在後面，俯衝，抓攫。斑尾鷸和遊隼急衝、閃躲，像是忽隱忽現的梭子來回於陸地和水域。斑尾鷸往上爬升，身形變小，極其微小，消失不見；遊隼俯衝，停棲，氣喘吁吁，精疲力竭。

潮水逐漸退去，赤頸鴨細細咬著大葉藻，淺灘裡鷺鷥瘦長。海堤上綿羊嚼草。目光流轉，綿長的河口也隨之旋轉。就讓海水撫平它的癒合線，如同用酸模[1]碰觸手指的紅疹。留下涉禽舞動漫天，輕盈飛越靜水，柔光如拱。

十月十五日

下午一點後，霧氣很快散去，陽光普照。一個小時後，遊隼從東邊抵達此地。目擊到牠的，包括麻雀、小辮鴴、椋鳥和斑尾林鴿，但不包括我。我在涉水灘附近的田裡觀察等待，努力像鷺鷥一樣靜止不動又有耐心；鷺鷥正站在作物的殘莖之間，等待老鼠跑到範圍內，牠用嘴喙向下一戳就能得手。灰雀在溪邊鳴叫；燕子閃動翅膀繞過我的頭。一群喜鵲在山楂樹上咕噥叫著，然後四散飛開，背後拖著掃把柄般的寬鬆尾巴，每拍動一次翅膀，就讓自己向前飛射，沉陷在氣流裡的角度很像一塊擲得很遠的鐵餅。數千隻椋鳥飛進河谷，先聚集在河邊，再飛向停棲處。

下午四點半，烏鶇開始在樹籬裡嘮叨鳴叫，紅腳石雞也叫起來。我掃視天空，找到兩隻遊隼，一雄一雌，飛在涉水灘上方高處，幾隻烏鴉在後面追逐。烏鴉過沒多久就放棄，但遊隼又花了二十分鐘繞圈飛行，隨意繞著很大的圓圈。牠們有好幾次猛然轉彎，因此一直沒有超過涉水灘周圍四、五百公尺外的地方。牠們的翅膀揮得很深，頗有節奏感，而雄鳥的揮翅速度比雌鳥快一點；但牠們沒有移動得很快。雄遊隼飛得比較高，而且不斷朝雌鳥俯衝，翅膀猛烈抖動。雌鳥稍微轉向側邊，避開這些俯衝。有時候兩隻遊隼的速度都慢下來，直到幾乎懸停在空中；然後再次逐漸加快速度。

牠們羽色的細節很難看得清楚，不過從遠處看鬚斑，似乎與近看的時候一樣顯眼。雌鳥的胸口帶有金色，側邊的條紋是偏黑的褐色。牠的背側上部融合了藍黑色和褐色，因此可能是第二年冬天的鳥，正要換為成鳥的羽色。

這時候是遊隼真正的狩獵時間；太陽再過一個半小時就要下山，西邊的光線漸漸變暗，暮色剛開始浮現於東方的天際線。我一開始以為兩隻遊隼正要盤旋向上提升高度，但是盤旋得太久了，顯然包含兩性之間的某種追求和展示飛行。我周圍的鳥類認為自己身處險境。烏鶇和石雞不曾安靜下來；斑尾林鴿、小辮鴴與寒鴉從田裡四散奔逃，全都離開這個區域；綠頭鴨從小溪起飛。

二十分鐘後，兩隻遊隼開始加快飛行速度。牠們飛得更高，而雄鳥不再對雌鳥俯衝。牠們盤旋一圈，速度非常快，接著飛向東邊，沒有轉彎繞回。牠們朝向河口而去，忽隱忽現飛出視線之外，消失在山丘上方三百公尺高處的灰色薄暮裡。牠們要去狩獵了。

十月十六日

海浪沿著礫石的隆起處濺起水花，涉禽就安睡在隨之而來的水霧裡。牠們排排站在內陸田地的炎熱犁溝，那裡塵土飛揚。黑腹濱鷸、環頸鴴、紅腹濱鷸和翻石鷸，迎著風面對太陽，群聚在一起，很像褐色泥土上的白色卵石。

一陣強勁南風呼嘯而來，吹得海浪猛力拍打高聳的海堤，將水花拋至上空。在堤防的背風處，乾草正在燃燒。受到狂風吹襲，黃色火焰呼呼喘息，濃煙湧向北方。熱氣既猛烈又惱人，宛如一頭痛苦的野獸。堤坊頂端的短草燃燒出橘黑火光；含有鹽分的水花嘩拉灑下時嘶嘶作響。在炎熱天空下，在太陽熱力中，水火歡欣交融。

涉禽突然飛起時，我望向牠們後方，看到一隻遊隼從北邊天空急衝而下。看著牠高高拱起的肩膀、雙肩之間彎低的大頭，以及修長翅膀的搖晃、顫抖和擺動，我知道這隻是雄鳥。牠直直飛向我，雙眼似乎凝視著我的眼。然後牠瞪大眼睛，認出我這個不懷好意的人類身形。修長的翅膀突然扭轉又伸展，於是遊隼猛然轉向。

在明亮的光線中，我清楚看到牠的羽色：背部和次級飛羽是濃豔的紅褐色；初級飛羽是黑色；腹部是土黃色，布滿了黃褐色的箭頭條紋。兩邊淡色臉頰的下方，各有一塊三角形的長條黑色鬢斑，凸顯出反射陽光的晶亮雙眼。

穿越煙霧，穿越水花，牠以平順流淌之姿滑翔越過堤防，很像流水滑過石頭。那些涉禽在泥土上微微發亮，睡著了。遊隼的羽色受到煙霧影子的影響，像是灑上晶瑩水花的閃亮盔甲。牠乘著一股強風飛出去，在低空翻飛一陣，越過上漲的潮水。牠猛然衝向一隻漂浮在水裡的海鷗，要不是海鷗立刻起飛，遊隼可能會把牠從水中拎起。遊隼翻飛進入明亮地帶，成為越來越細微的小黑點，沿著自南邊橫跨河口的巨大耀眼的陽光之劍消失。

黃昏時分，風勢已然吹向北方。天空多雲，水位退低且平靜，火勢漸息。數以百計的綠頭鴨從霧氣瀰漫的昏暗北方飛出來，爬升到比較明亮的空中，翺翔於落日上方，比遊隼飛得更遠更高，只見遊隼從岸邊望著牠們，獵槍手在沼澤低伏等待。

十月十八日

河谷裏著一團潮溼霧氣；雨絲飄過；寒鴉努力發揮牠們的古怪叫聲和飛行姿態、牠們的吵鬧追逐、牠們一時興起的隨意覓食；金斑鴴在雨中鳴叫。

等到呱叫的寒鴉越來越吵鬧，又突然閃進榆樹裡，變得安靜無聲，我就知道有遊隼飛來了。

我跟著牠往下走到河邊。數千隻椋鳥坐在高壓電塔和電纜線上，嘴巴張得大大的，每一隻鳥都有各自口沫橫飛、聒噪尖厲的話要說。烏鴉觀察著遊隼，烏鶇則是絮叨怒叫。經過五分鐘的警戒後，烏鴉放鬆下來，藉著對椋鳥發動飛撲襲擊來釋放自己的挫折。烏鶇也不再罵了。

細雨下得頗大又冰冷，我站在一棵山楂樹旁躲雨。下午一點，六隻田鶇飛進灌叢，吃一些莓果，然後又繼續飛。牠們的羽色很深，因潮溼而發亮。河邊一片安靜。只有遠處河堰的微弱潺潺聲，以及風雨傳來輕柔溫和的呼呼聲。有個單調的「喀咳、喀咳、喀咳」聲音開始叫起來，在西邊某處。叫聲持續了很長一段時間，我才認出來。剛開始我以為是機械抽水幫浦的吱嘎聲和噗噗聲，但是等到聲音變得比較近，我才發現那是遊隼的尖銳叫聲。這種像鋸東西的粗嘎刺耳叫聲持續了二十分鐘，漸漸變得比較有氣無力和斷斷續續。接著叫聲停下來了。遊隼追逐一隻烏鴉，穿越霧氣瀰漫的田野，衝進一棵橡樹枯木的樹枝間。牠們往上撲向枝椏高處時，有二十隻斑尾林鴿從樹上急忙飛出，活像那棵樹把牠們開除了。烏鴉沿著一根樹枝悄悄跳過去，直到進入遊隼的啄食範圍內，只見遊隼轉身面向牠，低下頭，翅膀擺出威嚇的姿勢。烏鴉連忙往後退，而遊隼又開始叫起來。牠那種緩慢、粗啞、以嘴喙發出的鋸齒般叫聲，從四、五百公尺外的地方，穿越溼度飽和的霧氣，清楚傳到我這裡來。只要有懸崖、山脈或寬廣的河谷能賦予回聲和音色，遊隼的叫聲就會帶著誇張又富有挑戰性的口氣。第二隻烏鴉起飛，遊隼停止鳴叫。兩隻烏鴉都衝向牠時，牠立刻飛到一條電線上，於是兩隻烏鴉沒有再去惹牠。

牠低頭看著面前已收割的田地，昏昏欲睡但保持戒備。牠漸漸變得更加警戒和急切，站在電線上的雙腳不斷抓握和移動。牠的羽毛凌亂又淋溼，胸口溼透的模樣很像辮子狀的黃褐色繩索。牠輕輕飄飛到田裡，起飛時帶著一隻老鼠，然後飛到遠處一棵樹上進食。一個小時後，牠回到同樣的地方，再次坐著觀察田地；全身濕透，身軀拱起，因雨水而顯得厚重笨重。牠大大的頭向下彎低，雙眼刺探著，仔細區分看似複雜的殘莖犁溝和叢生雜草。突然間，牠的雙翼撐開如網，往前跳下，迅速飛到下方的田裡。有某種東西跑向溝渠側邊的安全地帶。遊隼輕輕降落在牠身上。四隻翅膀一起拍動，接著有兩隻翅膀突然靜止不動。遊隼以沉重的姿態飛到田地中央，腳上懸垂著一隻死去的紅冠水雞。牠遊蕩的地方距離掩蔽處太遠，紅冠水雞覓食的時候經常如此，渾然忘卻敵人按兵不動。跑錯地方的鳥兒總是死得最早。恐懼尋找落單、生病和迷路的對象。

遊隼背對著雨絲，雙翅半張開，開始進食。有兩、三分鐘的時間，牠一直低著頭，向左向右微微移動，那是從獵物的胸口拔掉羽毛的動作。接著頭部和頸部都以穩定、規律的動作上下移動，那是用尖銳又有凹口的嘴喙刺入肉中，然後把頭猛力往後拉起，把肉從骨頭上扯開。每一次把頭拉起，牠會匆匆左右張望一番，然後再低頭處理食物。十分鐘後，這種上下的動作慢了下來，每一次吞嚥之間的停頓時間也變長了。不過這種隨意的進食又持續了十五分鐘以上。

等到遊隼停下來不動，牠的飢餓顯然獲得滿足，我小心越過溼透的草地走向牠。牠立刻飛起，帶著剩餘的獵物，很快隱身於遮蔽視線的雨中。牠開始認得我了，但不會分享牠的獵物。

十月二十日

遊隼在河邊草地上方定點鼓翼，在黑壓壓飛繞的椋鳥群中顯得巨大又閃亮，迎著強勁的南風和晨間陽光的生氣勃勃。牠盤旋到更高處，接著無精打采地向下俯衝，一邊下墜一邊旋轉，金色的雙腳在陽光下閃爍發亮。牠頭朝下墜落，像小辮鴴一樣螺旋式旋轉，把椋鳥嚇得四散奔逃。五分鐘後，牠再度爬升到空中，盤旋，滑翔，急速飛升到明亮的地方，遠離密密麻麻墜落的椋鳥，很像一隻魚往上游竄、穿越溫暖的藍色水域。

在三百公尺高處，牠滯空飄浮，低頭看著下方的小塊綠色田地。陽光把牠的身子照耀成金光閃閃的黃褐色，褐色的斑點很像鱒魚身上的鱗片。牠翅膀的腹面羽毛是銀色的；次級飛羽顏色偏暗，帶有馬蹄鐵形的黑色斑紋，而且從腕骨關節到腋窩向內彎曲成弧線。牠搖搖擺擺，像繫住的船隻一樣飄盪，然後慢慢飛出去到北邊的空中。牠把盤旋的路徑拉開成長條的橢圓形，並衝高到變得很小。一群小辮鴴飛高到牠的下方，轉彎，搖擺，分散開來。遊隼俯衝到牠們之間，以狂暴的螺線形旋轉向下。牠那雙旋轉的鷹爪躍出金光。那是一次華麗的俯衝，不過很浮誇，我不認為牠捕殺到獵物。

河流藍得發亮，流經綠色和黃褐色的田野，而我沿著山坡緊盯著遊隼。下午一點，牠從北邊快速飛來，那裡有海鷗沿著犁溝活動。牠降落到一根桿子上，移動的樣子精神抖擻又急躁，強風吹亂了牠胸前的長羽毛，黃色輕輕蕩漾很像成熟的麥子。牠休息了一會兒，接著向前衝出，低飛掃過一片羽衣甘藍田，將斑尾林鴿驅趕出來。牠稍微飛高，攻擊其中一隻，將雙腳伸向那隻鳥，很像蒼鷹。不過那只是佯裝攻擊，虛晃一招，差了幾公尺沒有得手。牠繼續飛，沒有停下，飛得很低，背部在陽光下閃閃發亮，呈現鮮豔的桃花心木紅褐色，像是泥土沾染了氧化鐵的深沉鏽色。

牠準備離開田野，乘著風轉身向上，滑翔越過河流，逆光顯得輪廓分明。牠滑翔時翅膀鬆弛，肩膀下垂；肩膀像是從身體中央凸出來，比較像金斑鴴的輪廓而非遊隼。通常的情況下，牠的肩膀會高高拱起，向前突出，使得翅膀前方的身體與脖子的長度幾乎看不出來。

在河流的另一邊，牠飛向東方，我也沒有再看到牠。數百隻禿鼻鴉和海鷗從天際線冒出來，因為遊隼一路飛向海邊促使牠們起飛，盤旋又飄盪，變小而消失。

在下面溪邊，我看到這個秋天的第一隻田鷸，牠跑到一隻石雞附近。牠胸口的馬蹄鐵形栗色斑紋似乎相當突出，受到陽光的照耀十分鮮明。下午兩點半，雌遊隼飛過樹林，遭到一隻烏鴉追趕。她的大小與烏鴉差不多；胸口比雄鳥寬一點，而且比較像桶狀，雙翼比較寬闊而且不太尖。她盤旋的速度很快，把烏鴉難倒了，然後開始騰空高飛。牠爬升到非常高的地方，往東邊而去，高飛越過山丘上方金棕色、薄片雲的天空，鑽入遠處聳立於水域上方的懸浮發亮雲團。

十月二十三日

自從二十日以來，很多冬季候鳥進入河谷。今天河邊的山楂樹上有五十隻烏鶇，在此之前只有七隻。

早晨有霧，平靜無風。一隻椋鳥模仿遊隼，學得好像，在河流北邊的田野持續不斷鳴叫。其他鳥類對此顯得非常不安；牠們像我以前一樣受騙。我不相信那不是遊隼，直到看見椋鳥真的張開嘴喙發出那種聲音。聆聽秋天椋鳥的鳴叫，你可以根據牠們模仿的叫聲，判斷何時有金斑鴴、田鶇、紅隼和遊隼抵達河谷。比較少見的遷移性鳥類，像是中杓鷸和青足鷸，也會被牠們忠實模仿，原音重現。

下午兩點，十二隻小辮鴴飛過頭頂上方，以穩定的速度朝向西北邊飛去。牠們上方遠處有一隻遊隼忽隱忽現。那是一隻小型的淡色雄遊隼，可能與小辮鴴一起遷移。

等到太陽從霧中浮現，我觀察了整個月的那隻雄遊隼飛高到草澤上方，而照例有一群椋鳥圍繞在四周。在將近一百公尺外的地方，牠突然扭身離開盤旋處，快速飛過河面，向前急衝，然後降低高度進行長距離的快速滑翔。數百隻小辮鴴和海鷗從田裡陡然飛起，而遊隼藏身於牠們之間。牠可能希望趁著某隻鳥剛起飛之際，從下方抓住牠，但我認為不會成功。半小時之後，很多紅嘴鷗還在田地上方三十公尺高處盤旋飛行。牠們快速飄飛，優雅繞圈，翅膀撐住不動，一邊滑翔一邊鳴叫。每一隻鳥都與同伴相隔幾公尺一起盤旋，不過彼此的盤旋方向總是相反。

在晴朗的向晚陽光中，每隔一段時間，斑尾林鴿、海鷗和小辮鴴從河谷的不同地方起飛，遊隼則是盤旋越過涉水灘和樹林上方，沿著稜線飛行，然後回到河邊。牠跟著海鷗在一條條犁溝之間飛著，直到日落前一個小時。然後牠飛離此地，前往海邊。

十月二十四日

平靜的天空布滿雲層，空氣涼爽無風，乾爽的小路因為枯葉而清脆。雄遊隼飛越河谷樹林，輕盈，危險的氣息，翅膀挺直，逼使斑尾林鴿飛離樹林。在下方河邊，我找到牠早晨的獵物：一隻紅嘴鷗，一身耀眼的白，躺在溼答答的黑色耕地上。牠仰躺著，紅色嘴喙張開，吐出僵硬的紅色舌頭。雖然身上羽毛已遭拔除，但遊隼沒有吃掉太多肉。

我前往河口，但潮水仍低。海水退得很遠，只見遼闊空曠的泥灘和薄霧，伴隨著遠處大杓鷸的叫聲和灰斑鴴的模糊悲鳴。在單調的昏黃光線中，一隻停棲的紅隼閃閃發亮，很像三角形的發亮銅塊。

我很早就離開，下午四點再度來到河流下游。小型鳥類的喧鬧聲從樹林傳來，群聚發出歇斯底里的刺耳鳴叫。遊隼從掩蔽處飛出來，經過很靠近我的地方，受到烏鶇和椋鳥的追趕。我看到蒼白臉上的黑色鬢斑、褐色羽毛上毛茛花般的黃色光澤，以及翅膀腹面的條紋和斑點。牠的頭頂看起來異常白皙發亮，金黃色微微帶有褐色斑點。翅膀修長，身軀精瘦，強而有力，於是很快就從那群惡鳥之間脫身，滑向河流的北邊。

一小時後牠回來了，飛到一根高聳煙囪的頂端。海鷗通過河谷上方高處，朝向河口飛出去準備棲息。每次有海鷗排列成長長的V字形經過時，遊隼都會起飛，從下方發動攻擊，讓海鷗的緊密隊形分散開來，再對著一隻又一隻發動猛攻。牠在海鷗之間迅速爬升，半縮著翅膀，很像俯衝的姿勢。接著牠轉身上仰，沿著弧線越過高點又向下，經過一隻海鷗下方時嘗試用雙腳抓住牠。那些海鷗奮力扭動又轉彎，一定產生擾亂之效，因為遊隼什麼都沒抓到，不過每隔一陣子牠再嘗試一下，足足嘗試了半小時。但其實難以分辨這些嘗試究竟有沒有全心投入。

薄暮時分，牠安頓下來，停棲在六十公尺高的煙囪頂端，準備在日出時分海鷗飛進內陸時再度發動攻擊。這個停棲地點的位置非常好，位於兩條河流的匯流處，靠近一個大型河口入海的地方，而且不會受到獵人射殺水禽的干擾。主要的海岸狩獵地點、兩個水庫和兩條河谷，全都位於大約十五公里範圍內，不到二十分鐘就能飛到（這座煙囪後來已遭拆除）。

十月二十六日

田野安靜無聲，霧氣瀰漫，動靜隱祕。一陣冷風讓天空堆疊雲層。麻雀在葉子乾枯的樹籬裡發出啪嗒聲，葉子沙沙作響很像雨聲。烏鶇嘮叨怒叫個不停。寒鴉和烏鴉從樹上低頭窺探。我知道遊隼在這塊田裡，但是找不到牠。我從田邊一角穿行到另一個角落，但只嚇起幾隻雉雞和雲雀。牠躲在溼答答的作物殘莖之間，羽色與暗褐色的泥土搭配得天衣無縫。

突然間牠在天上飛，周圍環繞著椋鳥。牠是從田地飛起，爬升到河流上方。牠的翅膀抬得很高，揮動得輕盈又有力，看似有很多關節，柔軟易彎。牠一邊衝刺一邊聳肩，把椋鳥從肩膀上甩開，很像小狗甩掉身上水滴的模樣。牠乘著東風陡直爬升，接著猛然轉彎，朝向南邊而去。牠的轉彎是採取六角形，而不是繞圈盤旋，在鳥叫聲四起的田野上方搖擺、轉向，並迅速爬升。霧氣瀰漫一片灰茫，牠呈現泥巴和稻草的顏色；色調晦暗冰冷，只有陽光能使之轉變成流金色澤。牠以飄忽不定之姿爬升了很高，從地面直達一百五十公尺高處，花費的時間不到一分鐘。看來不費吹灰之力；牠的翅膀只是微微波動再突然後擺，呈現一種輕鬆不間斷的韻律。牠的路徑從來不是完全直線飛行；牠總是傾向一側或另一側，或突然翻滾閃身一下子，很像田鷸。在海鷗和小辮鴴覓食的田野上方，牠展開第一次滑翔；一段長距離的低處滑翔，把許多鳥類嚇得飛上天。等到牠們全部都飛到高處，遊隼俯衝到牠們之間，以螺旋形高速向下墜。但是，一隻鳥都沒有得手。

等到遊隼飛走，兩隻松鴉從高處飛越田地。牠們無法決定要飛往何方，於是採取一種奇怪的不連貫動作，抓著橡實，呆頭呆腦。最後牠們回到樹林裡。雲雀和黍鵐唱著歌，也甜美也乾啞；白眉歌鶇在樹籬裡細細鳴囀；大杓鷸叫著；燕子飛向下游。一切復歸平靜，直到午後時分，這時陽光耀眼，海鷗盤旋，沿著一小朵雲的下方飄飛到西邊。牠們後面跟著小辮鴴和金斑鴴，其中有一隻因局部白化，具有寬闊的白色翼帶和白色頭部。我周圍的鳥兒全都高飛鳴叫，但是沒看到有遊隼把牠們嚇得飛起。

之後沒多久，雄遊隼就飛到我附近，我的目光忍不住在牠身上流連。許多椋鳥對著牠的腦袋吱吱喳喳，很像蒼蠅煩擾一匹馬。太陽照亮了遊隼翅膀的腹側，羽毛表面的乳黃色和褐色帶著一種銀色光澤。腋羽有暗褐色的橢圓斑塊，看起來很像灰斑鴴的黑色「腋窩」斑紋。兩邊翅膀的腕關節下方都有深色的陰影凹面。只有初級飛羽移動；快速的划槳動作，從靜止不動的肩膀向後流暢地微微起伏。兩隻烏鴉起飛，粗嘎的叫聲從緊閉的嘴喙和抖動的喉嚨迸發出來。牠們把遊隼驅趕到東邊去，逼迫得很緊，從兩側輪流向牠俯衝。等到遊隼對一隻烏鴉發動攻勢，另一隻立刻從遊隼看不到的那一側突然襲擊。遊隼悠悠滑翔，試著往上爬升，但沒有足夠的時間。牠只能繼續飛，直到烏鴉累了不再追逐。

我前往河口，又找到遊隼，這時是日落前一小時，牠在海岸外一點五公里處盤旋。眼看一些海鷗向外飛到開闊水域上休息，遊隼飛向牠們，一直飛到鹽沼地和海堤的上方；接著牠發動攻擊。好幾隻海鷗趕緊落向水面躲避俯衝，但有一隻飛到更高處。遊隼一次又一次撲向那隻鳥，對著牠垂直俯衝數十公尺。剛開始飛馳而過時，牠嘗試用後趾襲擊那隻鳥，但海鷗總是在最後一秒鐘翻身避向側邊而躲過。嘗試五次之後，牠改變策略，朝向海鷗的後方向下俯衝，沿著曲線快速墜落到下方再往上，從下方抓住海鷗。面對這樣的攻擊，海鷗顯然比較無法招架。牠無從閃躲，只在遊隼的飛行路徑上直線爬升。遊隼抓住海鷗的胸口，拎著牠降落到島上，牠只能無力地回頭望向後方。

十月二十八日

最後幾棟農舍再過去，鹽分、泥巴和海草的氣息，混合了枯葉和秋天堅果樹籬的氣味，突然間不再有內陸了，綠色田野乘著水霧飄向天際線。

日正當中我看到一隻狐狸，遠在鹽沼地上，在逐漸湧入的潮水中蹦蹦跳跳濺起水花。牠走在比較乾燥的地面上；毛皮因為溼透而顯得光滑深黑，狐狸尾巴軟綿綿溼淋淋。牠像小狗一樣甩動全身，嗅聞空氣，然後小跑步前往海堤。突然間牠停下腳步。我透過雙筒望遠鏡觀察，看著牠眼睛的小小瞳孔，在帶有白色斑點的黃色虹膜裡縮小又張大。眼神生猛活躍，目光隱隱燃燒，如同珠寶一般曖曖內含光。狐狸慢慢向前走，那雙眼睛不變的凝視定睛看著我。等到牠再度停步，只距離十公尺，我放下雙筒望遠鏡。牠在那裡站了超過一分鐘，嘗試用鼻子和耳朵了解我，用那雙充滿困惑的野性眼睛觀察我。接著微風讓我的人類惡臭飄送過去，於是紅褐色的美麗野獸再度變成一隻狩獵的狐狸，低身疾速離去，輕盈躍過海堤，奔越後方的長畦綠色田野。

赤頸鴨和小水鴨跟著潮水一起漂進來；鹽沼地叢生的植物之間擠滿了涉禽。一小群麻雀叫著警戒聲，後面跟著遊隼，牠慢慢滑翔出來，飛到數以千計蹲伏在地的涉禽上方。遊隼翅膀的腕關節很像手肘，如同眼鏡蛇的頸部皮摺一樣彎曲層疊，也同樣深具威脅。牠輕鬆飛行，繞著海灣振翅滑翔，影子投射在安靜不動的鳥類身上。接著牠轉朝內陸而去，搖擺低飛，快速越過田野。

四隻短耳鴞平緩飛出荊豆花叢，彷彿躡手躡腳一般，用牠們柔軟優雅的翅膀在空中無聲振翅。牠們乘著風起伏飛行，飄然越過白色河口和墨綠草地。牠們的碩大頭部轉過來看我，凶猛雙眼目光灼熱、變得幽暗，旋又灼熱起來，彷彿虹膜後方燃燒著一團黃色火焰，濺出幾許火花，然後火光變弱。一隻鳥叫起來；一種尖厲的叫聲，有點模糊，很像鷺鷥在睡夢中的鳴叫。

遊隼盤旋繞圈，對著飄飛的貓頭鷹俯衝，不過那就像嘗試用飛鏢去射一團輕飄的羽毛。那些貓頭鷹搖擺又轉彎，在俯衝的氣流中搖搖晃晃，然後爬升得更高。等牠們飛到水域上方，遊隼放棄了，滑翔下降，停在堤防附近一根桿子上。我想，如果遊隼能讓其中一隻落單，再從下方發動攻擊，大可獵殺其中一隻，但牠的俯衝差得很遠，也就沒什麼希望。下午四點，牠慢慢飛向內陸，沿著陽光普照的田野邊緣一下子就變得模糊，進入樹木的陰影又更加深暗。

我離開鳥叫聲平靜下來的寒冷退潮地帶，走進比較明亮的內陸黃昏，那裡樹籬間的空氣依然沉鬱溫暖。樹林聞起來既辛辣又芳香。在純粹琥珀色的向晚光線中，夏日的沉悶綠意燃燒成紅色和金色。日落時分，平靜無風。潮溼的田野散發出難以言喻的秋天氣息，像是乳酪和啤酒那種酸甜濃郁的香氣，帶點鄉愁，瀰漫在沉鬱的空氣中。我聽到一片枯葉脫落，飄降碰觸到小路的光亮路面，發出既輕又沉的聲音。遊隼從一棵枯木輕盈飛起，很像朦朧褐色的貓頭鷹鬼魂。牠在暮色中等待；沒有休息，而是觀察著獵物。石雞群叫起來，聚集在犁溝裡；綠頭鴨颼颼飛落到作物殘梗處覓食；遊隼沒有移動。我可以看到牠的暗色身形蜷縮在一棵榆樹頂端，夕陽餘暉映襯著牠的輪廓。牠的下方有一條閃亮的小溪。田鷸叫著。遊隼起身，向前蹲踞。第一隻山鷸從山上的樹林歪歪斜斜飛下來。隨後跟了另外三隻。牠們降落在小溪側邊的泥地時，遊隼衝到牠們之間。遊隼、田鷸和山鷸全部一起匆匆飛起，翅膀發出鮮明的嘶嘶聲和砰砰聲。牠們在樹林上方四散飛出，有一隻山鷸掉下來，嘩啦啦摔進小溪的淺水處。我看著牠墜落癱軟的身形，長長的嘴喙不知要轉向何方。遊隼站在水裡，將牠的獵物拔毛，然後進食。

十月二十九日

犁頭緩慢切削下，大塊的深褐色泥土翻捲成犁溝，一片片帶有光澤，陽光照亮了它們平滑的切面。海鷗和小辮鴴搜尋著長條的褐色低窪處和陰暗的裂隙，尋找各式小蟲，很像鷹搜尋著蛇。

遊隼坐在河邊一根桿子上，無視於周遭的鳥類，低頭看著一個糞堆。牠跳進臭兮兮的稻草，扒找又拍翅，接著沉重地飛起，朝向北方飛出視線之外，帶著一隻大型的褐色老鼠。

下午一點，河流上方的天空從東邊開始變暗，成群的椋鳥如箭雨般在頭頂呼嘯飛過。在牠們後面，在更高的地方，來了斑尾林鴿和小辮鴴的重炮轟炸。上千隻鳥兒擠成一團往前飛，彷彿不敢回頭看。海鷗以螺旋形盤繞，讓昏暗的天頂變得白白的。十分鐘後，海鷗滑翔回到耕地；椋鳥和麻雀從樹上飛下來。穿過天空，越過田野，沿著樹籬，林地和河流上方，遊隼明顯留下了恐懼的痕跡。

東北邊的鳥兒在掩蔽處停留得比較久，一副身邊危機四伏的樣子。順著牠們目光的方向看去，我發現遊隼和兩隻烏鴉發生小規模衝突。兩隻烏鴉追著牠；牠陡直爬升到牠們上方；牠們往下飛向一棵樹；牠俯衝過去，穿梭在樹枝之間；牠們飛高，再度追逐牠。這樣的遊戲重複十幾次；接著遊隼玩膩了，滑翔離開，往下飛向河流。兩隻烏鴉飛向樹林。烏鴉覓食的時間一定是非常早或非常晚，因為我很少看到牠們在河谷裡覓食。牠們花費時間沐浴、成群結隊圍攻，或追逐其他烏鴉。

下午三點，遊隼的飛行姿態變得輕盈又敏捷。牠越來越飢餓，從一棵樹飛到另一棵，翅膀在空中飄舞彈跳。一大群椋鳥從柳樹上起飛，像極了一陣煙，把遊隼完全遮住了。牠爬升高度，避開那些椋鳥，伸展雙翼，輕快飛行。牠乘著風飄飛開來，再下降到河谷裡。牠在低垂的灰色雲層下方慢慢盤旋。

等我找到牠的獵物殘骸時，天色幾乎全暗，從羽毛和翅膀看來是一隻常見的石雞，躺在下游八公里處的河岸上。在暮色中，血跡看起來是黑色的，裸露的骨頭像咧嘴的牙齒一樣白。遊隼的獵物像是火堆行將熄滅的溫暖餘燼。

十月三十日

風吹凋零的秋光景幅，在兩個河口之間的綠色岬角延展開來。東風逼出銀灰色的滂沱陣雨，遍及冰凍的蘋果酒色天空。鳥兒從耕地起飛，因為有一隻灰背隼飛過牠們上方，嬌小、褐色、迅捷，天空襯出高飛的黑影，俯衝後沿著犁溝急轉而下。所有褐色或已收割的田地都與雲雀一起顫抖又耀眼：所有綠地都與鴴鳥一樣花色斑駁。安靜小路點綴著飄零的葉子。

在海岸邊，強風吹彎了樹木，枝葉狂舞。平坦的土地成為狂風呼嘯的荒蕪之境，毫無生氣。強風吹襲下，有一隻鷦鷯，在陽光下一條乾溝的落葉間，突然顯得神聖，像是一位矮小黝黑的神職人員，教區裡枯葉滿地和冬封樹籬，獻身到生命終點。

我越過斜坡，前往河口的南側。雨水襲遍原野，嘩嘩作響水花飛濺。接著太陽照耀，一隻燕子輕快飛入陽光。這處河谷自有其獨特的孤寂況味。陡坡牧場，排列著榆樹，斜坡一路向下通往平坦的田野和沼澤。隨著小路往下延伸，狹窄閃亮的河口逐漸縮減。在山下遠處的榆樹之間，你所見到突如其來的孤寂與平靜，一旦抵達河堤，變成另一種不同的荒蕪。

漆黑的寒鴉讓北面的蒼綠山坡顯得焦黑。赤頸鴨的吹哨叫聲，穿透了蕭瑟沼澤蘆葦的乾燥窸窣聲，那是一種歡欣的爆裂聲，只有霧氣和距離才能使之微弱或悲傷。一隻死去的大杓鷸躺在堤岸頂上維持原狀，胸口向上，頸部斷了。骨頭末端尖銳突出，刺破了皮膚。我抬起那個柔軟潮溼的身體，修長的翅膀打開如扇。烏鴉還沒有奪走牠眼睛的美麗河光。我把牠放回原本的樣子。等我離開，獵殺牠的遊隼有可能回來進食，牠的死就不會浪費。在沼澤上，一隻天鵝胸口中彈，留在那裡腐爛。牠油脂很多，抬起來很重，發出惡臭。像這樣搬弄屍體，讓美好的一天留下汙點，而隨著風平靜止、夕陽西下，一天結束於多雲的靜謐荒涼。

十一月二日

整片土地閃耀著金黃、青銅和鏽紅，流水清澈微亮，沒入秋光蕩漾的海水之中。遊隼潛入藍天深處，誘使鳥群飛得更高。大群的金斑鴴在上方遠處閃閃發亮；海鷗和小辮鴴在下方繞著圈子；鴿子、鴨子和椋鳥在低淺的空中咻咻飛動。

河谷的北緣冒出一團雨雲，慢慢拓展到整個天空。遊隼盤旋於雲層之下，被宛如黑色拳頭般的椋鳥群團團圍住。牠猛然掙脫而出，從容自若地飛向南邊，沿著烏雲明亮的邊緣爬升，在飄浮其上的耀眼陽光中，化為一道黑影。牠直直朝我飛來，輪廓清晰，也因為透視的關係而略顯縮短，我可以看到牠的修長雙翼與圓圓的頭部形成陡峭的角度。翅膀內側傾斜抬高，與身體形成六十度的角度，就這樣不動；細窄的翅膀外側彎曲得更高，輕輕探入空氣中，以浮誇的方式揮動著，很像小艇的船槳輕觸拂過平滑的河面。牠飛過我上方，飄高越過開闊的田野。牠緩慢飄飛，開始爬升，在陽光中閃閃發亮，很像河裡的一塊礫石，呈現泛金的紅色。雌遊隼爬升過去與牠會合；牠們一起繞著圈，飛入南邊的耀眼白光。

牠們消失後，數百隻田鶇回到河邊的山楂樹上覓食。有些則留在金黃的白楊樹上，默默觀察，在最頂端的枝椏上顯得尊貴，眼睛纖細明亮，神情像凶猛的戰士。天空的深藍色點綴著雲朵。慢慢地，天空的光輝壯麗往下傳遞到大地。黃色的作物殘株和深色耕地向上散發更加耀眼的光。

下午一點半，雄遊隼回來了，快速向下朝我飛來，這時我站在溪邊的樹木之間。牠現在比較願意面對我了，我靠近時比較不會準備要起飛，也許對於我這樣的持續追蹤感到困惑吧。七隻喜鵲突然從草地上匆匆飛起，驚慌地嘎嘎叫著，很像低音版的田鶇，也像涉禽一樣成群旋繞，急急飛到一棵樹上去。遊隼在喜鵲剛才停留處的上方短暫定點鼓翼。牠轉個彎，左右搖擺幾下，使盡力氣且隨興自由地拍動翅膀，乘著一道上升氣流飛過頭頂上方。雙翼像柳樹一樣柔韌，身體如橡樹一般結實，在躍動迅捷的飛行中，牠完全像燕鷗一樣極富活力和浮力。身體腹側，牠呈現河泥的色調，土黃和褐黃；身體背側，牠擁有秋葉的光澤，山毛櫸和榆樹和栗樹。牠的羽毛有細緻的紋理和濃淡，閃亮得像是富有光澤的木材。樹林擋住我的視線。等我再次看見牠，牠的高度比剛才多了三十公尺，快速爬升，飛向海邊。再過兩個小時日落西山，潮水正在上漲：看來牠好像飛向河口。一個小時後，我跟著牠到了那裡。

北風逐漸增強，湧升於冰冷天空之上，流洩出陰暗的光線，讓山丘邊緣顯得銳利。雨勢飄過河口，島嶼暗暗佇立於銀光粼粼的水面上。北邊有火光和槍擊聲，一道彩虹光亮耀眼。有個人騎馬越過沼澤，遊隼驚起，飛向北方，掠過滿布火光煙霧與槍擊爆聲的天際。牠帶著一隻死去的海鷗。許久之後，那隻褐黃色的遊隼早已融入褐黃色的秋日田野，我都還能看到海鷗的白色翅膀在風中飄動。

十一月四日

強勁的西北風把天空吹得翻白，讓眼睛在冰冷刺眼的陽光下毫無遮掩。強風把距離感吹走，讓每一棵樹木和每一座教堂和每一塊田地都變得比較近，彷彿被清除了表層的薄霧。一路走到河口，我可以看到十五公里外的樹木，海邊呼嘯的狂風把它們吹彎了腰。全新的地平線特別淡白荒涼，受到強風冰冷魔爪的拉扯。

在激起泡沫的藍色水域裡，鴨子頭部的虹彩羽色隱隱悶燒：小水鴨是褐色和綠色，還有絨毛很像天鵝絨；赤頸鴨是紅銅色，裝飾著鉻黃色的頭頂；綠頭鴨在陰影中是墨綠色，但到了陽光下會發亮，激發的色彩從藍綠色到最輕淡的火藍色。一隻紅腹灰雀的雄鳥，飛落在水邊一根桿子上，好似那裡突然燃燒起來，像是長了翅膀的煙火，嘶嘶作響光輝燦爛。

一隻雌遊隼頂著強風滯空了兩小時，用強力擺動的翅膀倚靠著風，慢慢移動繞行溪流和鹽沼地。她幾乎沒有休息，也因為風勢太強而無法飛高。她沿著海堤，向前飛了三十公尺，接著在空中懸停。有一次，她懸停了很長一段時間，然後沉降將近二十公尺；懸停，然後沉降將近十公尺；懸停，然後下墜，直到距離海堤頂部的長草只有三十公分。她就待在那裡，穩定懸停，過了兩分鐘。她必須使勁向前飛，才能維持在原地。接著長草搖擺而倒下，有東西跑過去，只見遊隼飛高起來，恢復她那很有耐心的定點鼓翼。她可能是獵捕野兔或兔子。兩種遺骸我都找到了；遊隼伸展雙翼，向下俯衝。發生一陣亂鬥，那東西沿著海堤側邊奔跑，躲進底部的水溝以策安全。遊隼仔細剝除毛皮，也把骨頭吃得很乾淨。我也找到一隻綠頭鴨的雄鴨，了無生氣且充滿恥辱地死去。

日落時分，雄遊隼飛到沼澤上方，追逐一小群田鷚。牠們乘著風嗡嗡振翅離開，很像石頭滑過冰面。

十一月六日

早晨受到深灰雲霧的籠罩與封鎖。開始下雨時，霧氣散開。很多鳥從河流飛向西邊，金斑鴴飛在鳥群高處。牠們的悲鳴聲穿透雨絲傳遞下來，是天涯海角的憂傷之美。

遊隼既焦躁又狂野，我跟著牠越過溼透的耕地泥土。在暴雨中，牠在我前方輕快移動，從灌叢快速飛掠至一根桿子，又從桿子飛向籬笆，再從籬笆飛到電線上。我踏著沉重的步伐跟隨牠，鞋子沾滿了團團泥土。不過很值得，因為牠飛累了，又不想離開這片田野。追蹤了一個小時後，牠允許我隔著五十公尺的距離觀察牠；而一開始時，兩百公尺已是極限。牠停棲在一根桿子上，回頭望向後方，不過一旦我動作太大，牠就跳起來，轉身面對我，沒有動用翅膀。牠完成動作速度之快，簡直像是有另一隻遊隼突然出現在那裡。

牠很快又變得焦躁不安。石雞叫起來，於是牠飛過去查看牠們，用一種僵硬地向下彎曲又急速抽回的揮翅動作，彷彿正在嘗試石雞的飛行方法。等到滑翔時，牠的滑翔動作也像石雞，彎曲的翅膀顯得僵硬且顫抖。牠沒有發動攻擊，我不知道這樣的模仿究竟是蓄意為之、無意識的，或者只是巧合。等我再次看到牠，是在十分鐘後，牠飛行的模樣又是平常的四肢靈活、神氣十足了。

雨停了，天空晴朗，遊隼開始飛得快一點。下午兩點，牠疾速離開此地，飛向東邊，穿過蜿蜒迴繞的椋鳥群。牠毫不費力就爬升到牠們上方，在漆黑椋鳥之上閃耀著金紅光澤。牠們聚集起來追上前去，而遊隼靈巧地沉降到牠們下方。牠在河流對岸往下飛掠到地面附近，椋鳥則是陡直爬升，很像海面的破碎波浪激起的水花。椋鳥追不上牠。牠飛得自由自在，風從牠的翅膀曲面流過，就像水從潛水的水獺背上流過。我嚇起河裡的七隻綠頭鴨。牠們在我的頭頂上方繞圈飛行，然後飛向西邊，但連半步都不會往東邊飛去，因為那裡是遊隼剛飛去的方向。我連忙跑過田野、爬過柵門、沿著小路騎腳踏車，以自己可憐兮兮的緩慢速度跟在後面。幸好遊隼沒有飛得太遠，因為每看到一群鳥，牠就停下來追逐。那不算是認真的攻擊；牠還沒有要狩獵；那像是小狗追逐蝴蝶鬧著玩。田鶇、小辮鴴、海鷗和金斑鴴，四散各處，緊張兮兮，陷入驚慌。禿鼻鴉、寒鴉、麻雀和雲雀，從犁溝遭到攻擊驅趕，有如枯葉一般漫天飄零。整個天空咻咻作響，各種鳥類宛如雨點般落下。而經歷每一次襲擊、俯衝、曲折追逐，遊隼的玩興逐漸降低，飢餓則逐漸增長。牠爬升到山丘上方，在不好對付的果園和蘚苔綠色的橡樹林間尋找獵物。椋鳥爬升到空中，很像黑色的探照光束，然後漫無目的閒晃，搜尋遊隼的蹤跡。斑尾林鴿開始從東邊飛回來，像是某場戰役的倖存者，低飛越過田野。有數千隻斑尾林鴿在樹林裡吃著橡實，而遊隼發現牠們了。就我目力所及之處，一群又一群斑尾林鴿大呼小叫，從每一棵樹木和每一個藏身處飛進天空，彼此靠得很近，如同黑腹濱鷸那樣繞圈旋轉。牠們爬升得非常高，直到有五十群鳥從山丘陡直向上飛高，變得越來越小，消失於東方的地平線。每一群都至少包含一百隻鳥。遊隼把整座山的斑尾林鴿都清空了，牠依序俯衝每一棵樹，沿途飛掠而過，在樹木之間翻飛，從一處果園曲曲折折飛到另一處，再沿著天空的邊緣，以彈跳式的下撲和上竄，進行驚人的波浪式飛行。突然間結束了。牠像火箭一樣往上竄高，以壯觀的拋物線劃出弧形，再向下俯衝，穿越一大群鴿子。有一隻鳥向後跌落，遭到砍傷而死，神情驚愕，很像從樹上跌落的人。地表迎面而來，牠撞了上去。

十一月九日

有隻喜鵲在河邊的榆樹上聒噪鳴叫，觀察著天空。成群的烏鶇絮叨怒叫；一看到雄遊隼飛過來，喜鵲連忙衝進灌叢。突然間，昏暗的白天亮了起來。牠高速飛過雲層，很像一道短暫射出的陽光。接著，後方的灰暗逐漸消失，牠也不見了。整個早晨，很多鳥因為害怕遊隼而擠成一團，但我再也找不到牠。如果我也很害怕，我敢說自己應該會更常見到牠。恐懼釋放出力量。一個人如果有比較多的恐懼，可能會比較寬容，比較沒那麼難以捉摸和自命不凡。我要說的並不是對無形事物的恐懼，並不是性格內向的窒息感，而是真實的恐懼，對自己生命安全冒冷汗的恐懼，恐懼某種看不見的險惡野獸，逐漸逼近、渾身是刺、獠牙駭人、渴求著自己溫熱鹹溼的鮮血。

前往海邊的半路上，小辮鴴往上竄飛，原來是有一隻遊隼飛到牠們上方。牠們維持小群飛行，沒多久就有十群小辮鴴齊聚空中，分散延伸長達一公里半。起飛最久的那幾群飛得越高也散得越開，繞著七、八百公尺長的圓圈順風飄飛。最近才驚飛起來的鳥群留在較低處，沿著半徑較小的圈子加快盤旋，大家緊密聚集，彼此之間只有微小的光之縫隙。等到遊隼消失在視線之外，你一定要抬頭好好觀察天空；遊隼的動靜反映在恐懼牠的鳥類身上。天空隱含的訊息遠比大地更多。

在低垂的石板灰色的雲層下方，河口處於退潮，延伸到遠處東風吹襲的陰暗處。漫長的泥地沼澤閃耀著深刻的銀色灼痕。溼地是深濃的綠色。吃草牛隻的四隻腳陷入黑泥的凹坑而瑟瑟發抖。好幾隻遊隼的獵物躺在海堤的斜坡上。我找到一隻黑腹濱鷸的遺體，死去的時間還不到一小時。體內的血液依然溼潤，聞起來乾淨新鮮，很像割過的青草味。翅膀，以及富有光澤的黑色雙腳，都仍維持原狀。一堆柔軟的褐色和白色羽毛躺於旁邊。頭部，以及身體大部分的肉，已經被吃掉，不過白色的皮膚，經過小心拉扯而顯得皺皺的，留了下來。牠身上還是繁殖羽，讓牠與鳥群的大多數同伴不太一樣，很有可能因此遭到遊隼攻擊。

稍晚，一隻遊隼低飛越過沼澤，飛向不久前牠獵殺的那隻黑腹濱鷸。一隻紅嘴鷗撞見牠而大吃一驚，發狂似地飛到高處。（說真的，「撞見而大吃一驚」，原本一定是描述猛禽行獵的用詞吧？）然而，紅嘴鷗並沒有真的撞到遊隼，因為牠瘋狂拍翅，奮力垂直爬升。遊隼從牠胸口下方滑過，雙爪緊緊一攫，猛力扯下幾根羽毛，然後才飛掠到遠方。紅嘴鷗繞飛到高處越過河口，遊隼則飄落到海堤上。我朝牠走去，但牠不願飛起。一直等到我走近到二十公尺內，牠才用最華麗的動作扭身轉彎、曲折盤旋、翻滾遠離，閃身避開逐漸上漲的潮水，宛如一隻巨大的田鷸。白色海水襯托著牠的身形，滑翔之時從胸口深處挺直雙翼高高舉起，彷彿以青銅鑄造而成，很像裝飾著翅膀的維京戰士頭盔。

十一月十一日

在一片陰冷雲層透出幾縷陽光，骨灰色的天空有骨白色的海鷗。麻雀在河邊高大的榆樹樹籬裡尖聲叫著。

我小心翼翼緩慢向前移動，穿過枝葉輕輕搖晃的光影，從隱蔽處爬出去，發現雄遊隼停棲在我前方五公尺的一根桿子上。我停住不動時，牠轉過頭來看，雙方都因為訝異震驚而僵住不動。光線漸漸消失，白色天空襯出遊隼的黑色形影。牠的頭部凹陷很像貓頭鷹，轉頭、擺動、搖晃時看起來茫然又呆傻。他被這場與惡魔的突然對峙給震懾住了。那張蒼白如西伯利亞雪地的臉從厚厚的絨毛中探出，臉上深色鬢斑的羽毛豎起。大大的嘴喙張開又閉上，發出近乎無聲的嘶嘶警戒，在寒冷空氣中呼出霧氣。躊躇，懷疑，憤怒，牠就這樣蹲踞在桿子上哈氣。接著，牠心思的細小碎片全部一起彈跳起來，以非常快的速度輕巧飛走，在急遽的傾斜轉彎弧線中左右搖擺又扭身，彷彿閃避著槍林彈雨。

我跟著牠越過河岸草地、跨過溪邊田野，找到最近的八隻獵物：五隻小辮鴴，一隻紅冠水雞，一隻石雞，還有一隻斑尾林鴿。很多田鶇從草地上飛起。金斑鴴和小辮鴴的數量增加了，現在海鷗和雲雀也比一週前增加不少。十五隻大杓鷸在小溪附近收割過的田裡覓食，周圍還有大群的椋鳥和家麻雀。

下午一點，我把遊隼從路邊的一根桿子嚇得飛起來。牠飛得很低，沿著耕地的一道深溝飛向西邊，而我看到牠的前方一百公尺處蹲著一隻紅腳石雞。那隻石雞望著另一個方向，渾然不覺危險將至。遊隼向前滑翔，若無其事往下伸出一隻腳，從石雞上方緩慢飄飛而過，輕輕踢中牠的背部。石雞在塵土中狂亂掙扎，慌張拍翅，穩住身子，眼神看起來好像完全不知所措。遊隼繼續飛，沒有回頭看，這時很多石雞開始大叫。遊隼向下俯衝，趁著另一隻石雞跑向掩蔽處時踢牠一腳。然後遊隼飛走，前往河邊。遊隼花很多時間在石雞上方定點鼓翼，或者站在桿子和籬笆上觀察牠們。對於牠們不斷走動、不願飛起，遊隼感到十分好奇。有時候這種玩耍般的關注會演變成認真的攻擊。

十一月十二日

河口非常平靜；霧氣瀰漫的天際線與白色水域融合在一起；一切平和，只有鴨子的交談聲隨著潮汐飄盪而來。遠處的深水區域有紅胸秋沙，正在潛水抓魚。牠們突然彎下腰，向前一翻滾而潛入水中，非常俐落迅速。牠們浮出水面，吞嚥食物，然後環顧四周，水從嘴喙滴落；靈巧機警、打扮花俏的潛水鴨。

一隻紅喉潛鳥，身上黏著油脂，受困在泥坑裡。只能看見牠的頭。牠不斷鳴叫，是痛苦的呼嚕聲，然後逐漸升高，變成拖長的悲鳴哨音。

我沿著沼澤和海水之間的海堤往前走。短耳鴞在草叢中向外呼氣，轉動牠們那張羽毛蔓生、疏於修整的臉，一雙黃眼睛散發出妖精般的亮光。一隻綠啄木在前方飛著，從一根桿子繞到另一根，像苔蘚一樣攀附其上，接著投入笨拙的飛行。沼澤迴盪著田鷚的粗啞控訴叫聲。我找到遊隼的六隻獵物：兩隻紅嘴鷗、一隻赤足鷸、一隻小辮鴴，躺在海堤上；一隻蠣鴴和一隻灰斑鴴躺在卵石海灘上。

從南邊飛來的一群涉禽構成橢圓形；快速，緊密，白色翼帶在昏暗光線中閃動著。是十隻黑尾鷸。牠們的長嘴很像劍旗魚，刺穿空氣前進，一雙長腿則向後伸得很長。牠們邊飛邊叫，是一種刺耳喧嚷的咯咯叫聲，一種野性的笑聲，像是結合了大杓鷸和綠頭鴨。牠們是綠褐色，蘆葦和鹽沼地的顏色。牠們是看起來一本正經、生氣勃勃、身材瘦削的鳥，每一方面都拉到極端；漂亮又有趣。牠們沒有降落。牠們繞圈飛行，然後飛回南邊。在夏天，牠們的繁殖羽煥發出燃燒一般的橘紅色。牠們在深水區覓食，動作很像牛隻吃草，紅色的倒影簡直像是燒灼著水面發出嘶嘶聲。

小水鴨群的輕柔叫聲從大沼澤的水池那邊傳來，很像遠處有個交響樂團正在調音。牠們滑行衝過水面，溜出陣陣漣漪，煞車時濺起一陣水花。一發現遊隼從內陸忽然現身，牠們連忙彈起來躍入空中。等到遊隼抵達水池，牠們已經飛過大半個河口，輕柔的叫聲模糊不清，很像遠處一群獵犬合鳴。遊隼不見了。小水鴨很快就飛回來，突然下降再繞個圈飛向沼澤，起起伏伏的波浪狀飛行很像圓石飛掠過冰面，嗡嗡響，反彈，振動。牠們漸漸安頓下來，發出覓食和悅耳的叫聲。我移動到水池附近。一對小水鴨起飛，往我這邊飛過來，正是牠們平素呆呆的模樣。母鴨降落，但公鴨飛越而過。突然間牠意識到自己落單了，於是轉彎飛回來。牠轉彎時，遊隼從沼澤起飛，朝牠猛衝而去，伸長雙爪掠過牠身上。小水鴨往上拋起又落下，很像遭到公牛的尖角頂起的模樣。牠落地時，鮮血灑了一地，心臟被撕開。我讓遊隼去處理牠的獵物；母鴨飛回水池去了。

十一月十三日

我把兩隻山鷸嚇得從鵝耳櫪矮林飛起。牠們原本睡在彎成拱形的刺藤下方。牠們垂直往上飛進陽光裡，翅膀發出刺耳的劈啪聲，彷彿準備讓自己掙脫束縛。我可以看到牠們長而下彎的嘴喙，閃耀著粉紅和褐色；牠們的頭部和胸口是帶有條紋的褐色和淡黃褐色，很像森林地面的太陽光影。牠們放鬆的雙腳懸垂擺盪，接著慢慢收攏抬起。牠們的深色眼睛，大大的顯得溼潤，閃耀著褐色的柔和光芒。鵝耳櫪的樹梢發出咯咯聲，細枝猛然颼颼甩動。接著山鷸飛出來了，在樹梢上方迂迴衝刺，受到陽光的照耀很像金色的烤肉。刺藤下方的黑泥，就是牠們剛才並肩蹲坐的地方，此刻顯現牠們的細長足印。

在高壓電塔下方，在兩片樹林之間淹水的田地裡，我找到一隻禿鼻鴉的殘骸，是遊隼吃過的。胸骨沿著龍骨呈現鋸齒狀，遊隼的嘴喙把好幾個部分咬掉了。雙腳是橘色，不過本來應該是黑色。一旦拆解成這樣，與禿鼻鴉巨大沉重的嘴喙相比，牠的骨架和頭骨似乎小得可憐。

下午四點，數百隻唧唧叫的田鶇聚集在樹林裡。牠們移動到更高的枝椏，然後安靜下來，面對著太陽。接著牠們飛向北邊，前往棲息地點，一邊爬升一邊鳴叫，零零散散排列成不規則的隊伍，太陽在牠們下方閃耀著光芒。而在牠們上方高處，一隻遊隼無所事事閒晃，繞著涼爽天空的藍色穹頂，然後跟著那些田鶇飛往光線昏暗的北邊。

日落前半小時，我來到一片松樹林。樹林下面已經很暗了，但我從西邊一路走過來，天色還很亮。外面很冷，不過樹林依然溫暖。松樹的樹幹在枝葉藍黑色的陰影下泛著紅光。樹林整天都維持幽暗，而現在似乎又把幽暗呼吐出去。我靜靜地沿著林道前行，聆聽著烏鴉最後幾聲深沉悠揚的啼叫。我在樹林中央停下腳步。一陣寒意傳遍我的臉和脖子。三公尺外，靠近小路的一根松樹枝頭上，有一隻灰林鴞。我屏住呼吸。灰林鴞沒有移動。我聽著林間的每一個微小聲音卻覺得好響亮，彷彿自己也是一隻貓頭鷹。牠看著我眼裡映照的光線。牠等待著。牠的胸口是白色的，帶有濃密的茶紅色箭頭形斑紋。紅色調延伸到牠的側臉和頭上，形成鏽色的頭頂。彷彿戴頭盔的臉龐顯得蒼白，苦修士，有點像人類，苦瓜臉內向孤僻。眼睛深黑，眼神強烈又哀傷。頭盔的效果很古怪，像是失意萎靡的騎士，失去生氣而變成一隻貓頭鷹。我看著那雙紫藍色眼睛，周圍是牠那張情緒強烈、金色冷酷的臉，似乎要重新融入暮色；只有眼睛活靈活現。有個敵人現身在眼前，貓頭鷹慢慢確認這點，從眼睛傳遞開來，像影子一樣擴散到冷酷的臉上。不過這已經把牠嚇得大吃一驚，即使現在沒有立刻起飛。我們都沒辦法把視線從對方身上移開。牠的臉好像一張面具；毛骨悚然，荒蕪毀壞，悲哀憂傷，很像溺死之人的臉龐。我動了。實在忍不住。而貓頭鷹突然轉過頭，在樹枝上坐立不安，彷彿畏縮膽怯，然後靜靜飛走，遁入樹林深處。

十一月十五日

南樹林的上方有一條小溪，流經一座山壁陡峭的河谷。北面的山坡是開闊的林地，鏽紅色是冬天的蕨類，銀色是銀樺樹，綠色是長了蘚苔的橡樹。南面的山坡是牧場，很多年沒有改變了，有豐富的蠕蟲，有整排小型樹籬，點綴著枝葉粗壯的橡樹。兩百隻小辮鴴，以及很多田鶇、白眉歌鶇和烏鶇，正在傾聽蠕蟲的動靜，我則繼續往下走向小溪，水聲在安靜的早晨十分響亮。河谷內沒有耕地，我預料遊隼會在較高處的牧草地獵捕小辮鴴。

一陣猛烈的敲擊聲開始了，在好一段距離之外。很像一隻歌鶇在石頭上敲擊蝸牛，不過聲音來自上方。在一處橡木樹籬中，在一根側枝的末端，有一隻小斑啄木鳥攀附在小細枝上，用嘴喙敲擊一顆彈珠般的蟲癭，試著劈開它，取出裡面的幼蟲。對於體長十五公分的啄木鳥來說，這顆蟲癭的大小就像人類要吞服大型的藥丸。牠在細枝上自在擺動，有時候頭下腳上掛在枝頭上，從很多不同角度發動攻勢。牠的頭至少往後拉開五公分，然後用鶴嘴鋤般的凶猛力道向前重重敲下。牠從四面八方觀察黃色的蟲癭，烏亮的雙眼顯得銳利靈巧。牠無法刺破蟲癭。牠飛到另一棵橡樹上，嘗試另一顆蟲癭。整個早上我都聽到牠設法敲擊，在田野間飛來飛去。我用指甲敲敲一顆蟲癭，再用尖銳的石頭嘗試看看，但都無法複製出啄木鳥那種響亮的爆裂聲，遠在一百公尺外都聽得見。牠還滿不怕人的，但如果我靠得太近，牠停下動作，匆匆移動到稍遠稍高的樹枝，待我後退再回來。等到松鴉在樹林裡叫起來，牠停止敲擊，仔細聆聽。小斑啄木鳥很怕掠食者；牠們會飛走躲避大杜鵑，也會到掩蔽處躲開松鴉和烏鴉。

松鴉在樹林裡整天都很喧鬧，到處挖掘尋找一個月前埋藏起來的橡實。第一隻找到橡實的鳥會遭到其他松鴉追著跑。好幾隻山鷸在溪邊覓食，溪水的流動狀況可由掉落的樹枝和枯葉來判斷，而我又從山鷸棲息的蕨叢裡嚇飛出更多隻。白天時，牠們喜歡在面向南方或西方的山坡上，躲在蕨叢裡休息，通常選在栗樹樹苗或幼小樺樹的叢生處附近，偶爾躲在冬青或松樹的樹下。有些山鷸比較喜歡躲在有刺灌叢底下的蕨類裡。如果有人站在牠們附近一段時間，近到五公尺內，山鷸會突然飛起。牠們會等待一分鐘或更久，直到再也無法忍受眼前難以預料的狀況。你只要走路不時停下來，就可以嚇起為數不少的山鷸。若是直直跋涉穿越樹林，只會把直接擋在路上的那些鳥嚇飛起來。看著山鷸一開始拔地而起，有那麼一瞬間，你可以清楚看見牠的羽色。突然置身在黃色光線中，混合著褐色、黃褐色和栗色的背部非常顯眼，像是一盤枯葉。在頭部後方，在頭央線和有條紋的背部中央，帶著一點青銅色，很像銅綠。牠們可能看似立刻衝入森林深處，但其實一受到樹林的遮蔽，牠們就猛然俯衝向下尋求掩護。突然間迂迴前進、噗通落下、越過開闊地面，都有可能只是欺敵。牠們也許低飛一陣子，到了視線之外再飛到高處。數千年來的逃跑練習，已經演化出這些詭計多端的方法。要猜測山鷸在哪裡休息變得很容易，不過到底會從蕨類叢還是荊棘叢後面，像投石機一樣彈射出來，永遠令人大吃一驚。你很少能夠望著正確的方向。

含有很多蠕蟲的泥地，全都一定有涉禽。山鷸則是到處遊走，沿著一些蜿蜒曲折的小溪和溝壑找到自己的一片天，途經荒涼的水池和泥濘積水的小路，前往牠的蕨類隱居處。

太陽下山時，鴴科鳥類的「劈—喂」叫聲變得更加嘹亮。站在橡樹和樺樹林地裡，我在樹木之間看到一隻遊隼的鐮刀狀黑影劃過弧線，流暢地爬升到河谷的綠色山坡上方。一些田鶇飛向樹林。有些發出砰的一聲降落到蕨類叢裡，很像自由墜落的橡實。遊隼轉彎跟隨，陡然爬升，在一隻田鶇停棲的地方輕輕拂過牠身邊，輕盈的模樣就像是微風吹起一片葉子。死去的鳥兒懸掛在遊隼利爪的絞刑架上。牠把田鶇帶往小溪，在水邊拔毛進食，任憑羽毛在風中飄零。

十一月十六日

河谷平靜無風，在霧中更顯遼闊，天空穹頂散發著冰冷堅硬的光輝。一道細長的藍色冰柱像楔子把雲層撐開，五十隻銀鷗沿此飛向北方。莊嚴的雙翼，肅穆的神情，融入纖細的藍色鉗子揚翅而去，牠們預告著美好一天的到來。

早上十點，藍色冰楔變寬了，挫敗的雲層在東方天空堆積起來。小辮鴴和金斑鴴繞著圈子降落下來，到河邊一塊剛犁過的田裡覓食。早晨最初幾道陽光照在那些鳥身上，在昏暗大地上顯得朦朧。牠們閃耀著微弱金光，彷彿骨頭會發亮，長著羽毛的皮膚也是透明的。遊隼呢，原本無精打采，弓身蹲在橡樹枯木上，突然閃現紅金色的光彩，就像河邊灌木叢裡那些羽毛蓬鬆發亮的田鶇。

我移開視線時，遊隼離開牠的棲枝，引發一陣大恐慌。南邊天空出現一層又一層茫然混亂、曲折竄升的鳥兒：七百隻小辮鴴、一千隻海鷗、兩百隻斑尾林鴿，以及五千隻椋鳥，以螺旋形狀的層層疊疊和逐漸擴大的迴旋方式飛高變小。三百隻金斑鴴在所有鳥兒上方繞圈飛行，只有在陽光下翻轉發亮才看得見。最後，我發現遊隼出現在我認為最不可能看到的地方：就在我的頭頂正上方；應該要最先看到才對啊。

牠往南邊飛去，越飛越高：輕輕振翅四下，接著滑翔，很輕鬆的韻律。從下方看去，牠的翅膀似乎只是扭轉再伸直、扭轉再伸直，向內扭再向外扭，很像一種有節奏的動作。一隻烏鴉追逐牠，牠們一起曲折飛行。烏鴉飛得更高，遊隼則飛得更快；不過牠的翅膀晃動得好輕盈又靈巧，看起來幾乎像是定點鼓翼，烏鴉則向後飛，降落下去。遊隼融入太陽的白色薄霧，而一大群椋鳥起飛迎上前去，彷彿有一道旋風渦流把牠們吸進去。遊隼開始以極快的速度盤旋飛行，搖擺身子繞著窄小的圈子，一下彎向左邊一下子又右邊，迅速掃過精巧的8字形。牠敏捷的急速扭動和旋轉，把那些椋鳥傻住了。牠們在遊隼後方胡亂攻擊，只要遊隼轉個彎，牠們就衝過頭。牠似乎沿著一條線把那些椋鳥耍得團團轉，把牠們甩出去又拉回來，隨心所欲。牠們全都爬升到高處，朝南邊而去，突然間不見蹤影，消失在霧中。像這樣迴避式的飛行——遊隼似乎樂於這種形式的玩要，牠想要的話大可輕易逃遁——其實很類似牠的一種狩獵方法，是下方的鳥類很害怕的方式。椋鳥其實沒有發動猛烈的騰空圍攻。牠們要不是飛到樹上，就是乘著風快速離開。

一小時後，南邊和西邊再次掀起一陣驚慌。鴴鳥和海鷗旋繞攀高，烏鶇嘮叨怒叫，公雞也在八百公尺外的農場咯咯叫著。遊隼飄落到橡樹枯木上停棲，那些驚叫的鳥兒安靜下來。牠休息、理羽，睡了一會兒，然後飛過河流北邊的開闊田野。牽引機正在耕田，數百隻海鷗散布在黑褐色的泥土上，很像白色的粉筆。少數乾枯的殘莖依然在耕地的漆黑皺褶之間閃閃發亮，但榆樹光禿禿的，楊樹則稀落變黃。小獵犬們在田地的溼軟表土上默默散開。獵人和同伴靜定等待。野兔在一畝地之外，大膽坐在一條犁溝裡，斜斜的大眼睛在陽光下閃閃發亮，長耳朵微微彎曲，聆聽著風中動靜。雌遊隼起飛，在野兔上方定點鼓翼。遠處的一聲槍響嚇了她一跳，連忙降低高度，彷彿遭到槍擊的是她。她急墜而下，低空快速飛越田野。我從來沒看過遊隼飛得這麼低。沒有耕作的田地長了很高的野草，她飛越上方時，翅膀拂過長草。地面的每一處起伏都能隱匿她的形影。她沿著溝渠消失不見，從長草區振翅飛出，雙翼向上彎曲，只見胸骨中央切過長草，或者從地面上方兩、三公分處飛掠而過。突然間，她似乎直直飛進犁溝。在她消失之處，周遭四百公尺的範圍內都沒有地方可以停棲，但我再也找不到她，即使努力踏足每一塊田地都找不到。如同澤鵟一樣神出鬼沒，如同貓頭鷹一樣翅膀柔韌，但快速飛掠的速度是那些猛禽輕鬆飛行的兩倍快，再運用掩護和偽裝，遊隼就像狐狸一樣狡猾。眼看蹦蹦跳跳的野兔破風前進，遊隼的爪子抓向起伏的表土。

所有海鷗都離開田地，靜靜盤旋而上，朝向南邊離去。在冰藍色天空的晴朗天頂周圍，金斑鴴盤繞的環帶閃閃發亮。太陽終於掙脫了霧氣，逐漸增強的北風非常寒冷。小獵犬已經嗅到野兔的氣味，接連奔過沾滿落葉痕跡的耕地，獵人隊伍跟在後面跑，狩獵號角聲響起。雄遊隼在低空繞圈前往北邊，看起來像是從牠下方的泥土切割出來的黃褐色風箏，如同殘莖的黃，帶有深褐色的斑紋。牠慢慢飛高，隨風飄盪。雌遊隼爬升到牠附近，牠們一起繞圈，但不是沿著同樣的方向。牠順時針繞圈，她則是逆時針。牠們隨意飛行的曲線路徑纏繞又交叉，但是從來不曾比翼雙飛。飛到靠近河流處，就是我站立的地方，牠們快速提升高度。陽光把兩隻遊隼都曬成溫暖的紅金色，不過雌遊隼的羽色比較偏褐色，也比較沒那麼鮮亮。牠們飄過頭頂上方，大約一百公尺高處，以挺直不動的雙翼慢慢傾斜繞圈，雄遊隼的高度比雌遊隼多了十公尺。牠們低頭盯著我看，大大的頭部彎得好低，在高高拱起的兩邊翅膀之間顯得很小又凹陷。飛羽完全伸展，持續的風勢也讓羽毛顯得蓬鬆，牠們是健壯、結實、看起來體格很好的遊隼。牠們翅膀下方淺褐色的表面上，覆蓋著纖細複雜的淡褐色網線和銀灰色斑紋，與深琥珀黃色胸口的赤褐色垂直條紋形成對比。相對於尾下覆羽的白色羽毛，緊握爪子的雙腳閃閃發亮。一根根腳趾呈脊狀也有關節，很像金色的手榴彈。

牠們移動到河流的南邊，於是紅腳石雞開始鳴叫。兩隻遊隼都搖擺翅膀乘風而上，短暫懸停不動，接著環繞著又寬又廣的圓弧向下飄飛。雄遊隼有兩次以玩鬧之姿撲向雌遊隼，幾乎碰到她，然後閃身避過。他的體長短了五到八公分，體格比較輕盈，翅膀和尾巴也相對比較修長。他擁有優雅和纖細的長處，她則展現力量和穩健。隨著牠們飛得越小越高，而且更往南邊移去，環繞的圈子投影到平面看似橢圓形，接著採取直線飛行，在空中犀利地來回滑翔。說來奇怪，牠們的路線似乎一成不變，彷彿在看不見的電線上面來回移動，或者依循某種熟悉的途徑穿越空中。正是這種優美的精準度，以及彷彿一切動作都早已安排好的感覺，讓觀察遊隼如此令人興奮。

此時雄遊隼以穩定的速度離開雌遊隼，往東邊飛高，雌遊隼則繞圈飛向西邊，而且保持在低處。繞著圈子之間，她在風中維持不動。經歷幾次這樣的過程，她一如往常轉彎離開，接著傾身向下。她的動作含有某種威脅的意味，讓我立刻明白，她準備要俯衝了。她以四十五度角飛撲而下，螺旋式旋轉，雙翼略往後彎，在空中往下掃視，動作流暢不慌不忙。這趟是第一次以拉長的曲線向下墜，她沿著軸線慢慢旋轉，等到完整旋轉一圈，接著以完美的弧線傾身向下，投身於垂直的俯衝。中間有些微的停頓，彷彿難以控制的空氣中有某種細微的障礙，而她要強行通過；接著她以流暢的動作直墜而下。此時她的雙翼奮力向上、向後、向內彎曲，在沿著她逐漸收束的身側呼嘯而過的狂風中，像魚鰭般顫抖著。那就像一支箭的飛行，堅硬箭桿上方的羽飾顫動。她急速衝向地面；把自己用力向下砸去；消失不見。

一分鐘後她飛起，毫髮無傷，但是沒有獵物，就這樣離開，飛向南邊。背後映襯著藍天、白雲、藍天、黑色山丘、綠色田野、褐色田野，她輕盈飛掠而過，隱隱發亮，旋轉且墜落。而突然之間，令人屏息的寒冷空氣似乎非常透明又清新。有許多小型鳥類的鳴叫聲，融合了小獵犬的悅耳吠叫聲，以及遭到獵捕的野兔砰砰逃跑的聲音。只見野兔奔過一道樹籬，衝進河裡，濺起水花的模樣很像鏟起褐色的泥土。野兔游向遠端的岸邊，跌跌撞撞逃往安全的地方。

雄遊隼仍然繞著圈子飛向東邊，那裡的天空飄飛著海鷗、鴴鳥和杓鷸。遊隼鮮明閃亮的小點在山丘上方慢慢消失，莊嚴地朝向大海疾飛而去。那些警戒的鳥兒降落下來，盛大的飛行結束了。

我追尋雌遊隼的下落，終於在下午三點半再度找到她。密密麻麻的椋鳥群逼使她現身，從小路池塘旁邊的白蠟樹飛出來，壓低高度輕快飛越牽引機正在工作的田地，那裡正在採收甜菜運送出去。採收過的土壤上有數百隻海鷗和小辮鴴正在覓食；牠們飛起時，我看不見鳥群之中的遊隼。十分鐘後，她飛到東北邊，通過高處飛向河流，檸檬黃色的天空襯著她的黑色身影。她轉而飛向東邊，飛得更高也更快，一副已經看見獵物的樣子。

獵犬正沿著山間小路走回家，獵人都累了，助手已經離開，野兔安全無恙。河谷沉陷於霧氣中，地平線的黃色眼瞼閉起太陽的耀眼角膜。東方的山脊煥發著紫光，接著色彩褪去，變成不懷好意的黑色。大地呼氣，吐出冰冷的暮色。夕陽餘暉照不到的窪地開始結霜。貓頭鷹醒來鳴叫。最先現身的幾顆星星高掛天際，漸漸下移。我就像一隻停棲的遊隼，聆聽著寂靜，凝視著黑暗。

十一月十八日

早晨時分，我沿著海堤往東邊走去，從河口走向大海。在高空雲層下方，海水呈現淡淡的灰白色。隨著天空放晴，太陽露出，海水也變得藍色波光粼粼。涉禽、海鷗和禿鼻鴉沿著潮水線覓食。海堤附近的灌叢裡滿是雲雀和其他雀科鳥類。三隻雪鵐奔過白色的卵石和沙地，行為很像涉禽，沒有想要飛起，羽色褐白如同牠們腳下的沙子。牠們一跑到顏色較暗的地面，立刻起飛，鳴叫。具有白色翼帶的修長翅膀在陽光下一閃一亮，結實、清亮、悅耳的鳴叫聲漸趨微弱。

整個早上，我都有種提心吊膽的感受，這種時候就表示附近有一隻遊隼。我覺得牠躲在看不見的地方；在時間和距離兩方面幾乎都沒有超越我，一直隱身在地平線下方，任憑我沿著綠色平原的曲折路徑往前走。下午一點，我正走向南邊，太陽十分耀眼。突然間，我的行走方向似乎是遠離遊隼，而不是走向牠。我往下走進田地，越過那裡再次前往河口，沒有多想，只是根據粗略的想法採取行動，能有這一天的觀察和經歷就很滿足了。轉身穿過樹籬的間隙，我嚇到一隻鵟鵟。牠在枝頭上發抖，因猶豫而苦惱，不知道該不該飛走，頭腦打結，害怕得心神渙散。我趕緊離開，牠鬆口氣，唱起歌來。

下午兩點半，我到達河口。時值滿潮。白色的海鷗漂浮在藍色的清澈海水裡，鴨子沉睡，涉禽擠滿了鹽沼地。我沿著海堤慢慢往西邊走。現在是寒冷十一月光線漸暗的時刻，把西方天空凍結成淡金色。那道光芒四射的光之拱門，從北海的遠處沿著曲線而上，越過平坦的河流土地，在天頂粉碎消失，剝落恢復灰色。這是適合狩獵的最後一點光線，對飢餓的遊隼來說，這樣的召喚就像獵人吹響「出發」的號角聲一樣明確。

一小群黑腹濱鷸離開鹽沼地，像是在水面上方撐起一張閃閃發亮的銀色船帆，風吹鼓起朝向島嶼而去。在上方，比牠們更遠的地方，一隻遊隼正在飛行，是清澈無瑕天空裡一個小小彎曲的黑色手指。才過一下子，牠就擴大成一個搖曳翅膀的飛鏢。牠逆光高飛，黑色輪廓鮮明，接著比太陽還高，變得比較偏褐色，也沒那麼有威脅性。牠急速下降，島上的鳥類猛然飛起，很像水花四濺。牠在那些鳥兒上方盤旋，於是牠們像波浪一樣墜落回去。遊隼以陡直的角度爬升繞圈，奏出一個無聲的漸強音。海鷗飛起。遊隼停在牠們上方，泰然自若，接著俯衝向下，疾飛到下方低處又上揚，形成大大的U形曲線，劃破空氣的模樣就像人類潛水夫乘風破浪。透過伸長的利爪，一隻海鷗以難看的動作側翻掉落。遊隼爬升得更高，顫抖著翅膀，飛進逐漸變灰的東邊天空。

在燦亮的西邊，在平靜河口上方，數以千計的小辮鴴構成一條長河，不斷變動的隊伍一下子轉換方向，一下子貼齊水面飛行，牠們柔軟的翅膀很有韻律地振起又揮下，像是一艘古代大艇的船槳。

十一月二十一日

葉子落盡的樹木有種鍛鐵般的荒涼，沿著河谷天際線鮮明挺立。冷冽北風，宛如一塊冰晶，變幻又澄清。泥濘耕地深黑如麥芽，收割的殘莖冒出草鬚而且浸潤於水中。強風吹走了僅剩的葉子。秋季倒下。冬季挺立。

下午兩點，一群生氣勃勃的烏黑寒鴉，從已收成的田裡席捲而上，遍布於整個空中，發出的噪音像是酒館桌上多米諾骨牌喀啦碰撞。斑尾林鴿和小辮鴴起飛往南邊而去。遊隼在附近，但我看不見牠。我往下走向小溪，越過兩片樹林間的田野。從作物殘莖和犁溝裡，我嚇起零星的幾隻雲雀。陽光燦爛。樹木的顏色很像清澈溪床上的黃褐色礫石。兩片樹林裡的橡樹宛如滿布金鬃。一隻綠啄木從潮溼草地飛起，啪地一聲讓自己攀附在樹幹上，簡直像是有磁鐵把牠吸上去。牠的背部是苔蘚色和芥末色，頭頂是悶燒的朱紅色。猶如鮮紅色的菇蕈傘蓋，在黑暗樹林裡閃閃發亮。高亢刺耳的警戒叫聲來得嘹亮又突然，是令人屏息、發自肺腑的叫聲，意思是「遊隼目擊」。在橋邊幾棵椴樹的光禿枝杈上，悄然無聲的田鶇正看著天空。

我望向西邊，看到遊隼飛高到遠處農舍的雪松上方，在一群深暗的禿鼻鴉之間亮得發光，然後飄進一道長河般的金斑鴴群中。一團烏黑的雨雲讓北邊變得陰暗；遊隼在雨雲的纖細金邊中閃閃發亮，形成對比。牠滑過已經收割的田地上方，一群麻雀彼此催促衝進樹籬。遊隼一度振翅追趕，雙翼以一連串狂熱的節拍輕盈高揮，定格的畫面令人想起鹿角的形狀。接著牠冷靜下來，繼續飛向河流。

我連忙跟上，但是找不到牠。薄暮和夕陽與河邊的霧氣融合在一起。有隻鷦鷯在樹籬底下的枯葉堆裡扭動身子，一聽到有縱紋腹小鴞開始鳴叫，牠連忙躲進去。有幾隻水鮃沿著懸垂到河流上方的灌叢枝條往前跑，一聽到叫聲，牠們突然停住不動。叫聲停止時，牠們跳入水中，游進有蘆葦掩蔽的地方。我繼續沿著樹籬走。一隻山鷸害我嚇了一跳，因為牠突然向上跳起，發出很大的聲響。牠飛進天空，我看到向下彎的尖細長嘴、類似貓頭鷹的圓鈍翅膀，也聽到牠那種細細囀鳴加上低沉喉音的獨特叫聲；是寒冷的十一月黃昏會聽到的奇怪叫聲。牠搖搖晃晃往西邊飛去，遊隼則在牠上方十分耀眼，一個深色的尖銳形影，下降穿越夕陽餘暉的淡橙黃色。牠們一起消失在暮色中，我什麼都再也看不到了。

十一月二十四日

在早晨陽光和溫暖南風中，一隻遊隼高飛在河谷上方。我看不見牠，但牠穿越空中的一動一靜，全都反應在下方的地面上，體現於鴴鳥的焦躁飛起、海鷗的白色漩渦、嘈雜作響的斑尾林鴿灰色鳥群、抬頭凝望的數百雙晶亮鳥眼。

等到一切都安靜下來，雌雄兩隻遊隼飛到低處，並肩越過開闊田野的寬廣平原。御風而飛，牠們把已收割田地裡的金斑鴴嚇得四散奔逃。兩隻遊隼自己的羽色也很像金斑鴴，沒多久就隱身於田野的黃褐色地平線之內。

雨雲變得更厚也更低，起風了，萬物變得鮮明。我驚擾到涉水灘附近一棵橡樹上的雌遊隼。她快速飛離，前往東北邊，在小溪的對岸往上飛高，並在果園上方定點振翅。幾次懸停之間，她滑翔又盤旋，嘗試飛高，但是沒成功。她慢慢飄向山丘上方，飛往東邊。果園裡的鳥兒沒有驚慌失措，但許多田鶇和雀科鳥類飛起來，在遊隼下方漫無目的亂繞，似乎無法決定到底要不要圍攻她。大多數的鳥兒覺得很難參透一隻懸停的遊隼在想什麼。只要看到遊隼快速飛行，牠們就知道該怎麼辦；但若是像紅隼一樣在空中懸停，牠們比較沒那麼擔心。只有石雞和雉雞立刻就認定危險將至。牠們是最容易受到這種狩獵行為威脅性命的物種，要不是趕緊蹲低身子，就是跑向最近的掩蔽處。定點鼓翼的紅隼，牠們則選擇無視。

我越過田地，走向小路的南邊，嚇飛了三隻大杓鷸。二十一日的時候有四隻；從那以後，可能有某隻遊隼獵殺了其中一隻。大杓鷸一邊飛走、一邊鳴叫時，雄遊隼出現了，在西邊一百公尺處。小辮鴴從牠前方的收割田地匆匆起飛，但牠們誤判風力的強度，起飛的時候已經太晚了。雄遊隼振翅陡直爬升，風勢把牠的翅膀吹得鼓鼓的，很像船帆。牠懸停了一會兒，接著突然將雙翼往兩側平伸出去，向下俯衝，劃破強風，衝向一整列小辮鴴隊伍的最後一隻。飛掠而過的擊殺發動得好快，我並沒有看清楚。我只看到遊隼順風而飛，抓著牠的獵物。

一小時的滂沱大雨結束了這一天。河谷是溼透的褐色海綿，起霧且微暗。十六隻綠頭鴨飛過，一隻赤頸鴨發出哨音般的叫聲。再次下起滂沱大雨，空蕩蕩的黃昏充滿田鷸的吱嘎叫聲。

十一月二十六日

拂曉時刻，禿鼻鴉和海鷗飛過下雨的小鎮：禿鼻鴉飛向河口，海鷗飛向內陸。伴隨潮水聲，黍鵐在農舍花園裡唱歌。隨著天色漸亮，雨勢顯得緩和。涉禽聚集在逐漸縮小的海岸邊緣，白色的海水襯托出深色的頭部。灰斑鴴正在覓食，身子向前傾的模樣很像指示犬，聆聽泥灘地的動作則像草地上的歌鶇。小心翼翼踏出一步，頭往前方猛探一下，緊張焦慮，專心一意；接著，嘴喙往下一戳，穿透泥土，刺中一隻蠕蟲拉出來，如同擊劍高手一樣迅速輕快。紅腹濱鷸正在休息。牠們看起來像單眼皮的蒙古人，很像睡眼惺忪的大個子。我踉蹌穿過海堤頂端的溼黏泥土時，有五十隻起飛，越過水面。灰色的水鳥，在白石般潔淨的地平線和高處灰色天空之下低空飛掠，低飛到雨滴四濺的白色水域和海水沖刷的岸邊，黑紫色的海草，草綠色的島嶼，以及起伏光滑的長遠大海。

六隻鸕鶿蹲坐於潮水線，很像深黑色的樹樁。更往東邊看去，有隻鸕鶿展翅而立，宛如一枚徽章映襯著北海。黑雁排列成很長的V字形振翅飛過。牠們彼此對話的咯咯喉音，從一公里半外就聽得見。延伸很長的黑色行列攀附在天空的底部。

遊隼獵物的翅膀在海邊礫石上噗噗翻動：有一隻赤頸鳧和六隻紅嘴鷗死去已久不新鮮，一隻紅胸秋沙只死了三天。看到遊隼竟然獵殺秋沙鴨實在很驚訝，因為以人類的味覺來說，這是最腥臭的鳥。只殘留了翅膀、骨頭和嘴喙。就連頭骨都剔得一乾二淨。窄小的頭部附有鋸齒狀的嘴喙，帶有鋸齒邊的殘存微笑，很難吞得下去。一隻雌遊隼從遠處鹽沼地的桿子上看著我，她坐在那裡縮成一團，在陰暗的雨中顯得孤僻陰沉。她不太飛起，已經吃飽，無事可做。隨後，她飛向內陸而去。

青足鷸站在沼澤裡；看似灰白的涉禽，帶有灰色和苔色，蹬著細細的灰色雙腳傾身向前覓食。牠們身上不是灰色就是白色；單調沉悶的鳥類，夏日綠意的幽靈，飛行時突然變得高傲冷漠而美麗。勻灰色、淺灰色的天空落下懶洋洋的雨絲。早上十一點的時候異常清晰明亮，就表示快要下雨了。持續一小時，直到灰色掩蓋一切，雨水像牛奶和珍珠母貝一樣閃亮。大海平靜起伏，宛如一隻沉睡的小狗。

十一月二十八日

這天霧氣瀰漫，牽引機的單調聲音迴盪著，什麼都看不清楚。時有時無的微弱西北風還滿冷的。

早上十一點，一隻遊隼飛上高壓電塔之間的一條電纜線上，那些高聳的電塔延伸分布於河谷。牠在霧中模糊難辨，不過翅膀靈巧的彎曲和振翅，讓人一望即識。牠花了二十分鐘觀察鴴鳥在周圍田裡覓食，接著飛到南邊的下一座高壓電塔。在那裡有白色天空的襯托，牠的輪廓很像貓頭鷹的形狀，頭部略微凹陷，圓圓地延伸到兩側高聳的肩膀，往下則逐漸變細成短圓的尾部。牠再次往北邊飛去，移動到瀰漫著閃亮霧氣的河流上方，羽色的紅金光澤變得暗淡不清。牠的翅膀用長而有力的動作向後划，輕輕鬆鬆就飛得很快，霸氣向前飛去。

光線實在太差，我跟不上牠的身影，於是往下走到溪邊，心想牠等一下有可能來這裡洗澡。烏鶇和蒼頭燕雀在北樹林的山楂樹上嘮叨呱叫，還有一隻松鴉停棲於赤楊樹，低頭不知道在看什麼。我繼續以樹籬作為掩護，沿著濃密的山楂樹叢慢慢走。我刻意靠近樹叢，直到可以看見小溪的湍急流水，剛才松鴉就是一直在看這裡。透過多刺細枝的昏暗密網，我看到一隻雌遊隼站在石頭上，距離溪水只有幾公分，只見她認真望著自己的倒影。她慢慢往前走，直到一雙皺皺的黃色大腳浸入水中。她停下來，看看四周，接著舉起翅膀，以陡直的角度抬高到背部上方，小心翼翼涉水走入溪裡，謹慎踩在小顆的礫石上，一副很怕滑倒的樣子。等到溪水幾乎淹到肩膀，她停了下來。她啜飲幾口水，反覆幾次把頭浸到水面下，濺起水花，翅膀浸入水中再拍打幾下。烏鶇和蒼頭燕雀不再氣憤呱叫，松鴉也飛走了。

她在水中待了十分鐘，動作漸漸變得比較少；接著她踏著沉重的步伐，搖搖晃晃走回岸上。那種奇怪的從容步伐很像鸚鵡走路，而羽毛沾了水的重量又讓她顯得更笨拙。她多次甩動全身，拍動翅膀稍微跳幾下，然後以笨重之姿起飛，停到懸垂於小溪上方的一棵赤楊枯木上。烏鶇和蒼頭燕雀又開始嘮叨呱叫，松鴉也回來了。遊隼泡了水變得很巨大，而且看起來一點都不開心。比起雄鳥，她胸口的顏色較深，背部寬闊，肩膀之間隆起的肌肉也比較膨大。她的羽色較深，與常見的年輕遊隼的照片比較相似。松鴉開始以一種激怒她的方式在周圍拍動翅膀。她毅然起飛，往北邊飛走，伴著松鴉發出嘲弄的呱叫聲在後追逐。

我在涉水灘東北邊的一棵橡樹枯木上找到她。樹木屹立於較高的地帶，遊隼站在最高的枝頭，可以觀看好幾公里遠，遙望開闊的河川平原一路到西邊。往四周觀察一番，再看看上方的天空之後，她開始用嘴喙理羽。她一直沒有再抬起頭，直到理羽完畢。從胸口的羽毛開始整理；接著是翅膀的內側、腹部、腹側，依序進行。理羽完成時，她粗魯地啄啄自己的腳，有時候抬起一隻腳，以便啄得更仔細一點，然後在樹皮上清理摩擦自己的嘴喙。她斷斷續續睡到下午一點，接著迅速起飛，朝向東邊離去。

十一月二十九日

正午時分，一隻遊隼從內陸飛來，我站在鹽沼地附近的海堤上，牠從相當靠近我的地方飛過去。牠在海堤外向上爬升，定點振翅，接著下撲又飛高，來個凶猛的U字形俯衝。牠這樣重複三次，然後沿著來時路飛回去。我以為牠嘗試要把岸邊的獵物嚇得飛起來，但是等我到達剛才牠逗留的地方，卻什麼也找不到。也許牠對著某根桿子或石頭練習瞄準目標，但我實在不懂，為何牠覺得應該要用這麼刻意的方式，對著那個特定目標飛來飛去。

我繼續往東邊走。陽光閃耀，但風很冷；對遊隼來說是翱翔高飛的好日子。

三小時後，我回到鹽沼地，在海堤底部發現一隻冠鷿鷉的遺骸，位於高水位線附近。牠本來是一隻很重的鳥，體重也許有一公斤多，可能是遭到遊隼從相當高的地方俯衝攻擊而死。現在牠的重量不到五百公克。胸骨和肋骨裸露在外。修長頸部的脊椎骨也已經被啃得乾乾淨淨。頭部、翅膀和胃部沒有動過。在嚴寒的空氣中，暴露在外的內臟微微冒出蒸汽，仍有餘溫。雖然這麼新鮮，卻散發一股難聞的腐臭味。以人類的口味來說，冠鷿鷉吃起來有惡臭的魚腥味。

日落時分，我走過沼澤時，兩隻遊隼從一間小屋的屋頂飛過來。牠們顯得無精打采、腹部飽脹，沒有飛得很遠。牠們分享那隻冠鷿鷉，現在兩隻鳥停棲在一起。

十一月三十日

河邊有兩隻獵物：翠鳥和田鷸。田鷸躺著，一半身子浸在淹水的草地裡，即使死了也很隱祕。翠鳥則在河邊的泥地裡，十分鮮亮，像一隻明亮的眼睛。牠身上有斑駁的血跡，粗短的雙腳沾染著血紅色，僵硬的樣子很像封蠟的蠟條，在河流輕輕蕩漾的漣漪裡顯得冰冷。牠像一顆死去的星星，綠色和藍綠色的星光穿透了長遠的光年，依然閃耀。

下午時分，我穿越通往北樹林的斜坡田野，看到羽毛在風中飄盪。一隻斑尾林鴿的身軀仰躺在一堆柔軟的白色羽毛上。頭部被吃掉了。頸部、胸骨、肋骨和骨盆的肉已遭撕扯殆盡，連肩帶和翅膀的腕關節也一樣。這隻雄遊隼吃得很好。牠的屠宰手法很漂亮。遺骸的重量只剩幾十公克，所以幾乎吃掉了四、五百公克的肉。骨頭仍是暗紅色，鮮血未乾。

我意識到自己蹲著俯看獵物，很像一隻護食的猛禽。我的眼睛骨碌碌轉動，提防有人走過來。我不知不覺模仿一隻鷹的行為舉止，如同進行某種原始的儀式；獵人漸漸變成他所狩獵的獵物。我望進樹林深處。遊隼蹲踞在陰暗的藏身處，觀察著我，緊緊抓住一根乾枯的樹枝。這些日子在戶外，我們過著同樣狂喜而又擔憂的生活。我們迴避人們。我們討厭他們突然舉起的手臂，他們瘋狂揮舞的手勢，他們古怪不穩的剪刀式步伐，他們漫無目的踉蹌蹣跚的走法，他們臉孔的槁木死灰。

十二月一日

遊隼翱翔爬升，隱身於迷霧天空的藍色天頂，繞著圈子飛往東邊，越過海鷗向上爬升的螺旋形。牠閒晃穿越早晨的陽光，飄盪於冷冽的東南風，這樣經過半小時後，牠以驚人的俯衝力道墜落到小溪裡，把鳥群炸得四散奔逃。一隻田鷸乘著風，像子彈一樣咻咻飛開，而剛開始大聲鳴叫的斑尾林鴿也不再喧鬧，只剩下振翅飛離的持續颯颯聲。我到達小橋時，烏鶇依然嘮叨怒叫，不過天上空蕩蕩的。所有樹木面向南方的那一側，與低垂的刺眼陽光形成鮮明對比，因為樹上擠滿了鴿子，濃密的程度很像黑色果實。

等到緊繃的氣氛慢慢鬆懈下來，不穩定的平靜持續了二十分鐘，鴿子開始回到田裡。海鷗和鴴科鳥類恢復跟在犁具後面。遷移性的小辮鴴飛到高處前往西北方，那裡晴朗平靜。斑尾林鴿在兩片樹林之間飛來飛去，也在樹林和耕地之間移動。牠們活動個不停，白色翼帶在陽光下若隱若現，這對暗中觀察的遊隼是一種引誘，也是一種挑戰。

我持續掃視天空，看看是否有遊隼在空中翱翔，也仔細觀察每一棵樹和每一處灌叢，掃過每一道弧線搜尋看似空蕩的天空。這正是遊隼尋找獵物、躲避敵人的方法，也是你寄望能夠找到遊隼、旁觀牠狩獵的唯一方法。一副雙筒望遠鏡和一份類似遊隼的警覺心，能夠減少我的近視劣勢。

終於，又有一隻在遠方看似是鴿子的鳥。這類鳥以往每次看都是鴿子，這次竟然真的是遊隼。牠飛越南樹林，在一處周圍環繞樹木的開闊空間上方，乘著那裡的溫暖氣流向上爬升。牠在陽光中顯得生氣勃勃、金光閃閃，透過熱氣流旋轉向上，只見翅膀的肌肉縮放起伏，很像魚鰭的波浪狀擺動。表面上看來牠飄來飄去，是天空湛藍光澤之上的纖細銀色薄片。牠繃緊翅膀彎向後方，滑向東邊，一片黑色刀刃慢慢劈開藍冰。穿透陽光往下飛，牠像一片秋葉改變色澤，從閃亮金色變成暗淡黃色，再從黃褐變成深褐，突然間翻飛躍出天際線而變成黑色。

隨著豔陽西落，南邊悶悶燒著白色火光。兩隻寒鴉飛在上方高處。有一隻向下俯衝，自身旋轉一圈，盤旋迴繞，然後朝地面墜落，彷彿有人把牠射出來，像是一個裝滿骨頭和羽毛的投擲沙包。牠簡直是玩命。距離地面三十公分時，牠伸展翅膀，輕輕降落，一副若無其事的樣子。

我跟隨靜不下來的鶺科鳥類，跨越小溪，發現雌遊隼在西邊的一個樹籬裡。我偷偷靠近她，但她沿著樹籬從一棵樹移動到另一棵樹，一直處於背光的位置，這樣一來她可以清楚看見我，我則覺得很刺眼。走到樹籬的盡頭，她飛到溪邊一棵樹上。她似乎昏昏欲睡、無精打采，頭部動作不多。她的雙眼有種褐色陶瓷釉彩的光亮感。那雙眼睛專注望著我的雙眼。我移開視線一會兒。她立刻起飛。我趕緊回頭，但她飛走了。在有人注視的情況下，遊隼會不願意起飛。會等到眼神之間的奇異束縛斷裂開來。

海鷗從上方慢慢飛向東邊，在燦爛的光線中，牠們的翅膀有透明感。下午三點，雌遊隼在牠們之間繞圈，然後開始往上爬升。河口是滿潮時刻。涉禽會在小溪和鹽沼地的上方盤繞飛高又沉降飛落，像被困住的心臟裡跳動的血液。我知道遊隼會看到牠們，會看到數千隻海鷗飛進來前往海濱，而我認為她會跟著那些鳥往東邊飛去。我沒有多等，騎著腳踏車盡快前往一座小山丘，大約十公里遠，從那裡可以俯瞰河口。我停下來兩次，搜尋雌遊隼的身影，發現她盤旋到樹木茂密的稜線上方高處，如同我的期望飄向東邊。等我到達山丘，她已經飛越山頭並降低高度。

小小透鏡裡的光線，是望遠鏡從穿透五公里空氣的陽光取樣而來，我從中看見許多鳥類和雌遊隼的銳利彎鉤飛高又落下，歷經一長串的俯衝打鬥，讓河口的粼粼水域變暗又翻騰。接著，陰暗的水域再度亮起，一切復歸平靜。

十二月二日

潮水退了。泥土像晶亮的瀝沙，藍色潟湖裡的卵石灘也明亮耀眼。陽光讓色彩為之炫目。深色田地裡的一棵枯木反射著光，宛如象牙色的骨頭。許多光禿禿的樹木屹立於大地，像是枯葉上的鮮明葉脈。

一隻遊隼飛高到河口上方，只見空中滿是涉禽的翅膀。牠俯衝穿越陽光，撲進大杓鷸下降的陰影裡，飛掠過去再進入陽光下，沿著弧線墜落，等到那些鳥飛高的時候爬升到牠們下方，深吸一口氣用力撞擊其中一隻的胸口。那隻鳥掉到海堤旁邊，完全不成鳥形，彷彿牠的身軀突然洩了氣。遊隼滑翔下降，用嘴喙的彎鉤，刺入死去的大杓鷸的胸口。

十二月三日

一整天下來，低垂的雲層鋪在沼澤上方，海上飄來細雨。小路和海堤沿途的泥土都很深；厚厚的黃色泥土，宛如顏料；黏稠的泥土冒著泡泡，似乎是由沼澤生長出來，很像真菌；八爪章魚般的泥土，攫取、抓附、擠壓、吸取；滑溜的泥土，如同油料一樣平滑且變幻莫測；泥土汙濁；泥土邪惡；泥土在衣物裡、在頭髮裡、在眼睛裡；泥土入骨。冬天的東部海岸，在潮位線之上或之下，人走在水中或泥中；沒有乾燥的地面。泥土是另一種自然環境。你會愛上的自然環境，就像一隻水鳥，只有在世界邊緣才覺得快樂，那裡是陸地和水域交界之處，那裡無處可躲，恐懼無處可藏。

在河口的開口處，陸地和水域彼此交融失去了自我，眼中所見只有水，以及漂浮在水上的陸地。灰色和白色的視野緊繫在木筏上。那些木筏駛入暮色，將水域和陸地獨留給耳朵，留給赤頸鴨的吹哨聲、大杓鷸的呼喊聲，以及海鷗的鳴叫聲。

有一隻遊隼前往北邊，在高地上方盤繞，然後飛去停棲。不過牠太遠了，無法吸引我離開逐漸退卻的潮水。向晚時分，數千隻海鷗從陸地飛出來，前往大海清淨又安全的懷抱。

十二月五日

結霜的樹籬很像骨白色的珊瑚，太陽用冰冷沉鬱的光輝使之燃起。靜默的河谷裡沒有動靜，直到冰霜受到陽光照耀而融化冒出蒸汽，樹木開始滴水穿透霧氣瀰漫的洞穴，那裡充滿了模糊的嗡嗡聲響，是從忙碌的農場那邊飄來的。遊隼從路邊的一團乾草堆飛過來，牠原本在那裡休息曬太陽，這時往下飛向河流。

半小時後，我發現牠在小橋附近，停在電線上。牠沿著一條溝渠飛得很低，翅膀掃過直挺挺的蘆葦所結的冰霜。牠扭轉身子，然後轉彎，在一隻紅冠水雞上方定點鼓翼。那隻水雞在蘆葦之間的冰面跌撞滑行，遊隼抓不到牠。十四隻小水鴨和一百隻海鷗從一片沒有結凍的水域飛起來。結霜的田地裡還有很多溫馴且飢餓的田鷸，有氣無力，發出微弱的叫聲。

下午一點，遊隼飛向東邊，揮動著強而有力、果決堅定的翅膀，爬升越過陽光照亮的迷霧高崖。

十二月八日

陽光照亮的金色葉子穿越晨霧飄落下來。在蔚藍天空下，田野潮溼發亮。雄遊隼從河流附近的一棵榆樹起飛，爬升進入瀰漫霧氣的陽光，高聲鳴叫：一種高亢、嘶啞、模糊的叫聲：「咦—咦—咦—咦」，尖銳且粗野。

牠飛越收割過的田地前往北邊，始終背對著太陽，振翅向前飛去，穿插著飄浮的滑翔。牠的翅膀反覆出現緊繃和不自然的動作，就表示已經看到獵物了。在已收割田裡的斑尾林鴿停止覓食，紛紛抬起頭。在牠們上方約五、六十公尺處，遊隼緩緩盤繞，接著突然傾斜翻身下降。牠破空而下再轉身向上，那些斑尾林鴿在牠下方瘋狂亂飛。牠扭轉身子向下俯衝，翅膀彎曲縮起，切入那群斑尾林鴿之間，刺穿牠們橫衝直撞的柔軟灰色身軀。

鳥紛紛從周圍的田裡飛起。整片田野好似抬升到空中。在這場翅膀騷動的某處，遊隼也無可避免地迷失方向。等到騷亂平息下來，方圓幾公里內都沒有看到遊隼。這種狀況經常發生：鬼鬼祟祟輕拍翅膀靠近，突然發動攻擊，接著隱祕離開，藏身於一大片鳥類煙幕中。

我在滿潮的時候抵達河口。數千隻閃閃發亮的黑腹濱鷸咻咻衝過湛藍水域上方。黑雁和赤頸鴨漂浮在滿潮的海灣裡。帶槍的獵人出現了。槍火閃爍青銅色的光芒，轟鳴聲響徹暮色初降的天際，赤頸鴨的吹哨聲持續不斷，還有一隻孤單的紅喉潛鳥高聲叫著悲傷的哀鳴。

河口砰砰作響，環繞著連綿不斷的鏘鏘聲，遊隼並沒有回來。牠早上獵殺過了，很睿智地待在內陸。

十二月十日

蒼白的光線，嚴酷的強風，濃厚的雲層，雪花夾帶著凍雨。田鷸擠在河流北側淹水的草地上，很像矮小的褐袍修士在釣魚。牠們的綠色雙腳彎曲著，蹲得很低，我可以看到牠們的頭部有金色的條紋，很像科羅拉多金花蟲，還有一雙柔和的褐色眼睛。牠們沒有覓食，只把長長的嘴喙伸到混濁的水面上，彷彿品味著香氣。五十隻田鷸在我走向牠們時飛起。田鷸沒有一點遲疑，不是慢慢覺醒；一旦神經系統警鈴大作，只見牠們從泥地突然驚覺跳起。起飛之時，牠們發出巨大的鼻音：不是一群田鷸，而是一群打噴嚏的田鷸。牠們始終聚集在一起，沒有曲折閃避，整群鳥飛得又高又快，很像椋鳥。這表示附近有一隻遊隼。

找了好一會兒之後，我發現那隻雄遊隼在田間的一根桿子上。牠顯得昏昏欲睡，無精打采。牠直到中午過後才變得機警，這時光線開始變暗，霧氣迷濛的薄暮讓遠方的樹林顯得模糊。牠在田鷸休息的草地上方繞圈子。直到牠向下俯衝，那些鳥才起身。接著牠們像溼掉的爆竹一樣，從泥濘中蹦出，發出劈劈啪啪的聲音。最後才起飛的那隻鳥遭到遊隼追逐。兩隻鳥一起破空而上，衝過田野上方，鑽進柳樹又鑽出。遊隼跟進每一次的扭身和轉彎，對那隻田鷸亦步亦趨，但始終沒有追上並超越。牠停止追逐的時候相當突然，轉身朝向數百隻田鶇猛衝飛去，那些田鶇在河流上方胡亂兜圈子。遊隼的飛法依然很像田鷸，宛如放鬆的彈簧一樣敏捷移動彈跳，把田鶇嚇得四散奔逃，但牠沒有發動攻擊。

牠在一根桿子上休息了十分鐘，然後迎著風平穩飛行，保持在低處，略微隱身於昏暗起霧的田野間。牠的頭部和尾部幾乎看不見。牠很像一隻沿著海底翻滾前進的鬼蝠魟。海鷗飛向南邊，前往牠們的棲息處。牠們移動得飛快，三十或五十隻成群，而且不會直接從頭頂上飛過。牠們一看到我就散開，分別從左邊或右邊繞過，很像斑尾林鴿。我以前從沒看過牠們像這樣飛。遊隼不分晨昏，反覆發動攻擊，已經讓牠們變得非常煩躁，對於下方的危險充滿疑心。

我跟著遊隼前往東邊。田鶇在我上方發出嘎嘎聲和啁啾聲，飛往河邊的停棲處。我把溪裡的一隻白腰草鷸嚇得飛起來。牠高高飛入薄暮之中，鳴叫著，轉向又搖擺，很像一隻微醺的田鷸。牠的鳴叫聲是急切又像吹哨般的「凸——凸——威」，難以描述的狂喜和悲涼。白腰草鷸飛起時，遊隼往下撲去，但牠失手了，差距約一公尺。牠可能一直跟蹤我，以便我幫牠嚇出獵物。牠今天的俯衝全都速度緩慢又不精準。也許沒有真的很餓，但受到習慣所驅，執行著狩獵和殺戮的儀式。

日落之後天空晴朗。上方高處，有某種聲音像是在遠處點燃火柴。很多禿鼻鴉和寒鴉一邊叫著、一邊緩緩朝向西方平靜飛去，在冰藍色的薄暮中飛得好高，微小宛如晨星。

十二月十二日

高空的雲層慢慢填滿天空，早晨變白，太陽隱沒。一陣寒風從北方吹來。地平線的光線變得明亮鮮豔。

一隻銀鷗的遺骸躺在路邊，位於兩片田地之間，一半在草地邊緣，一半在塵土沙礫上。遊隼是在晚上獵殺牠，或者晨曦時分，當時路上還沒有車子，結果發現這隻鳥太重了，無法搬到安全的地方。在那之後，路過的汽車把牠壓扁。撕扯開來的血肉還是溼淋淋的，頸部鮮紅敞開，那裡原本連接著頭部。對遊隼來說，這些鄉間的砂石小路看起來一定很像礫石海灘；有鋪面的道路則一定像荒郊野外的花崗岩地層一樣閃閃發亮。對牠們來說，所有醜陋的人造產物都是天然無瑕的事物。所有靜止的東西都是死的。所有東西都會移動、停止、不再移動，然後非常緩慢地死去。對遊隼來說，移動就像色彩；就像深紅色的火焰在眼底燃燒起來。

我在早上十點發現那隻銀鷗，十五分鐘後看到遊隼。如我所料，吃了那麼大一隻鳥之後，牠還沒有飛得太遠。牠看起來溼答答的，而且垂頭喪氣，羽毛散亂又溼透，意氣消沉地站在路邊池塘旁的樹上。牠的尾羽垂在背後，很像一把溼透的雨傘。池塘很小，水也很淺，裡面有些常見的人類廢棄物；嬰兒車輪子、三輪腳踏車、碎玻璃、腐爛的甘藍菜，以及洗潔劑容器，覆蓋著一層薄薄的濃稠汙物。池水停滯發臭，帶有油汙，但遊隼可能在裡面洗過澡。一般來說，牠比較喜歡特定深度和水質的流動水域，也會飛行很遠的距離去尋找，但有時候似乎故意選擇含有汙物的水域。

有三輛牽引機正在南邊的大片田地裡犁地。其中一輛來回經過，距離遊隼只有幾公尺，完全沒有打擾到牠。遊隼停棲在牽引機正在翻土的田地附近，因為經常有鳥類在那裡活動。這種地方總是有些值得觀察的事物，或者如果遊隼餓肚子的話，總有可獵殺的目標。牠們已經學會了，如果有牽引機在移動，那麼令人畏懼的人類身形就無害。牠們不怕機器，因為與人類的行為比較起來，機器的行為太容易預測了。牽引機停下來的時候，遊隼立刻提高警覺。看到駕駛員走開，遊隼移動到比較遠的棲息處。我抵達池塘的半小時後，旁邊的田地就上演這種場景。遊隼慢慢飛向東南邊，翅膀抬高左右搖擺，像是舉著笨重不便的船槳，然後飄飛而下，停在路邊一棵榆樹的樹梢上休息。牠沒有看到我走過去，直到我幾乎到達樹下。牠顯得目瞪口呆，開始驚慌起來，於是往回飛向池塘。牠依然移動得緩慢又謹慎，彷彿很怕灑出什麼東西似的，翅膀以鬆垮、羞怯的曲線往下垂而滑翔著。這趟渾身溼透的沉重飛行很像烏鴉在天上飛，翅膀揮到最深處時，翼尖快速輕巧點一下空氣。

我發現牠在小路上方的橡樹枝頭縮成一團，位於池塘和涉水灘之間。我從下方經過時，牠沒有移動。雙眼緊閉，風勢把逐漸晾乾的羽毛吹亂了，牠站得非常挺直又僵硬，看似狼狽且陷入昏睡，彷彿死去已久，甚至遭到蟲蛀。等到我拍拍手，牠才醒來，飛下來到涉水灘旁邊的矮林裡。牠在那裡又被驚起，飛回橡樹上。這樣的花招重複了三次。接著我讓牠停在橡樹上休息，從矮林邊緣觀察。牠又睡了一小時，下午一點醒來，用嘴喙理羽，觀察四周。牠的羽毛晾乾後，色彩變得明亮。尾羽有淡黃褐色和淡褐色的細窄橫帶；背部、肩背和肩胛，都是淡黃褐色，側邊的斑點和條紋則是發亮的紅褐色。條紋很密集又細窄，而且整個表面有發亮的紅金色光澤。牠的頭頂是淡金色，微帶褐色斑點。收起的翅膀尖端快要伸到尾羽的末端；這麼長是很特殊的，即使是雄遊隼也很少見。

下午一點半，牠離開那棵樹，但馬上有一隻烏鴉追著牠回到原處。牠一邊飛行一邊大叫：是一種尖銳暴躁的叫聲。停棲時，牠又叫起來：一種比較低沉、比較挑釁的叫聲。到了兩點，牠變得焦躁不安，頭部上下擺動，兩隻腳也動個不停。牠花了幾分鐘鼓起勇氣，但等到終於飛起，卻是飛得快速又堅決。牠搖擺翅膀衝出，沿著上升的弧線繞著圈，陡直爬升到北樹林上方，翅膀以靈巧的動作揮擊空氣；早些時候，牠只是輕點空氣。寒鴉呢，一整天都在溪邊的牧草地上，百無聊賴地玩耍和覓食，此時則驚慌飛起，盤旋到高處，四散奔逃。

雨下了一個小時，不過我留在矮林旁邊，靜候等待。到了三點，遊隼回來了，乘著冷冽的北風，飛得快速又凶猛，嚇起海鷗和小辮鴴。一隻小辮鴴跟不上鳥群，精瘦的褐色雄遊隼切到後方，低飛貼近地面，很像奔跑的野兔。兩隻鳥似乎一起兜著圈子，然後似乎轉向分開。小辮鴴依著自己圈子的長度而轉彎，但遊隼轉彎的弧線比較大，於是瘋狂振翅，再次匆匆飛回。突然間，兩隻鳥之間的繫繩斷掉了。遊隼急速衝上空中，小辮鴴則跌跌撞撞向前飛。遊隼側身向下撲去，彷彿俯衝穿過空中的一個洞。然後沒事。什麼事都沒有。不管是怎麼結束的，就結束了。只有安靜和風聲咻咻。獵人和他的獵物之間的曲折糾纏，似乎懸盪在陰鬱的空中。

我從涉水灘沿著小路走，在一棵修剪掉樹冠的白蠟樹上，看到有隻鳥的翅膀在灰色的細枝上噗噗拍打。我走到距離兩公尺的地方時，遊隼飛出來，瘋狂振翅發出嗡嗡的風切聲，奮力脫離出來。牠一度飛得非常近，我可以看見翼下的光亮平滑，以及厚實交疊的羽毛，帶有褐色和乳黃色的斑點。牠向南飛越田野，不時轉向和搖擺。牠的兩隻腳往下垂，雙腳之間有某種白色的東西，像紙張一樣翻飛。透過雙筒望遠鏡，我看到牠帶著死去的小辮鴴，用兩隻腳抓著，因此屍體仰躺抵著牠的尾羽，胸口向上頭部向前，翅膀懶洋洋打開，露出黑白相間的腹側。遊隼飛得很輕鬆，帶著兩百多克重的貨物，不過強勁的風勢讓牠相當困擾。牠在強風中稍微下降，翅膀也揮動得快速短促。牠降落在小路附近一棵樹上。五分鐘後，我驚擾到牠時，小辮鴴變得比較小也比較容易搬運。牠飛進另一棵修剪掉樹冠的白蠟樹，我讓牠在那裡好好吃完大餐。三部牽引機依然在旁邊的田裡繼續耕地。

夕陽西下時，十隻大杓鷸起飛向東，大聲鳴叫。牽引機開回農場，最後的幾隻海鷗飛向南邊。遊隼在暮色中盤旋到高空，一翻身消失在山丘的陰暗處。沒有遊隼的河谷冒出輕柔的叫聲，貓頭鷹醒來了。

十二月十五日

河流沖積平原颳起溫暖的西風，強勁的風勢呼嘯而過，空氣中的水霧在高處衝擊著蓊鬱稜脊的漆黑分水嶺。荒涼的地平線，位於西風吹襲的遠處邊緣，一派沉著寂靜。那種澄澈的寧靜移回我眼前；海市蜃樓般的榆樹和橡樹和雪松，農場和房舍，教堂，以及構成銀色網絡的高壓電塔宛如一把把的劍。

早上十一點，雄遊隼陡直飛升到河流上方，翅膀拱起聳肩，頂著強風，襯著快速飄過的灰雲顯得陰暗。野外的遊隼喜歡風，就像水獺喜歡水。那是適合牠們的環境。唯有身在其中，牠們才真正活著。我見過的野外遊隼，全都在強風之中飛得比其他時候更久、更高也更遠。只有在沐浴或睡覺時會避開風勢。雄遊隼滑翔於六十公尺高處，伸展雙翼和尾部頂著滔滔強風，然後轉身沿著又長又彎的曲線御風飛行。牠盤繞的圈子很快延伸到東邊，受到風力的吹襲成為橢圓形的軌跡。數百隻鳥在牠下方起飛。遊隼最令人興奮的舉動，就是能把成群的鳥兒召喚到空中，讓平靜的大地活躍起來。眼見遊隼在上方繞圈子，正在覓食的海鷗和小辮鴴和斑尾林鴿，全都從道路和小溪之間的大片田野飛起。農場好似隱身於一片白花花的水簾後面，飛起的海鷗就是如此密集。敏捷的遊隼暗中穿越那群白色的海鷗，把牠們嚇得四散奔逃，很像亂噴的白色泡沫。我放下雙筒望遠鏡時，看到周圍的鳥兒也一直觀察著遊隼。灌叢和樹林裡有很多痲雀、椋鳥、烏鶇和歌鶇，全都看著東邊，不斷吱喳嘮叨。我沿著小徑一路趕往東邊，兩側的樹籬擠滿了各種小型鳥類，對著空曠的天空叫著牠們尖銳的警戒聲。

我經過農場時，一群金斑鴴騰空而起的模樣宛如槍口噴出的煙霧。鳥群在低空川流不息，接著慢慢飛高，彷彿一翼金色的翅膀。我到達涉水小路時，池塘邊的樹上滿是斑尾林鴿。我走過旁邊，牠們全都動也不動，但遊隼從這排樹的最後一棵飛入風中，繞著圈子飛向東邊，那些斑尾林鴿立刻從樹上飛走；其實牠們在那裡本來相對安全。只見牠們飛向北樹林，經過遊隼的下方。遊隼大可朝牠們俯衝，如果有意願的話。斑尾林鴿飛得很快且小心翼翼，但就像小水鴨，牠們有時候出現致命的軟弱，朝向危險飛去，而不知閃避。

遊隼飛著很長的弧線和切線，慢慢飄飛到更高的地方。從小溪上方一百五十公尺處，毫無預警，牠突然墜落。牠就是在空中停住，翅膀猛然向上一揮，垂直往下鑽。牠似乎分裂成兩半，身體像飛箭一樣，從繃緊的翅膀之弓射出去。牠墜落時帶著一股驚人的衝力，彷彿是被天際拋擲而下。事後回想，幾乎難以相信這一切真的發生過。最厲害的俯衝永遠都像那樣，而且經常失手。

幾秒鐘後，遊隼從小溪飛起，繼續牠的向東盤繞，飛得更高，越過陰暗的樹林和果園，直到消失在視線之外。我搜尋田野，但沒有找到獵物。斑尾林鴿在山楂樹叢裡，田鷸在沼澤地，全都受制於牠們對遊隼更大的恐懼。我走到附近時，牠們沒有飛起。石雞全部一起蹲在最高的草叢裡。

又下雨了，遊隼回到小溪。牠從橋邊的一棵榆樹飛過來，而在雨水的淅瀝亮光中，在風勢的溼寒料峭中，我立刻就追丟了。牠看起來精瘦敏捷，野性難馴。雨停的時候，狂風呼嘯。在空曠的地方很難站定不動，我待在樹林的下風處。下午兩點半，遊隼振翅起身，飛進東邊的天空。牠垂直向上爬升，很像一隻鮭魚，躍入南樹林峭壁的洶湧空氣大浪裡。牠鑽向一道波浪的波谷，然後在浪中陡直爬升，讓自己衝到空中高處，興高采烈地伸展雙翼。在一百五十公尺高處，牠懸停不動，尾羽收起，翅膀彎向最後方，翼尖幾乎要碰到尾羽的末端。牠以迎面而來的風速，沿著水平方向往前衝。牠搖晃、擺動、顫抖，在空中的怒海裡頂風飛行，收攏的雙翼宛如溼透的帆布一樣猛烈拍打。突然間，牠衝向北邊，沿著曲線往上飛再垂直俯衝，雙翼揮高，身形縮小，然後墜落。

牠墜落得如此快速，激射得如此猛烈，從空中墜向下方的黝黯樹林，牠的黑色身影在速度形成的光影雲霧中變得模糊，淡成灰色氣流。墜落之時，天空彷彿與他同墜。那是終結。那是死亡。別無其他。再無可能。暮色提早降臨。穿越近乎漆黑的夜色，害怕的鴿子安靜降落到棲息處，下方的林間道路有附帶羽毛的血跡。

十二月十七日

低垂的太陽耀眼奪目，南方有燦爛極光。北風冷冽。夜晚的冰霜沒有融化，草上的白霜很像鹽，在晨光中依然清脆堅硬。

雌遊隼一度迎風飛起，於平靜的白色田野上方定點鼓翼。空氣不夠溫暖，至少還有一個小時無法盤旋；在那之前，她只能消磨時間。她的懸停斷斷續續。她無所事事，在樹與樹之間移動。你幾乎可以感受到一隻遊隼懶洋洋的，已經沐浴過、理羽過，既不飢餓也不想睡。似乎百無聊賴，打算興風作浪，只為了想找點事情做。

早晨顯得奇異又像幻影，非常純淨新生。結霜的田野一片寧靜。太陽沒有帶來暖意。冰霜消失的地方，乾燥的青草有乾草的氣息。金斑鴴很近，輕聲鳴叫。一隻黍鵐唱著歌。北風在樹籬的交織格柵內冰冷清脆，猛力吹過尖刺的間隙。一隻山鷸從溝渠暗處嗖嗖飛起，進入刺眼的光亮之中。牠飛向北邊，翅膀拍打得既深又急，接著稍微放鬆，振翅得淺一點。雌遊隼跟在牠後面，飛得從容不迫，一副不感興趣的樣子。她沒有回來，於是我往下走到河邊。

日正當中，她從柳樹起飛，在風中飄盪，短暫滑翔一下，或者移動翼尖劃著小小的圓圈。雙翼快速抖動，彷彿只是受到風吹而振動。陽光越來越溫暖，讓她得知可以高飛了。她謹慎向前試探，直到發現第一道上升的熱氣流。在橡樹枯木的上方，她以非常緩慢的速度盤旋著，接著展開雙翼和尾羽，轉朝順風飛行。沿著非常寬大的彎曲弧線，她飄飛到南邊，在我上方三十公尺處繞著圈子。她的頭部很長又有力，像是一隻鉤狀的白斑狗魚從蘆葦叢探頭看，只見她掃視下方的田野，慢慢把頭縮成圓圓的。兩側的深褐色鬢班在太陽下光滑閃亮，從嘴喙的兩側向下延伸，宛如兩條光亮的皮革。大大的黑眼睛，以及眼睛前方裸露的白色皮膚，黑白耀眼很像溼亮的打火石。低垂的太陽將遊隼照耀成色彩鮮亮的浮雕：像樺樹枯葉的銅鏽色，也像潮溼泥土的亮褐色。她是一隻體型很大、翅膀寬闊的鷹，無庸置疑是雌遊隼，翅膀伸展開來時很像鵟，所需的升力來自冰霜融化而上升的熱氣流，此刻也來自陽光照得熱氣蒸騰的田野。眼看她繃緊肌肉，快速繞圈滑翔，我幾乎可以聽到劃破氣流的嘶嘶聲和沙沙聲。

她很快就朝向南邊盤旋，繞著比較小的弧線。我擔心會在耀眼的陽光中失去她的蹤影，但她爬升到太陽上方。她移動得更快了，幾次短暫的滑翔之間用力振翅，還不時變換方向。有時候她向左和向右交替盤旋，有時則順時針繞圈。交替方向盤旋時，她認真朝向內側或向下觀察；等到沿著同一方向繞圈，她則望向外側或直往前看。她側過身子，以陡峭的斜角曲線繞圈飛行。在農場建築物的屋頂上方，熱氣流上升得比較快。她以快速使勁的動作奮力振翅，而且以陡峭的仰角向上盤旋，爬升到三百公尺高處，然後飄向東南邊。接著她的盤旋戛然而止。她飄到天空的白色表面。前往樹林的半路上，她如同先前那樣盤旋而上，高度又增加了一百五十公尺，直到幾乎因為雲霧和距離隱身消失。突然間，她滑向北邊，離開得非常快速，不時激動振翅。還不到一分鐘，她就飛了超過約一公里半，從南樹林高速飛掠天空前往河流，一路沿著小溪，直到激起一團白色的海鷗衝破地平線。這整段長程飛行，穿越超過五公里長的河谷，她爬升得那麼遠又那麼快，儘管涵蓋那麼長的距離，眼前的景象也沒有讓她改變主意回到地面。背景是天空時，我才能看到她。為了追蹤她的行動，我總把雙筒望遠鏡的角度略微壓低三十到四十度，才能同時辨認下方的地標。她完全屬於陽光和風和天空的純淨。

我到達她先前下降的地方時，那裡的鳥兒依然焦躁不安。海鷗沿著河谷邊緣盤旋繞圈；小辮鴴從東邊飛到此處上方。如同一顆遙遠的星星，那隻雌遊隼滑翔到遠方前往河口，一個紫色亮點穿過天空的冷冽焰光，漸漸消失。

十二月十八日

東風寂靜無聲，對青草、樹木和靜水之濱呼出白色冰霜，太陽出來也沒有使之融化。來自深藍色天空的陽光向下折射，瀰漫著淡紫色，直到放眼望去盡是冷白色。

水庫在陽光下閃閃發亮，靜止如冰，而鴨子令水波蕩漾。十隻川秋沙從湧起泡沫的透明水波底部飛起，以絕美之姿爬升飛越天空。全都是雄鴨。牠們的紅色長嘴、光滑的綠色頭部，以及細細彎彎的頸部，領著牠們那副沉甸、精瘦、炸彈形狀的身軀，透過黑白相間的雙翼快速振翅而向前推進。牠們是華麗尊貴的鴨子，在遼闊的空中莊嚴稱帝。

鵲鴨振翅的刺耳咻咻聲，不斷從平靜水域上方傳來。牠們沒有飛行時，雄鴨透過鼻腔叫著「嗯」，一種細小粗嘎的聲音，同時搖晃著下頷厚重的深色頭部，於是黃色環狀的眼睛在陽光下拚命眨呀眨的。白冠雞像盤子上的玉黍螺一樣擠成一團。白秋沙的雄鴨，牠們呈現鬼魅般的極地雪白，帶有細細的黑色線條滾邊而且捲捲的，身軀在水裡沉得很深，像是大塊浮冰，或者像飛行的雪花，令天空為之增色。

我沒有看到遊隼，不過總有一隻在不遠處。我找到一隻早上遭到獵殺的紅嘴鷗；牠依然溼答答流著血。只有頭部、翅膀和雙腳維持原狀。其他骨頭上的肉全都遭到仔細剝除。剩下的部分聞起來有新鮮的香氣，很像生的牛絞肉和鳳梨的氣味。聞起來有開胃的效果，一點也沒有腐臭或魚腥味。我要是肚子餓，大可自己吃掉牠。

十二月二十日

下午霧散，太陽的光環逐漸擴大，蕩漾開來。一隻鷺鷥飛到溪畔的一棵樹上。準備降落時，牠的雙腳做出緩慢的踩踏動作，很像一個人要從閣樓的活板門走下去，用雙腳探找梯子的模樣。

牠碰觸到樹頂的細枝，用細長的腳趾探索一番，漸漸把自己的重量放給細長雙腳去支撐，拱著背縮成一團，如同一把壞掉的陽傘。

我走到南樹林旁邊時，縱紋腹小鴞叫起來。氣氛一派平靜。許多鳥兒在田裡覓食，田裡的結霜已然融化。歌鶇蹦蹦跳跳，對著露出地面的蠕蟲戳戳刺刺。歌鶇有種非常冷靜的特質，在花毯般的草地上不斷聆聽並戳刺，專注的眼睛看不見牠戳刺的目標。一隻烏鶇的雄鳥，嘴喙黃色，用突出的橘黃色眼睛仔細凝視，很像嬌小狂熱的清教徒，嘴裡咬著一根香蕉。我走進樹林。

結霜的枯葉發出清脆的聲音。一些山雀在枝頭高處覓食，發出唧唧聲和嘖嘖聲，略微打破了寂靜。一隻戴菊鳥來到近處，在陰暗的樹林裡，嬌小的綠色身影忽隱忽現，頭頂像是有一片細細的金色葉子。牠的眼睛又大又亮，仔細檢視每一根細枝，然後才決定要往哪邊跳。牠靈巧地輕觸昆蟲，沒有一刻停下來不動。牠靠近時，宛如冰針的纖細叫聲突然響起令人驚訝的激烈憤怒，但是等到牠離開此處，很快就聽不到了。有隻雉雞突然從蕨叢飛起，在樹冠之間直往上衝，就好像一個鼓裡面扭緊的橡皮圈逐漸抖動而鬆開。

光線照亮了林地裡的凹洞，很像一池靜水。樺樹的枝條籠罩在一層酒色的朦朧中。一隻花雀的雄鳥鳴叫著，是刺耳又帶有鼻音的「嗯——欸」，上下輕輕晃動尾羽。牠的腹面是橘色和白色；橘得發亮，很像夕陽照在樺樹樹皮的銀色薄片上。一隻朱頂雀採取波浪狀飛行，飄盪著粗啞濃重的鳴叫聲，還會頭下腳上倒掛著，嘴喙戳進樺樹花苞深處，然後跳開。一隻白眉歌鶇輕快飛過樹林。稻草色的眉線讓牠的眼睛看起來斜斜的。紅色翼斑像是一抹血跡。

斑尾林鴿，貪吃又天真，從每一塊冰凍的耕地飛起來，很像呼出灰色的霧氣。牠們很早就來棲息，角度低垂的陽光把牠們照得紅通通，宛如緩緩燃燒的黃金，而一旦降落到樹梢裡面就褪成紫色。現在牠們的色彩很像清澈天空的淡紫色邊緣，那裡是太陽剛落下的地方。遊隼追著鴿群，正如印第安人曾經這樣追著水牛群，也像獅子追逐斑馬。斑尾林鴿是遊隼的牲口。

綠頭鴨一路沿著樹林飛向湖泊。抬頭透過雙筒望遠鏡觀察牠們，我頭一次看到一隻雌遊隼盤繞得非常高，在逐漸昏暗的光線中振翅和滑翔。她向下俯衝，身形逐漸擴大，很像眼睛從白日的燦光移動進入暮光時，瞳孔就像這樣逐漸擴大。原本的大小像雲雀，接著像松鴉，現在像烏鴉，再來像綠頭鴨那麼大。她一鑽進綠頭鴨群，牠們連忙四散奔逃爬升高度。她又轉彎向上穿越天空，運用俯衝的衝力進行波浪狀上下飛行，衝撞一隻綠頭鴨，讓牠爆開成一團飄飛的羽毛。牠們扭打成一團，滑翔到樹林上方，接著急轉而下，落到結冰的路上。綠頭鴨群一路沿著樹林飛向湖泊。一切都沒有改變，不過有一隻不見了。

在山丘的陡峭山坡上方高處，田鶇正要飛去棲息。天色幾乎已暗。高聳灰白的松樹有一種骨感的沉著平靜。它們聳立於山丘的天際線。感覺好像再過去一定是峽谷和霧氣，再也沒有其他。它們的枝頭懸掛著寂靜。空氣嘗起來既冷冽又有金屬味。雄遊隼滑翔飛向那些樹，宛如一道魅影。牠叫了一聲：那就像城堡的吊門哐鐺落下的聲音一樣決絕。炯炯有神的眼睛瞇起來，然後閉眼睡覺。遊隼讓羽毛蓬鬆起來，顯得毛茸茸的，人畜無害。只有覆蓋著裝甲的雙腳和鐮刀狀的腳趾沒有放鬆，終其一生絕不會放鬆。

十二月二十一日

一大群斑尾林鴿在河流和小溪之間的大片田野飛來飛去，還有上百隻綠頭鴨穿越了盤旋飛行的小辮鴴和海鷗。在咻咻作響、彼此交織的霧影或翅影之中某處，大杓鷸一邊叫著一邊遠去。天空平靜晴朗，雄遊隼向東高飛。霧氣慢慢從太陽那裡飄落下來。

溪邊的樹木灰撲撲的，樹上的斑尾林鴿活像一層地衣。足足有一小時，沒有一隻飛起來；有些待在樹上更久。往北和往南的所有樹木都有密密麻麻的斑尾林鴿，牠們排列在樹籬上、大批擠在山坡上的果園裡，也讓後方高聳的樹林（往上延伸到稜線）變得灰撲撲而扭曲。唯有飛來一隻非常致命的遊隼，只要牠衝上高空，就能把三千隻林鴿全部從田野趕出去，也可以讓牠們留在原地一小時之久，嚇到不敢飛起。

我在橋上等待。眾鳥靜寂，周遭無風。太陽在霧中散發光芒，很像火熱的月亮。我自己則以靜止不動隱匿行跡。下午一點後，天空變得比較清澈，北邊也有風吹來。小辮鴴飛快掠過南樹林的樹梢，然後壓低高度飛越田野。該繼續前進了。我爬上山丘，細看每一棵樹尋找遊隼。廣大的牧場沿著山坡往下延伸到南樹林的上端，而遠端有一棵獨自佇立的小橡樹。樹梢附近的一根樹枝有個不太自然的凸起。在雙筒望遠鏡裡，那個凸起變成一隻遊隼，停棲的模樣很像一隻形狀圓潤、看似無害、縮成一團的貓頭鷹。霧氣消散了。北風也吹向最先形成的小團毛絨雲朵。遊隼抬頭看著天空，以及冷冽透明的午後光線。在冬日的這個時候，你可以觀察到光線轉變，在寒冷、變幻莫測的光芒中，逐漸向西方消失減弱。突然間有種「為時已晚」的感覺，我很確定遊隼也這麼想。多次伸展翅膀、彎曲雙腳之後，一點四十五分，牠從樹上飛起，翅膀揮得很高，一顆頭急著往前伸。

牠在農舍上方找到熱氣流，開始爬升。有二十分鐘的時間，我看著牠在樹木茂密的狹窄河谷和上方山丘來回狩獵。牠的移動模式有點複雜，是幾個小圓圈彼此交叉，很像鐵絲網，向左向右交替穿越。牠每繞一圈，就有三分之一圈是翅膀揮得又急又深，帶有明確的躍動韻律。接著翅膀靈巧地輕輕下壓，形成堅固的線條，就這樣用挺直的翅膀繞圈滑行、慢慢爬升。到達圓圈的開頭處時，翅膀又高舉到背部上方，準備再度開始揮翅。滑翔時的速度比揮翅的時候快得多。整個繞圓動作既漂亮又順暢。

到了兩百五十公尺高處，牠的爬升之勢緩和下來。但依然保持著穩定的飛行，仔細巡弋河谷。寒鴉和鴿子飛起來，但不是真的很驚慌。我背後果園裡的烏鶇聒噪怒叫了半小時。在樹林的南邊，那裡的斜坡沒什麼風，平坦處看到的太陽位於很低的角度，而遊隼突然爬升得更高，滑翔距離拉長，而且快速繞著更大的圓圈。牠飄向南邊，到達三百公尺高處，慢慢順風滑翔。到了開闊的公園綠地上方，牠找到另一股熱氣流，在其中繞著圓圈，直到變得又高又小。在公園上方，牠從很高的地方微微側身，慢慢向下飛向天際線。接著，牠再一次以陡直搖擺的螺旋形往上爬升，作風和韻律都有催眠效果，修長的翅膀永不疲倦且堅定不移。牠身形閃爍，繞著圓圈，在尖塔般的山丘上方又小又遠，而這時的距離突然讓牠冷靜下來，逐漸從山丘後方降低高度。牠以充滿力量與精準、柔軟又強勁的飛行方式，為湛藍的天空留下轉瞬即逝的巴洛克式華麗曲線。

十二月二十二日

最短的白晝：昏暗、寒冷，黃昏之前陽光突然變得燦爛。溪邊有些獵物：大杓鷸、小辮鴴、斑尾林鴿、寒鴉，以及兩隻紅嘴鷗。下午一點，雄遊隼對一隻機警閃避的海鷗發動一次又一次的俯衝。牠從山丘的北面山坡往下衝，做出一連串失敗的J字形，而我沒有再見到牠。

直到夕陽西下很久以後，我仍在山坡上等待，想著那些遊隼。如今在英國渡冬的遊隼很少，在這裡築巢的更少。十年前，甚至是五年前，情況都很不一樣。當時幾乎每年冬天都看得到遊隼：北肯特郡沼澤，從克利夫村到謝佩島；麥德威河的河谷；科恩河河谷裡的一連串人工湖，以及密德瑟斯地區的荒原；沿著泰晤士河從倫敦到牛津，以及再過去的地區；伯克郡和威爾特郡的丘陵地區；沿著契爾屯地區的懸崖；科茲窩地區的高地，以及科茲窩一些小河的河谷深處；跨越特倫特河、尼恩河和烏茲河的寬闊沖積平原；華許灣的沼澤、乾燥的布雷克蘭區以及海岸周圍；沿著東部海岸從泰晤士河到恆伯河。這些是傳統的渡冬地點，代代相傳的遊隼一直記得這些地方，而且反覆造訪；現在則遭到棄置，因為遊隼沒有後代了，因為猛禽的舊巢漸漸毀壞，牠們的譜系無可挽回。

往西邊，距離此地將近一百三十公里的地方，土地爬升到牛津的北邊，而且繼續上升。山丘緩緩展開那綿長的範圍，大地也抬升進入石灰岩地帶，懸垂於塞汶河平原上方，很像一道凍結的綠色波浪。科茲窩地區的獨特之處，在空氣裡也在石頭裡；非常寒冷且純粹。我記得那些冬日丘陵間的遊隼。牠們停棲於起伏的石灰岩壁上，在逐漸深濃的暮色中閃閃發亮，到了所有田野變暗很久之後依然閃亮，彷彿在牠們停棲的蜂蜜色岩石深處，有一道蠟燭的微光緩緩熄滅。崇高且尊貴，遊隼從山毛櫸的樹梢觀察四周，看著山毛櫸火紅的範圍環繞著冬日天空，那片廣大的科茲窩天空，飄飛著大群的鴴科鳥類，很像地球的飛行曲線產生的碎片。科茲窩自成天地，遺世獨立，遙遠僻靜。那裡自有光線，以及寒冷，以及天空，以及雲國。它不會受到言語的束縛。我記得跟著一隻遊隼降落到河谷裡，當時就像今天一樣嚴寒。山上很冷；風勢不強，但是從不間斷，像是有冰塊輕靠在臉上。不過等到騎著腳踏車下山，進入兩側陡峭的河谷，我竟墜入從未想像過的寒冷。似乎有一層層的寒冰在我冰凍的臉上碎裂開來。空氣瀰漫著鐵的氣息，硬實且堅決。感覺像是向下穿越大海的冰冷綠色水層。我帶著情感和懷舊的思緒，回憶那些冬日時光，好鬥的遊隼讓那些冰凍的田野閃耀生機。可惜現在應該再也不是如此了。

南方的白堊岩懸崖；天空像是從太陽冒出的藍色煙霧；寒冷強勁的東北風陣陣吹襲。不過在懸崖的背風處，空氣像熱烘烘的帆布一樣火燙悶熱。風從陸地吹出去，呼嘯席捲大海，將波浪吹散成泡沫。大海是一道涼爽的綠色水牆，蕩漾著祖母綠和鉻綠色，閃耀著一道道濃豔的深藍色，到了遠處又幻化成紫水晶色和紫色霧靄。放眼望去全是綠色泡沫、華麗色彩，以及陣陣拍打岩石海岸嘶嘶作響的白色浪花。

我攀爬越過白堊岩巨石和滑溜岩石，跌撞走過結實、純淨、涼爽、由海浪塑造而成的遼闊沙灘。寒鴉和銀鷗在懸崖上喧囂呱叫。一隻岩鷚叫著清晰帶有金屬音的鳴唱聲，沿著懸崖面慢慢飄送下來。潮水退了。白天變得比較熱也比較悶；強風呼嘯而過，搖撼吹向大海，上方五、六十公尺高處。白色懸崖既灼熱又耀眼，反射著熱度和光線。我的眼睛好痠，因為白堊岩的雪白不斷刺痛雙眼。下午三點，我放棄了，不再期望能找到遊隼。接著，從避風處之前最後一座高聳的白堊堡壘，一隻雄遊隼冷靜地飄飛出海，順著風勢滑翔高飛，直到隱身於明亮的海上霧霾之中。我走過去靠近懸崖。雌遊隼從頂端附近的一處岩架飛出來，朝著雄遊隼翱翔而去。牠們一起爬升高度，消失於遠方的天空。

隨後幾天，我多次看到牠們。牠們有個巢穴，但沒有蛋或幼鳥。牠們白天就蹲踞在懸崖上，或者出海翱翔。牠們總是在清晨與傍晚到內陸短暫狩獵。牠們看起來似乎很無聊，沒有繁殖；牠們百無聊賴。

在上方，牠們的色彩是大海最深邃的藍色；在下方，則像是陰影中白堊岩略顯髒汙的雪白。在懸崖和淺海上方的擾流中，牠們翱翔好幾個小時，希望也許能把入侵者從牠們的築巢地點引誘出來。在波光粼粼的英吉利海峽上方，牠們無所事事地飄盪，就連使用六十倍的望遠鏡、就連最清澈的夏日天空都看不見。牠們不鳴唱。牠們的叫聲刺耳又難聽。但牠們的翱翔之姿就像一曲無止境的靜默吟唱。牠們還有什麼別的事要做呢？牠們現在是海上的遊隼；沒有什麼因素能把牠們限留在陸地上。惡劣的毒藥在牠們體內燒灼著，像是一條隱藏的導火線。牠們的生活是孤獨的死亡，不會有重生的機會。牠們所能做的，就只有帶著自己的榮耀飛向天空。牠們是自己種群的最後一代。

十二月二十三日

晴朗嚴寒的日子，從明亮慢慢變暗，時時刻刻變化。小鷸從平靜無波的池塘邊緣搖搖晃晃爬上來，那裡長著很高的一叢叢蘆葦，邊緣有透明薄冰。牠們叫聲微弱，無力閃躲，起飛的振翅動作顯得遲疑且不時停頓，然後又草草降落尋求掩蔽，彷彿太過虛弱而飛不了多遠。我無法再把牠們嚇得飛起。田鷸一陣騷動，然後消失不見。小鷸慢慢動起來，忽隱忽現，然後慢慢失去蹤影。

一隻白腰草鷸從小溪高高飛起，從頭頂低處振翅飛過：翅膀挺直，斷續振翅，像蜻蜓一樣飄忽不定，白色胸口在深色翅膀之間閃閃發亮。大小像鶇科鳥類，看起來精瘦纖弱，突然間拔地噴起飛走，很像在鞭炮中蹦蹦跳跳。牠總是這樣曲折飛行。猛衝和閃避並不是因為害怕；那只是天生的飛行方式。

北樹林一片寂靜。我看到一隻旋木雀正在覓食。牠彎彎的嘴看起來像遊隼一樣凶狠，爪子纖細，尖銳危險。牠在一棵樹表面攀爬，接著斜飛向下到另一棵樹的底部，就這樣橫切越過樹林，從東邊移動到西邊，從頭到尾沒有漏掉一棵樹，同一棵樹也從未造訪第二次。唯有跟著牠很長一段時間，你才能明白牠的動作多麼有條理。牠有可能漏掉幾棵樹，不過總會回來尋找。旋木雀叉開雙腿站在樹皮上，蜘蛛狀的大腳撐開站穩，然後用蛙跳般的動作向上移動，從牠那發亮如蛋白色的胸口所照亮的縫隙中挖出昆蟲。牠的嘴喙就是設計用來進行細緻的探索，但也可以挖掘和敲擊，飛行時也可抓取昆蟲。牠用眼睛和耳朵搜尋獵物，仔細凝視樹皮，或者歪著頭聆聽動靜。往上攀爬時，牠會用尾巴抵住樹木作為支撐，但也不是一成不變；尾巴和樹木之間經常有幾公分的間隙。牠可以側向行走，或者頭朝下，很像茶腹鳾。遇到樹枝分岔的地方，牠遲疑一下，斜眼輪流觀察每一根樹枝的表面，然後才選擇要往哪邊走。牠的叫聲高亢纖細，嘴喙張大，叫得很有穿透力。牠的胸腹是白色的，點綴著一點綠色調，很像剛剝皮的洋蔥。翅膀收起時，上面的斑紋看起來很像磨損的蛾類。就像樹皮，融合了灰色、褐色和淡黃褐色，帶有樹木稜脊和裂隙的光影條紋。牠在陽光下帶有銀色光澤，很像閃閃發亮的水鼩鼱。牠也像鼩鼱，如果有紅隼經過，牠會躲著不動。

光線移動到樹林的邊緣，遍灑於傍晚的田野。一隻灰林鴞叫著，來自樹林裡陰暗鵝耳櫪的深處。牠發出響亮的哼叫聲；一陣漫長又敏感的停頓維持著，直到幾乎無法忍受；然後牠發出一連串的冒泡聲，組成顫抖空靈的鳴唱。鳴唱聲迴盪傳到小溪，打破了空氣的凍寒表面。我眺望西邊錯綜複雜的光線。一隻鷺鷥，在黃色的天空中逆光顯黑，彎曲糾結的頸部和匕首般的嘴喙有如雕刻而成，牠靜靜往下衝進小溪的昏暗深水處。天空充盈著夕陽餘暉。

遊隼輕輕滑翔穿越暮色，以無聲的翅膀將一切喧囂驅散。牠搜尋著聚集如星座的一雙雙小眼睛，看見山鷸宛如行星的大眼從沼澤望向上方，於是將翅膀向後彎折，撲向光亮之處。山鷸起飛，在遊隼的利刃下方扭轉身子，搖搖晃晃離開。遊隼追上牠，距離拉近。嘎吱作響砰的一聲，牠往下掉落。遊隼降落在柔軟的鳥身上，用嘴喙咬住牠的頸部。我聽到骨頭斷裂聲，很像鉗子剪斷鐵絲網的聲音。牠輕推那隻死去的鳥。只見翅膀揮動幾下，然後仰躺著。我聽見扯掉羽毛、猛拉鮮肉，以及軟骨劈啪斷裂的聲音。我可以看到黑色鮮血從遊隼發亮的嘴喙滴落下來。我走出樹林暗處，進入比較灰白的樹影裡。遊隼傾聽著，抬頭觀看。牠的眼睛有白色的眼圈，在暮色中睜得很大。我匍匐前進一點，膝蓋在沼澤地面浸溼了。薄冰吱嘎作響。暮光照耀的地方正在結霜。

遊隼拉扯著牠的獵物，抬頭查看。我們之間相隔約四公尺，但是太遠了，這種距離就像三百公尺寬的裂隙一樣無法跨越。我拖著身子，像是一隻受傷的鳥，掙扎前進，笨拙爬行。牠看著我，頭轉來轉去，兩隻眼睛輪流看著。一隻水獺發出吹哨般的聲音。冰寒刺骨的小溪深處傳來水花潑濺的聲音。這時，遊隼的模樣介於好奇和恐懼之間，兩者的微小差異很難分辨。牠在思考什麼呢？牠真的在思考嗎？這對牠來說是全新的體驗。牠並不知道我如何到達這裡。慢慢地，我遮住自己蒼白的臉孔。牠並不害怕。牠正看著我眼中的白色光芒。牠無法理解我的眼睛這樣的斷續閃動。如果我可以不眨眼睛，牠會留下來。但我沒辦法不眨眼。翅膀咻咻作響。牠已經飛進樹林。貓頭鷹叫起來。我低頭看著獵物。紅色冰晶映照著星星。

十二月二十四日

這天的強勁東風非常冷硬，像是完美無瑕的水晶。一束束陽光在大地飄移。始終清澈的空氣十分堅實、渾厚，如同死者的臉龐一樣冰冷、純粹、孤遠。

在小溪附近，有一隻鷺鷥躺在冰冷的已收割作物的殘莖裡。冰霜把牠的翅膀固定在地面，上下嘴喙也凍結在一起。眼睛睜開，顯露生機，但其他部分已死。全都死了，只有對人類的恐懼尚存。我靠近時，可以看到牠的整個身體渴望飛行。但是牠不能飛了。我讓牠安息，發現牠眼中那痛苦的陽光慢慢被雲朵撫平。

對野生動物來說，沒有什麼痛苦、沒有什麼死亡的可怕程度會超越牠們對人類的恐懼。一隻紅喉潛鳥，全身沾滿可憎的油汙，只有頭部能動，而如果你從海堤爬下去走向牠，牠會用嘴喙把自己推離海堤，宛如潮水裡的一塊漂流木。一隻中毒的烏鴉，在草叢裡拚命喘氣、無助掙扎，喉嚨裡冒出亮黃色的泡泡，而如果你試圖抓住牠，牠會一次又一次往上衝撞，彷彿有一道空氣牆壓下來。一隻兔子，因為多發性黏液瘤而腫脹發臭，一身骨頭皮囊只剩下顫動的心跳，卻仍會感受到你的腳步震動，會用凸出且失去視力的眼睛搜尋你的身影。然後牠會拖著身子進入灌叢，害怕得渾身發抖。

我們是殺手。我們散發死亡的惡臭。我們身上帶著那種氣息。像冰霜一樣黏附在我們身上。我們無法將之剝除。

中午時分，遊隼翱翔於山丘上方，小辮鴴在整個天空盤旋繞飛，川流不息。牠們是在早晨遷徙的時候從東南方飛進來，而遊隼已升空迎接。牠向下俯衝。一隻斑尾林鴿從空中落下，彷彿死了，只見牠攤開雙翼，咚的一聲重重落在結霜的土地上。牠在那裡待了十分鐘，眼睛望著上方，嘴喙張開喘氣。身在白色的田野裡，牠像花椰菜一樣呈現紫色和灰色。

我往下走進狹小樹林的深溝裡。白蠟樹和鵝耳櫪濾掉了太陽的刺眼強光。很多鳥正在陡坡上覓食，那裡的冰霜融化了。山鶉突然從溪邊的黑莓叢飛起。有個拍翅的微弱噗噗聲。黃昏有一小朵雲，輕快飄過受到遮擋的陽光，很像更高處某種東西的影子。距離我三十公尺，在濃密樹林的另一頭，牠向下俯衝，停棲到一棵橡樹的枝頭上。牠是一隻北雀鷹。這一刻的喜悅足堪終生回味，雖然記憶的色彩會慢慢褪色，就像玻璃盒子裡鳥類標本的羽毛。令人驚喜的是，透過望遠鏡觀察，我的眼睛似乎與北雀鷹的小腦袋距離好近。牠頭部的比例與石雞或雞的頭部相當類似；頭頂圓圓的，腦後的光亮羽毛稍微聳起。彎曲的嘴喙，一直往下彎，看似已經深深壓進臉裡。灰色和褐色的羽毛帶有淡黃褐色的條紋和斑點；相對於樹皮，或者太陽照亮樹葉的斑駁樹梢，這是很好的保護色。降落之後，牠蹲伏著稍微前傾，伸長脖子環顧四周。牠的腦袋匆匆左右轉動，快速又靈活，突然伸出又猛力拉回。相較於細長扁平的頭部，牠的眼睛很大。眼睛有小小的黑色瞳孔，周圍則是寬大的黃色虹膜。那是一種熾烈的空白，一種徹底駭人的瘋狂灼熱黃色，宛如硫磺火山口一樣激烈翻騰。它們似乎在昏暗中發亮，很像黃色血液凝膠。

炫目的瘋狂消失了。那隻鷹放鬆身子，也開始理羽。接著，牠的雙眼再度燃起。牠從棲息處靜靜飛撲而下，輕快地飛向東邊。牠爬升又墜下，沿著地面的輪廓，緊貼在鵝耳櫪矮林的上方，每每遇到高聳的橡樹林木則扭身繞過。牠沒有滑翔。牠快速拍翅，拍得很深，而且非常安靜，很像貓頭鷹，用完全張開的初級飛羽尖端輕彈空氣。正在吃橡實或榛果的斑尾林鴿沒有看到北雀鷹，直到牠從一棵樹猛撲下來衝向牠們。斑尾林鴿奮力對抗，但牠們手無寸鐵、穩重圓潤，沒辦法對付北雀鷹的殘酷衝擊。牠們被迫落到地面，在那裡遭受鷹嘴撕扯的極刑。

北雀鷹潛伏在幽暗裡；在真正的幽暗裡，在拂曉之前的幽暗裡，在榛樹和鵝耳櫪滿是灰塵、蜘蛛結網的幽暗裡，在冷杉和落葉松濃密陰鬱的幽暗裡。牠會緊貼著一棵樹，彷彿本來就被扔到那裡，讓我聯想到自己拿來擲向栗樹以撞下果實的棍子。突然間就會有根棍子卡在樹枝上，你失去了它，無計可施。北雀鷹就像那樣：你可以看到牠飛進去，但沒有看到牠離開。你失去了牠。

下午三點，我走出樹林，發現遊隼在小溪上方往西邊盤旋。牠的背部和翼上覆羽在陽光下閃閃發亮，彷彿覆蓋著彼此大幅重疊的幾丁質鱗片。那些羽毛在深藍黑色的初級飛羽之間閃閃發亮，很像紅金色的鎖鏈盔甲。

隨著太陽西下，寒冷的空氣從地面升起。刺眼透明的光線變強了。天空的南方邊緣閃耀著較深的藍色，變成淡紫色，變成紫色，然後變淡成灰色。風勢慢慢減弱，平靜無風的空氣開始凍結。穩固的東方山脊一片漆黑；那裡有一層白霜，就像葡萄表皮的果粉。西方短暫閃耀光芒。綿長而冰冷的琥珀色餘暉投射出清晰的黑色微弱影子。那種光有一種動物的神祕感，像一種凍結的肌肉力量匍匐於田野，等到旭日東升會收縮而復甦。在這種令人麻木的深濃寂靜中，我感覺非躺下來不可，陪伴安慰那些死在冬至腳下冰冷深處的生命：牠們在空中逃離了遊隼，在樹林暗處逃離了雀鷹，逃離了狐狸、白鼬和小黃鼠狼，此刻奔跑越過凍結的田野，逃離了游在冰冷小溪裡的水獺；如今冰霜的獵殺讓牠們鮮血流淌，牠們虛弱的心臟在冰霜利爪的痛苦抓握中為之窒息。

十二月二十七日

南樹林裡積雪深厚，讓樹木看起來漆黑堅實，也讓鳥類的細瑣叫聲顯得模糊。細小樹枝在風中嘎嘎作響，削弱了光的神祕感。一隻北雀鷹的鳴叫聲嘶喊出警戒之意。那是一種帶著鼻音的高亢啁啾，一種細薄貓叫般的快速尖厲高音，很像把夜鷹鳴唱的錄音加快速度播放出來，拉高又壓低，慢慢含糊且漸弱，消退又低泣，復歸寂靜。

北雀鷹從樹林悄悄飛來，抖掉細碎的雪花。牠快速飛進開闊的道路。道路通往小溪的地方，是一段有樹蔭的下坡路。陽光讓那裡的積雪融化了，很多鳥都在枯葉間覓食。眼見所有鳥兒都飛起，原來是雄遊隼從一棵高聳的大樹俯衝下來。牠的出擊失手了。北雀鷹繼續飛著，顯然沒有意識到自己面臨的險境。遊隼轉個彎，衝向牠。北雀鷹的翅膀劃破空氣，催促自己加速飛進樹林的掩蔽處。遊隼跟在牠後面。原本平靜的鵝耳櫪，突然隨著一陣猛烈振翅而搖動起來。遊隼與樹梢之間維持較遠的距離，北雀鷹則穿越較濃密、較低處的枝葉。遊隼的速度比較快，北雀鷹則比較敏捷。等到北雀鷹停棲下來，遊隼也依樣畫葫蘆。牠們在積雪照亮的陰暗處凝視著彼此，北雀鷹的橘圈眼睛往上看，觀察著遊隼那雙嚴肅的白圈褐色眼睛。北雀鷹發亮的雙眼很像遙遠的點點火光。牠們全神貫注於彼此之間的古怪衝突，完全沒注意到我的存在。

同樣的追逐持續了十分鐘，穿越有刺灌木和白蠟樹和鵝耳櫪，沒完沒了的猛衝繞圈。在這麼狹窄的空間裡，遊隼不會冒險向下俯衝，如果北雀鷹維持在有掩蔽的地方就很安全。但牠不知道自己很安全。只要遊隼還在上方，牠就無法感覺到很安全。突然間，牠衝出樹林，飛過開闊的田野。遊隼從樹梢的高度往下衝向牠，北雀鷹飛出去還不到一百公尺，遊隼就抓住牠，帶著牠往下飛到雪地上。

事後我去看牠。牠是雄成鳥。牠的灰色翅膀擺放的樣子像是剝落的山毛櫸樹皮，旁邊的黃色骨頭泛著光澤，像是葉子落盡的柳樹，虎紋般的胸口羽毛映照著落日餘暉。

十二月二十九日

田野覆蓋著七、八公分厚的積雪，在微弱的晨間陽光下閃爍發亮。很多鳥都不見了，或者因為寒冷而安靜無聲。刺骨寒風令人緊繃，一點都不舒適或安心。

一隻寒鴉在河谷路邊的樹上，從一處枝頭跳到另一處，不斷叫著「恰，恰」，一種用力刺耳的聲音，很像木頭互相敲擊，而這種時候就表示牠看到遊隼了。我沿著雪花飄飛的小徑往下走到溪邊時，雄遊隼從橋邊的一棵樹朝我飛來。牠從頭頂上飛過，觀察著旁邊和下方。這是我第一次意識到牠可能在等我抵達河谷。我的行動是可以預測的，可能讓牠覺得比較好奇，也比較信任。

現在牠可能把我跟獵物的持續騷動聯想在一起，彷彿我也是某一種鷹。積雪會讓我很難像之前一樣那麼靠近牠。

雪地閃耀著白光，然後從遊隼的胸口反射下來，呈現淡金色的光芒；彼此交織的深褐色和黃褐色頸羽似乎深埋其中。牠的頭頂閃閃發亮，很像淡黃色的新月形鑲嵌著象牙與黃金。兩百隻綠頭鴨蹲伏著，是白雪中的一個個黑點；斑尾林鴿和雲雀又是更小的斑點。遊隼低下頭，看著所有的鳥，但沒有發動攻擊。牠停棲在道路附近一棵樹上，背對著我，蹲得很低，縮成一團的形狀像是大頭菜，或者一隻巨大的紅銅色甲蟲。牠沒有看到我靠近，但是一聽到我鞋子踩踏的吱嘎聲就轉過頭來。牠以穩定的速度向東飛去，身形清楚壓印在雪地的白色和天空的閃亮蛋白色上面，但立刻隱身於樹林的黑色線條裡。

這就是牠的飛行方式。翅膀內側舉起的角度與身體呈四十五度角，移動幅度沒有很大。翅膀外側往後擺回時，內側往前猛推一點，等到翅膀外側向前揮動，內側又稍微向後移動。翅膀外側以快速划動的韻律反覆輕揮，靈活又柔軟。沒有兩次振翅的動作是完全相同的，每一次循環的深度、速度和直徑都有無窮的變化。一邊的翅膀似乎偶爾會施力得比另一邊更深一點，造成遊隼左右轉向傾斜。高度從來不曾維持固定；永遠都會些微上升或下降。這隻鳥擁有很不尋常的力量，也有牠自己的奇妙作風；利用一雙修長尖細翅膀的划動，透過每一次自由向前振翅、愜意向後拉回，牠滑翔著、搖曳著。

我跟著前往東邊，但無法再找到牠。北方的雪雲有深藍灰色的下方呈現蒼白色的消影效果。那些雲非常光亮，看起來很平滑，而始終沒有變得更近。樹林裡整天都有槍聲，黃昏時每一處樹籬都有一整排槍。斑尾林鴿沒有食物就不休息。好幾千隻飛向北邊，還有數千隻留下來。幾隻虛弱的歌鶇在溝渠裡覓食，脖子細細的，腹側因為挨餓而鬆弛。兩隻瘦骨嶙峋的鷺鷥在溪水沒結冰仍能流動的淺灘踉蹌行走。一道藍綠色波形幻化成一隻翠鳥，站在一顆石頭上，接著又消散，繞過小溪的轉彎處飄走了。

我避開人類，但現在下起雪來，很難躲藏。一隻野兔耳朵貼伏著飛奔逃開，行跡又大又顯眼實在很可憐。我盡可能尋找藏身處。感覺就像在外國城市經歷暴動。砰砰槍聲和踩踏雪地的腳步聲不絕於耳。讓人有種遭到追殺的不安感。或者真的有那麼難受嗎？此刻，我和我追逐的遊隼一樣孤獨。

一月五日

斷裂的雪柱聳立在小路上，小路是從三公尺深的積雪挖掘出來的。道路上有隆起和尖狀的冰，透明閃亮猶如冰凍的河流。紅額金翅雀活躍於覆雪晶亮的樹籬裡。海鷗和烏鴉在田野的白色河灘來回巡邏，尋找擱淺的屍體。穿透迷霧，低雲下方，數百隻斑尾林鴿飛向東北邊。

正午時分，一隻烏鶇在涉水灘附近嘮叨怒叫，是我首度聽到的鳥叫聲。叫聲戛然而止，因為遊隼慢慢飛進北邊的霧中。在農田附近，兩千隻斑尾林鴿正在抱子甘藍上覓食。每一條植莖都攀附著三、四隻鳥，其他則在周圍拍翅或坐在雪地上，等待機會。在周遭田野休息的鴿子黑壓壓一片。牠們把雪都遮住了。槍聲響起，很多鳥倒下死了。其他則呼嘯飛進空中。白色天空變成黑壓壓一片，黑色地面則變成雪白一片。從一、兩公里外聽來，振翅的聲音很像飛機起飛的聲響。從一百公尺外聽來，聲音響亮到難以置信的程度，一種宛如山崩的撞擊迴盪轟鳴聲，吞沒了開槍的砰砰聲和人們的叫喊聲。在樹林和果園裡，還有數千隻像這樣情急絕望的鳥兒，一大群又一大群飛向北邊和東北邊，尋找地面不再有白色積雪的地方。牠們在一整排槍枝前方倒下，很像克里米亞戰爭的巴拉克拉瓦騎兵隊。牠們執迷於自己的飢餓，連一點狡猾之舉都沒有。牠們的身子在農田裡堆得高高的。牠們的蒼白臉龐顯得萎靡，牠們的眼神因挫敗而呆滯。

有隻翠鳥在小溪上方定點振翅。牠的身子像是懸浮於兩顆閃亮的銀色水球之間，振翅速度實在太快了。牠有點像俯衝，又有點像墜落，嘴喙碰觸到冰，發出響亮的喀啦聲，很像骨折的聲音。牠看得到冰面下方的魚影，但不知冰為何物。牠趴著，暈倒或死去，身子伸展的模樣像是一隻色彩鮮豔的蟾蜍。一分鐘之後，牠滑步起飛升空，虛弱地飛向下游。

剩下的開放水域只有少數短短幾段，但很快也會凍結。去年夏天，翠鳥在小溪岸邊築巢，這條溪的下游穿越南樹林。高聳細瘦的樹林底下，沼澤地面有驢蹄草的耀眼黃花。在較高的山坡上，藍鈴花是黃花上方的一片藍霧。翠鳥的顫抖尖銳叫聲，彷彿先深吸一口氣再吹出口哨；叫聲穿越樹林，沿著曲折溪流，往下傳到我這裡來。突然間，翠鳥出現在我面前，定點振翅，然後靜靜飛回。綠色陽光照得水面點點光斑，翠鳥在其中的閃耀模樣很像外殼發亮的毛金龜。牠具有螢火蟲般的光輝，彷彿身在水底下，周圍裹著一圈銀色的空氣泡泡。那身翠綠藍色的流動朦朧身影，讓陽光的反射變得模糊。此刻牠在雪地的刺眼強光中慢慢死去。過沒多久，牠會葬身於冰裡，無法穿透，在牠出生的黑暗洞穴下方被壓碎成冰凍的光。

雪白的真菌長滿了眼睛，沿著神經線路傳播出去，宛如疼痛。

一月九日

今天是今年第一次出太陽。也是我迄今所知最晴朗、最寒冷的一天。涉水小路的北邊有一隻鷺鷥，站在雪深及膝的地方。強風沒有撼動牠；也沒有吹亂牠的灰色長羽毛。高貴，冷酷，木然，牠迎風站在薄薄的冰棺裡。牠似乎已經與我相隔了千百年之久。我已經活得比牠久，就像喋喋不休的大猿活得比恐龍更久。

一隻虛弱的紅冠水雞偷偷摸摸步行越過冰凍的小溪，踏著像是關節炎的安靜步伐；那是垂死的步態，但看起來依然可憐得有趣。採食嫩芽的紅腹灰雀讓雪白的果園增添色彩。山鷸從溝渠急奔出來，揚起一陣雪花。

下午一點，一隻家蝠在小路上方飛來飛去，一下扭轉一下俯衝，彷彿正在捕捉昆蟲。這麼冷的天氣不可能有昆蟲在空中飛。也許陽光把牠喚醒，正在夏天的夢境中努力狩獵。

鳥類散布在白色的田野裡，很像一堆堆黑色石頭；有綠頭鴨、紅冠水雞和石雞的龐大輪廓；有山鷸和鴿子的瘦削身形；有烏鶇、歌鶇、雀鳥和雲雀的星星點點。無處隱藏。這時對遊隼來說輕而易舉。牠們的眼睛看到的是黑白地圖，很像劈啪作響的默片。移動的黑色就是獵物。

雄遊隼順風衝出，上升到一波洶湧逃竄的鳥群上方。等到波浪激起浪花，牠向下刺穿鳥群的中心，於是波浪消散，鳥群落下回到雪地上。一隻斑尾林鴿與遊隼一起繼續飛，在遊隼利爪的誘捕陷阱中渾身攤軟、顫動拍翅，噴濺成鮮紅羽色，鮮血緩緩流淌。

一月十八日

平靜無風，薄霧朦朧，萬里無雲；在白色的天空中，小小的太陽顯得蒼白而萎縮。冰凍的河流吱嘎作響，產生了鑽石形狀的冰塊。到了黃昏，河流又密合起來，堅硬不動。有些池塘是堅固的冰，可以整塊抬起，沒有留下半點池水。

下午三點，我看到雄遊隼了，位於河流的對岸遠處。牠正以一種奇怪的方式定點鼓翼、向下俯衝、急速飛過雪地，展現出美妙、輕柔、舞動、敏捷的躍動，很像一隻大型的夜鷹。受到低垂太陽的襯托顯得黑暗，牠在自己的薄暮中輕快舞動，如同我在早晨河邊看到的白腰草鷸一樣飄忽不定、狂飛猛衝。

等到我靠近，才明白牠這些誇張動作的原因。牠正在追趕一隻衰弱無力的磯鷸，直到磯鷸太過疲累，再也飛不遠。磯鷸在遊隼的下方敏捷閃躲，用僵硬的動作向後擺動翅膀，很像龍蝨邁步時伸出的雙腳，像牠自己曾經想捕捉、如今卻無法觸及的獵物。

磯鷸飛行的模樣漸漸虛弱，拍著翅膀掉進雪裡，筋疲力竭。遊隼猛撲過去，在五分鐘內拔光羽毛並吃掉牠，然後飛走。太陽最後的餘光把雪地照得像火焰般紅豔，散發著橘光，接著再度消褪成白色。獵物的鮮紅餘燼在暮色中微微發亮，亮橘色的鮮血讓雪地形成淺淺的凹坑。

一月二十五日

我今天在河邊走了十六公里。放眼望去霧氣瀰漫，陽光寒冷，藍天高掛，北風輕吹。我跋涉穿越深及腳踝的耀眼雪地。雪地上的銀鷗很冷靜，就像沙漠裡的駱駝。牠們起飛的樣子無精打采，移動得很不情願，像牛隻緩慢前行。雪地的白光讓牠們的雪白羽色宛如鬼魂，虛無縹緲。所有的海鷗都在城鎮附近；開闊的鄉野連一隻都沒有。十五隻紅冠水雞擠在一條溝渠裡。田鶇飛向一棵柳樹，讓樹枝上的積雪搖晃得掉下來。牠們很瘦，貌似憔悴，嘹亮的叫聲似乎與越來越瘦的身形不太相符。一隻白鶺鴒在冰上舞動，步伐輕快連跑帶走。寒鴉和禿鼻鴉在附近農田覓食，顯得非常溫馴。小鸊鷉在大片的開放水域裡游泳，一看到我來了，連忙潛入水中。牠們好似褐色的小圓舟，底部很厚，形狀像水壺。

在一塊田地中央，六隻野兔一起蹲伏在山楂樹叢底下。三隻跑向左邊，另外三隻向右。槍聲爆開，很像冰塊的劈啪聲。一隻遊隼飛過去，以極快的速度飛馳離開，揮動的翅膀微微閃亮，像是一隻陡直爬升的小水鴨。柳樹上排排站著斑尾林鴿，像是一陣紫色和灰色的冰凍煙霧。六隻雉雞從一處覆蓋灌叢的孤島衝出來。有兩個人正在砍伐黑莓灌叢並點火燃燒，以柴刀用力猛砍，煙霧和氣味穿越冰冷的湛藍天空盤繞而去。一隻大型的田鷚類慢慢飛過河流，投身到一處樹籬裡。牠的外側尾羽是白色的，降落時整個展開非常亮眼。可能是一隻中沙錐。

雲雀、草地鷚、蘆鵐和蒼頭燕雀，窩在河邊的樹上，虛弱且垂死。一隻鷦鷯爬上木造教堂塔樓的斜屋頂，偷偷摸摸的樣子很像旋木雀，然後從鐘樓的百葉板溜進去。一隻紅冠水雞向下衝進山楂樹叢，腳先進去，激起一陣雪花嘶嘶作響。幾叢雜亂的薊花從雪地的平坦表面穿透出來。三隻紅額金翅雀正在吃薊花的種子，牠們扭轉脖子，用嘴喙分別咬下一顆顆種子。牠們在薊花的頭狀花序上方定點振翅，很像鷸科鳥類。在冰凍的空氣中，牠們叫著細碎的聲音。

午後太陽低垂，向上照亮了往南飛去的海鷗。牠們看起來近乎透明又飄逸，受到灼熱神聖陽光的照耀，淨空了纖細的骨頭，穿透了輕薄的骨髓。

兩隻死去的鷺鷥一起躺在雪地上，很像一對憔悴的灰色拐杖；遺體失去眼睛殘破不堪，遭到撕裂扯碎，留下很多齒痕、喙痕和爪痕。水獺的足跡通往白斑狗魚的血跡和骨頭。有一隻紅冠水雞遭到白斑狗魚拖回水底下，白斑狗魚是從冰上一個洞口躍起而咬中牠；牠像是遭到魚雷擊沉的船隻，傾斜，豎起，沉沒。

我站在一棟木造穀倉旁邊，衡量著手上一隻凍得乾癟的白色貓頭鷹。我從一處屋椽把牠捧下來，彷彿原本是花盆。牠很冰冷、乾燥、易碎，腐壞，且死去已久。有東西撞到穀倉的屋頂，滑下來，掉到我腳邊。是一隻斑尾林鴿。鮮血從牠的眼睛湧出來，很像一滴紅色的眼淚，在臉上擴散成不太對稱的可怕圓形。那隻眼直直地睜著，像是仍懷有一絲意志，推著牠在雪地裡緩緩打轉。牠收緊翅膀，有半邊腦子已經受損。我把牠捧起來，牠依然繼續轉呀轉的，很像一列已經脫軌而漫無目標的玩具火車。我讓牠死去，放到雪裡，繼續前行。那隻呱呱叫著、盤旋飛繞的遊隼降落到牠的獵物旁邊。

綿長漸暗的午後雪白，逐漸染上夕陽的色彩。太陽像是一顆凋萎的蘋果，逐漸乾癟，逐漸死去。黃昏時分，下雪讓雲杉樹下的滑溜山徑變得陰暗。田鶇和白眉歌鶇，少許疲倦的鳥兒，往下進入陰暗的河谷，也許是最後一次了。一隻灰林鴞的嗚唱，顫抖的低吼，從冬青樹和松樹那邊傳來。夜幕降臨。在火炬照亮的雪地上，一隻狐狸的叫聲在我面前迸發開來，炯炯目光傳自於斑斑血跡和滿地雉雞羽毛，零碎的鮮紅色和紅銅色。

鮮血淋漓的一天；來自太陽、雪地，以及鮮血。血紅色！好無謂的形容詞啊。沒有什麼比流淌於雪地的鮮血更美麗、更濃豔。真奇妙，眼睛竟然能愛上心裡和身體都厭恨的東西。

一月三十日

日出時分，從結霜的窗框望出去，我看到紅腹灰雀在蘋果樹上覓食，牠們胸口的明亮火色非常鮮豔，接著太陽從東方邊緣吞吐出陰沉的紅色煙霧。

下雪的時候，歐亞鴝唱著歌；除此之外一片寂靜，很像戴了緊箍咒。一隻縱紋腹小鴞從樹籬快步衝出，跑進路中央，停下來，抬頭看我，在凶惡的眉羽底下，羽毛濃密的臉龐顯得怒氣沖沖。那很像是炯炯有神的一顆斷頭，從雪花斑駁的路面抬頭看著我。接著貓頭鷹猛然飛回樹籬，突然意識到自己面臨什麼樣的處境。這是令人麻木的一天，陰鬱且寒冷。

沿著山坡往下走，我匆匆經過一棟穀倉。乾草堆和鬆散的稻草動起來，突然有一團黃黃的東西越過眼前，很像一團光亮的頭髮。麻雀驚聲尖叫，起飛奔逃。一隻北雀鷹的灰色利爪猛然出擊，從眼前急掠而過，宛如一根急速彈回的細小樹枝。我就像一隻鷹猛然飛撲繞過路上的轉彎處，鷹和獵物同時嚇了一大跳。

一路前往海岸，農田裡有成群的麻雀和雀科鳥類，但農田之間的鳥類就很少。一群紅額金翅雀突然從雪地衝出來，飛入穀倉的溫暖氣息，輕盈飛舞有如雪花，悅耳鳴唱像是雨絲敲打著馬口鐵屋頂。

大塊浮冰和花鳧在灰色海面上閃閃發亮，同樣雪白耀眼。虛弱飢餓的雲雀非常溫馴。許多小型鳥類在溝渠裡或鹽沼地覓食，那些地方依然有植叢從雪中冒出來。有一種難捱的寂靜，緩慢的死亡。一切都沉入灰色月光海的冰凍邊緣。

二月十日

這是很純粹的一天，太陽無瑕，藍天純淨。石板屋頂和烏鴉翅膀閃耀著灼熱白光，很像鎂金屬。閃亮的淡紫色和銀色樹林，樹根覆雪，鮮明的黑色伸入天空的飽滿藍色。空氣冰冷。風從北方吹來，很像冷火。一切都顯現在眼前，創造的時刻，一道彩虹傾注於岩石，塑造出樹林和河流。

遊隼往北飛過河谷。牠位於七、八百公尺外，但我可以看到牠翅膀的褐色和黑色，牠背部的閃亮金色。淡乳黃色的尾上覆羽，看起來像是一束麥稈環繞在牠的尾羽基部。覺得牠會順風折返，我走進河邊的田野靜靜等待。我站在一處山楂樹籬的背風處，透過樹籬望向北邊，藉此躲避刺骨寒風。中午時分，小團的積雲從地平線往上升騰。那些積雲非常白，但隨後湧起的積雲偏灰也較大。積雪融化的地方有暖空氣上升。

遊隼一定盤旋著，非常高而看不見，因為下午一點時，牠再次乘風高飛，越過開闊的田野。牠已經在六十公尺高處，而且快速爬升。牠輕鬆向前划動翅膀，然後滑翔。每滑翔一次，牠就在風中再升高十五公尺。到了一百五十公尺高，牠展開雙翼和尾羽，以緩慢壯觀的弧線開始繞圈。每次這樣環繞漫長又華麗的一圈，牠再往上飄飛三十公尺高，而風向讓牠飄往南邊。半分鐘之內，牠讓高度變成兩倍，身形變得非常小，距離河流非常遙遠；再過半分鐘，幾乎就看不到牠了，位於田野上方六百公尺高處。高聳的熱氣流，讓牠浮升到那麼高的地方，在風中平靜遠離。牠開始在兩次滑翔之間快速振翅，繞著狹小的圓圈。快樂翱翔變成狩獵行動。牠在空中快速敏捷，以複雜的穿透和交織路徑繞飛著8字形。牠的翅膀在很有彈性的空氣中猛然彈向後方。牠越過太陽，隱身不見，但我在另一邊找到牠，爬升得更高也變得更小。我背後的樹籬有一隻烏鶇，一定是在這時候第一次看見那隻遊隼。即使牠們之間距離遙遠，牠依然開始瘋狂呱叫，恐懼憂慮、極度痛苦，從一處細枝跳到另一處。遊隼變得非常小。我覺得牠一定是要離開這裡前往海岸，但就在幾乎看不見的時候，牠搖擺繞圈滑翔，降低高度，回到氣流裡，直到我剛好可以看清牠的翅膀形狀。在光線不是很完美的狀況下，我有可能根本永遠看不到牠，因為我是往上看，抬頭六十度仰角，看著八百公尺外的一隻鳥。

牠定點鼓翼，維持不動，乘著逐漸瓦解的空氣柱，彎曲的翅膀猛然推動又收縮。牠停留在那裡五分鐘，固定的樣子像是藍色晴空中的一根魚鉤。牠的身子靜止且剛硬，腦袋左右轉來轉去，尾巴呈扇形開展又收合，翅膀翻飛又抖動，很像狂風中的帆布。牠往側邊滑向左方，停住，接著滑翔繞圈向下，進入的位置可能只是一次驚人俯衝的起點。毫無疑問，牠作勢要進行第一次輕鬆的飄飛墜落。平滑流暢，採取五十度角，牠降低高度；不是慢慢向下，但控制著自己的速度；呈現優雅美麗的平衡感。沒有突兀的改變。牠墜落的角度變得越來越陡峭，直到沒有角度可言，只是一道完美的弧線。牠沿著弧線而下，慢慢旋轉，彷彿為了找樂子，很榮幸能參與接下來的俯衝。牠雙腳張開，閃耀著金黃色，爪子舉高朝向太陽。牠翻轉身子，雙腳失去光澤，轉身朝向下方的地面，雙腳再度併起。牠墜落了三百公尺，沿著曲線，慢慢轉身，由傾斜而直立。接著牠加快速度，垂直下墜。牠又墜落了另外三百公尺，但現在是純粹的墜落，閃閃發亮向下穿越耀眼的陽光，呈現心形，很像一顆心著了火。牠變得越來越小、越來越暗，從太陽俯衝而下。下方雪地的石雞抬起頭，看著黑色心形逐漸擴大，往下朝著牠而來，也聽見翅膀的嘶嘶聲增強成呼嘯聲。遊隼在十秒鐘之內墜落，飛行過程整個華麗的構成、拱形的祭壇和巨大的扇形穹頂，全都在天空的激烈巨大漩渦之中消失殆盡。

而對石雞來說，陽光突然遭到遮蔽，狂揮亂舞的邪惡黑影在上方伸展雙翼，呼嘯聲停止，鮮明的利刃逼近眼前，駭人的白色臉龐往下降臨；有彎鉤，有面罩，有角，有狠瞪的雙眼。而接下來，耗費精力的極大痛苦開始了，扭打的腳步濺起雪花，雪花塞滿了張大嘴喙的靜默尖叫，直到遊隼的尖銳嘴喙大發慈悲，刺入伸長繃緊的頸部，將顫抖的生命迅速帶走。

而對遊隼來說，此刻倚著牠的獵物柔軟鬆弛的豐滿身軀，對那些嗆人的羽毛又撕又扯，溫熱的鮮血從彎鉤狀的嘴喙滴落下來，狂暴也慢慢平息，凝縮成內在一顆堅硬的小小核心。

而對旁觀者來說，在藏身處彷彿躲了幾個世紀那麼久，觀看這樣的飢餓和這樣的狂暴，這樣的痛苦和這樣的恐懼，留下那利刃從天而降的記憶，也對無辜獵人的喜悅感同身受，牠的殺戮只對熟悉獵物下手，意欲讓自己獲得飽足。

二月十七日

田野較高處的頂點呈現斑駁的褐色和白色，但地面較低處依然有三十公分深的積雪。流水在狹窄的水道內流過十五公分的厚冰。

此刻河谷裡沒有烏鶇或歌鶇；沒有歐亞鴝、林岩鷚，也沒有鷦鷯。只有兩隻虛弱的雲雀留下來，不若秋天此地有數百隻之多。三隻蒼頭燕雀留在此地，原本的鳥群有三百隻。寒鴉的數目也減半。五十隻斑尾林鴿挺過獵槍和大雪而存活下來，但牠們非常消瘦又虛弱。烏鴉跟著斑尾林鴿到處跑，等待牠們死去。兩對紅腹灰雀熬過來了。樹林裡有藍山雀和沼澤山雀，還有一群銀喉長尾山雀。溪邊的田裡有八十隻綠頭鴨和四十隻紅腳石雞。

我找到十三隻斑尾林鴿和一隻綠頭鴨的遺骸；全都是遊隼最近獵殺的，而且已在雪地上將牠們拔毛且吃掉。綠頭鴨躺在開闊的原野上，距離南樹林約一百公尺。擊落獵物之後，遊隼曾經降落在四公尺之外。雪中有兩個很深的足印，位於留有痕跡的長條水溝末端。水溝兩側有比較不明顯的拖行痕跡，是遊隼的翼尖造成的。還有較淺的足印通往獵物，而且周圍很密集。很淺的平行線條顯示遊隼的尾羽沿著雪地拖行。三個前趾的印痕很短且較鈍；後趾則有七、八公分長，而且下壓得比較深。一隻狐狸的足跡冒出來通往獵物，而且又回到樹林裡。牠聞到鴨子鮮血的氣味，等到遊隼進食完畢，牠跑來啃咬骨頭。

二月二十二日

緩慢的融雪持續著，許多鳥逐漸回到河谷。今天溪邊的樹上有三百隻田鶇。烏鶇和蒼頭燕雀在樹林裡，一隻雲雀高歌。一百隻綠頭鴨、二十隻斑尾林鴿，還有一隻疣鼻天鵝，正在一堆馬鈴薯上面覓食。我到達時，牠們一起飛離，然後想辦法聚集成群，再回到牠們的食物上。雪地有許多狐狸和野兔的足跡，還有一些已經壓平的凹坑打斷那些足跡，那裡是動物曾經打滾的地方，可能是鬧著玩，像狗兒那樣。

我找到更多遊隼的獵物：六隻斑尾林鴿和一隻禿鼻鴉。有隻斑尾林鴿一、兩個小時前剛遭到獵殺；牠的血還繼續滲進雪地裡。翅膀、胸骨、雙腳和骨盆，躺在一大圈胡亂零散飄飛的羽毛的正中央。遊隼的趾印有很深的皺褶，與一隻烏鴉的細長蜘蛛狀足印和一隻狐狸的肉趾足印混合在一起。狐狸和烏鴉顯然都曾試圖把遊隼從獵物身邊趕走。牠們踩踏過的雪地好大一片。遊隼腳趾的鱗片狀環圈和凹凸不平的肉墊，都可協助牠抓住獵物，也在雪地裡產生很深的凹痕。這些腳趾粗壯、骨節突出的奇特足印，與其他鳥類的足印很不一樣。我把手放在遊隼最近站立過的地方，體驗到一種強烈的親近感、認同感。雪地裡的足印令人莫名感動。對於產生這些足印的動物來說，足印幾乎是一種可恥的背叛，彷彿是動物自己的某種東西留了下來，無從選擇。許多鳥類的足印覆蓋了河谷，牠們因為天氣寒冷而死去，留下這些悲哀的紀念物，受到陽光的照耀漸漸融蝕。

正午時分，雄遊隼在帶有薄霧的陽光中盤旋繞圈，順著東南風飄飛離開。我試著跟上，但積雪對我來說太深了。水溝和溪溝都積滿了雪，隱藏在雪地底下。你有可能無預警陷入兩公尺深的積雪中。

整個晴朗的下午，縱紋腹小鴞鳴叫著，喜鵲在陽光下飛馳而過，準備遷移的海鷗盤旋飛往東北邊。牠們飛得很高，我沒有用雙筒望遠鏡就看不見。牠們嘹亮聒噪的叫聲從空曠的天空悠悠傳來。

二月二十七日

最近這些日子萬里無雲。冷冽的東風是一把刺骨長矛，廣闊天空裡的太陽溫暖燦爛。積雪穩定退去，綠意再度解除眼睛之渴。不熟悉的奇妙綠意，很像綠雪落到白色原野上。

兩百隻斑尾林鴿回來了，松鴉再度經常再見，田鶇數量興旺。林岩鷚在小路上覓食，而且到處都有烏鶇。一隻歌鶇和四隻雲雀整日高歌。我把七對紅腳石雞和另外好幾群鳥嚇得飛起來。

溪邊的田地裡，以及兩片樹林之間，總共有三十隻獵物屍體：二十六隻斑尾林鴿，一隻紅冠水雞，以及三隻田鶇。幾乎全都是以前留下的，曾經受到積雪覆蓋至今。有一隻斑尾林鴿非常新鮮，牠遭到遊隼拔毛和吃掉時，小溪裡只有一些融剩的冰塊。過去兩個月來，斑尾林鴿一直都很瘦，體重過輕，於是遊隼獵殺的數量必須比平常多一些，才能得到所需的食物量。

下午三點，雄遊隼在禿鼻鴉之間盤旋繞圈，朝向涉水灘的東邊而去。隨後，從枝葉之間望出去，我看到牠停棲在一棵橡樹上，青銅褐色的背部在黃色陽光下閃閃發亮。牠光彩熠熠的樣子，很像一顆倒著放的巨大金色梨子。

三月二日

這是連續第八天萬里無雲的日子，湛藍晴空燦爛，彷彿再也不會被遮蔽。強勁的東南風十分寒冷，但太陽的暖意讓積雪似乎要徹底敗亡衰微，溼溼滑滑流入復甦的大地。

正午時分，斑尾林鴿和寒鴉從北樹林起飛，而呱叫的烏鴉飛往牠們的樹梢根據地。橋邊的蒼頭燕雀反覆叫著，持續了十分鐘，那種單調的「唧—唧」聲，漸漸消失在陽光普照的寂靜中。我什麼都沒看到。猜想遊隼已經乘風高飛，我朝向涉水灘的北邊搜尋牠的身影，半小時後發現牠在一棵橡樹枯木上。牠騰空飛入風中，開始繞圈。牠的振翅動作變得比較淺，直到只有翼尖微微飄動。我以為牠會往上爬升，但牠只是快速往東南方飛去。有一條小徑隔開北樹林，起起伏伏穿越一道兩側陡峭的隘谷，將風勢擋在外面。遊隼已經知道熱氣流會從陽光和煦、平靜無風的小徑斜坡往上升起，於是牠想要爬升高度時，經常飛去那裡。

牠慢慢飄飛到果園天際線的上方，順風盤旋，沿著又長又陡的滑翔曲線往上繞圈。牠滑過南邊寒冷白色的天空，往上飛到溫暖藍色的天頂，以美妙的自在與技巧，乘著風勢吹拂的熱氣流往上攀升。盤旋得又高又遠時，牠那翅膀修長、頭部圓鈍的身形逐漸縮減、變小、變暗，變成像是鑽石堅硬的尖端；高懸而飄揚；懶洋洋的，東張西望，至高無上。遊隼低頭看去，看到下方的大型果園縮小成深色的細線和綠帶；看到深色的樹林彼此靠近，延伸跨越山丘；看到綠白相間的田野轉變成褐色；看到小溪的銀色線條，以及蜿蜒的河流慢慢延伸開展；看到整個河谷變得平坦寬闊；看到地平線受到遠處城鎮的汙染；看到河口逐漸揭開它的藍色和銀色之口，以綠色島嶼為舌。而比所有一切更遠、最遠的地方，牠看到大海的筆直光澤像是一道水銀鑲邊，漂浮在褐白相間大地的表面。眼看牠飛高，大海隨之湧升，掀起耀眼的光風暴，雷鳴般對困在陸地的飛鷹怒吼著自由。

閒散，淡漠，牠將一切看在眼裡，環繞著雙眼深處視網膜中央窩的閃亮瞄準器搖晃又擺動，等待雙翼迅速一揮或猛然一振，對準目標埋頭衝刺飛去。我懷著憧憬與渴望觀察牠，彷彿牠從超越山丘的高度，對大地所做的不為人知的精采觀察，一點一滴向下投射到我眼中。

牠飛越太陽，於是我轉開視線眨眨眼，消除眼中灼亮的紫色。等我再次找到牠，牠在太陽的西邊高處，隱身於天空那種令人髮指的湛藍，直到雙筒望遠鏡追到牠往下飛。從頭部到翅膀，就像一根指南針忠於北方，牠飄盪，平穩，懸空不動。牠的翅膀收攏且彎向後方，接著打開並伸向前方，像貓頭鷹一樣徹底展開。牠的尾巴像飛鏢一樣末端尖細，接著打開成寬闊伸展的扇形。我能看見牠翅膀裡的缺口，那裡的飛羽在十二月脫落了，一直還沒有新的取而代之。牠在陽光裡傾身轉彎，從黑暗一閃像是燃燒起來，也像白鋼一樣發亮。在陽光燦爛的六百公尺高空，牠振翅懸停，掌控著河谷裡的鳥類，沒有一隻鳥從牠下方飛過。牠向前投入風中，慢慢下降，越過太陽。我只得隨牠去了。等到再度恢復觀察，透過炫目光線在眼裡造成的綠紫星雲，我只能看見暮色之中有個微小斑點，從太陽中墜落到地面，飛馳、轉身、墜落，穿越一片廣大的靜默，把一大群尖聲鳴叫、混亂拍翅的鳥類衝撞開來。

我開始意識到自己的重量，彷彿曾經漂浮在水上，而現在再度上岸、擦乾、穿衣、失去光彩。遊隼已經翱翔了二十分鐘；這整段期間，烏鶇一直在我背後的樹籬裡面吵雜怒叫，石雞也在田裡叫著。俯衝讓牠們安靜下來，一片死寂。然後，僅剩的聲響就只有融雪的颯颯聲和窸窣聲；那是一種微弱的啪啪聲，很像小老鼠在乾草叢裡；還有一條石頭小溪的叮咚聲和噹噹聲，乘載著溪水流向下游。

遊隼不見了，我帶著一種隱約的滿足感走在田野間，等待牠回來。通常一天之內每隔一陣子，牠都會回到最喜歡的停棲地點。雖然我從十二月底至今都沒有與牠接觸，但牠顯然還記得我，也依然溫馴，相當容易親近。歐歌鶇、藍山雀和大山雀高歌鳴唱；一隻大斑啄木鳥咚咚敲擊。整個下午，數百隻正在遷移的海鷗盤旋到高處，一邊飄揚一邊鳴叫，飛往東北邊。

下午三點，我的頸背有種刺刺的感覺，表示有某種東西在背後看著我。原始人類的這種感覺一定曾經非常強烈。我沒有轉身，只轉頭望向左邊肩膀後方。兩百公尺外，遊隼停棲在一棵橡樹低處的水平樹枝上。牠面向北邊，轉頭望向左邊肩膀後方的我。有一分多鐘的時間，我們雙方靜止不動，彼此都感到茫然和迷惘，由於在同一地點而享有奇妙的連結。我向牠走去，牠立刻起飛，快速向下滑翔，穿越北邊的果園。牠正在狩獵，而獵人對誰都不信任。

半小時後，牠從東邊而來，飛快掠過果園，猛然降落在一棵蘋果樹上。降落之前，牠不曾減慢速度；距離想要停棲的地方只剩三十公分時，牠才張開翅膀煞車、停頓，然後輕輕落下。我就站在果園的西南角落，背對著太陽，而遊隼沒有理會我。牠的黃色修長腳趾移動、屈曲、凸起，抓著蘋果樹中央的殘枝，不時搖頭晃腦頭轉來轉去，頭頂的羽毛豎起來變成頭冠。鬢斑的深色羽毛對比於臉頰的白色斑塊顯得非常突出。牠正在狩獵。炯炯有神的眼睛閃耀著怒火。我很清楚；果園裡所有的鳥類都在談論這件事。石雞鳴叫，烏鶇怒斥；遠處的喜鵲、松鴉和烏鴉，咒罵、抱怨，保持低調。

遊隼飛下來，前往小溪，爬升越過，轉彎側身穿越風勢，傾斜加搖擺沿著陡峭的螺旋形向上爬升。牠的翅膀很放鬆，快速振翅，彷彿是由裡而外揮動翅膀。此刻太陽低垂，空氣冷冽。我不認為這樣有足夠的熱氣流能讓遊隼翱翔其間，但在九十公尺高處，牠呈水平飛行，順著風環繞很長的圓圈輕鬆滑翔。等到只能勉強看到牠時，牠在河流對岸飛得又高又遠，距離超過一點五公里；而在我周圍，果園裡所有的鳥類都比先前更加驚慌，蹲伏得更低且鳴叫個不停，瘋狂喊著刺耳的警戒聲。只要遊隼在天空高處，無論距離有多遠，沒有一隻鳥覺得安全；但一隻躲藏起來的遊隼，就是一隻消失而遭到遺忘的遊隼。

盤旋和滯空很久之後，牠看到東南邊有獵物，於是慢慢繞著很長的圈子滑翔下降，朝向獵物飛去。再過兩小時太陽下山；西方天空瀰漫著一片金光，廣闊的耕地則是朦朧的灰色。遊隼切過強風往下降，振翅翱翔，飛行速度穩定增加。接著牠展開一段快速而平緩的滑翔，翅膀折向後方且彎向內側，直到把自己塑造成堅固的矛尖形狀，向下俯衝。一群椋鳥在牠前方飛起，盡可能以最快的速度飛向南邊。遊隼一瞬間就趕上並超前。那些椋鳥看似在牠下方突然後退，彷彿從來不曾移動。遊隼像是一道巨大的閃光，飛越耀眼的天空，然後進入樹林的陰暗處一閃而逝。我沒有再看到牠，但消失許久之後，一團又一團的鳥群衝出南方的天際線再下降，宛如激烈的戰火上方飄起的平靜煙硝。

三月五日

雪是新石器時代的，受到溫暖南風的侵蝕。雪塚崩塌，大量的雪花直衝天際。流水讓整個河谷潺潺作響。溝渠變成小溪，小溪變成小河，小河變成大河，大河變成一連串移動的湖泊。小辮鴴和金斑鴴已經回來了。整天下來，一群又一群的小辮鴴經過此地前往西北邊。我用雙筒望遠鏡看著牠們，發現上方有更大的鳥群，飛得比牠們高很多，光用肉眼是看不到的。

到了下午三點半，我已經放棄尋找遊隼，悶悶不樂地坐在橡樹枯木附近的一個柵門上。牠突然飛過我身邊時，翅膀的波動讓我精神一振，心中大樂。高漲的浮力、輕快的渴望，包含在牠那急衝而過、無聊、傾斜、搖擺、曲折的飛行之中。牠停到東邊一棵樹上，回頭望著我。我覺得牠發現我了。牠蹲伏在一根低處的樹枝上，呈現易怒、不安、側身的姿勢，表示正在狩獵。那棵橡樹的樹枝有不少節瘤，很難分辨牠的位置。經過五分鐘坐立難安的休息之後，牠起飛了，前往東邊的果園。牠爬升又下降，宛如搭乘雲霄飛車一般御風而行，看到田鶇從樹林飛起便猛衝下去。我穿過果園的漫長走道跟隨著牠。烏鶇依然怒叫不休，數百隻田鶇正掀起小規模的爭執，但遊隼不見了。我回到柵門。

下午四點半，寒鴉群飛到小溪上方四散奔逃，原來是遊隼路過。牠從南邊以華麗的動作乘風高飛，翅膀舉高呈V字形，加速搖擺滑翔。完全隨風飄流。牠匆匆前往果園北邊，從邊緣的楊樹飛掠而過，再沿著雙翼所驅動的驚人拋物線彎曲向下。我沒有再見到牠。

這天漫長的徒步期間，我找到四十九隻獵物遺骸：四十五隻斑尾林鴿，兩隻雉雞，一隻紅腳石雞，以及一隻烏鶇。只有最後兩隻是最近獵殺的；其餘都曾在積雪底下掩埋了很長的時間。

三月六日

依然有溫暖的南風讓大地復甦，陽光溫暖，空氣明亮清澈。黃鵐在小路鳴唱著，果園裡有一群群蒼頭燕雀。紅嘴鷗從南邊進入河谷，在河流上方翱翔。牠們在河流轉彎的地方轉彎，以螺旋形飛高到稜線上方，然後往東北方飄走。牠們比一群群小辮鴴盤旋得更高，那些小辮鴴又從海岸移動進來。有些小辮鴴飛下來，加入目前聚集在河谷田野的大批鳥群，但大多數繼續飛向西北方。

下午兩點，我已去過遊隼經常棲息的所有地方，但還沒有找到牠。站在果園北邊附近的田野裡，我閉上雙眼，試著讓自己的意志變得具體，化為透光的稜鏡，窺見遊隼的心智。溫暖且穩固地站在充滿陽光氣息的長草地上，我沉陷到遊隼的皮膚和血液和骨頭之內。地面變成我雙腳站立的樹枝，陽光照在眼皮上既沉重又溫暖。如同遊隼，我痛恨聽到人類的聲音，那是來自石地的無形恐懼。我們困在同樣汙穢的恐懼中感到窒息。我同樣感受到獵人渴望擁有無人知曉的荒野家園，在淡漠的天空下，獨享獵物的蹤跡和氣息。我感受到北方的拉扯，這也是遷移性海鷗的奧祕和魅力。我同樣感受到對於離開的奇妙渴望。我沉陷下去，墜入的夢鄉是遊隼輕如鴻毛的夢鄉。接著，我的醒來讓牠醒來。

牠急著從果園飛起，在我頭頂上繞圈，看著下方，閃亮的雙眼無懼又溫和。牠飛低一點，腦袋左右轉動，困惑，好奇。牠像是一隻野生的猛禽，在另一隻籠中馴鷹的上方悲苦振翅。突然間，牠在空中突然拉高，彷彿中槍、失速，把牠自己從我身邊猛力扯開。在恐懼的痛苦中，牠排便了，而那串陽光照亮的白色糞便都還沒掉落到地上，牠已經消失無蹤。

三月七日

不斷颳風下雨的一天，我在中空樹木的背風處、在小屋和穀倉裡、在損壞的推車底下消磨時間。我一度看到遊隼，或者覺得看到了，很像遠處有一支箭輕快射進一棵樹，透過數百萬個閃亮的雨滴稜鏡看去，顯得模糊又扭曲。

雲雀一整天鳴唱個不停。紅腹灰雀有點口齒不清的尖聲鳴叫從果園傳來。有隻縱紋腹小鴞不時從牠棲息的中空樹木叫著悲傷的聲音。今天就這樣而已。

三月八日

我在清晨四點出門。即將結束的夜晚十分昏暗，溫暖的西風吹來溼意。黎明之前，貓頭鷹在漫長朦朧的薄暮中聲聲叫喚。到了六點，有隻雲雀率先高歌，很快又有數百隻雲雀在越來越亮的空中縱情高歌。牠們從自己的落腳處垂直拔升，同時最後的一些星星也升上逐漸泛白的天空。隨著天色變亮，禿鼻鴉呱呱叫著，海鷗開始飛進內陸。歐亞鴝、鷦鷯和歌鶇，唱起歌來。

在海岸附近的平坦沼澤裡，我迷路了。細雨輕輕飄過田野的潮溼綠色霧靄。到處都有水聲和水氣，感覺是在一片孤立、遙遠、深陷於寂靜的土地上。在這樣的地方迷失方向，無論多麼短暫，都是真正擺脫了熟悉道路的枷鎖，與城鎮令人眼花繚亂的高牆的束縛。

到了七點，天空又變得晴朗。我爬上海堤時，太陽剛好升起。它很快就突破了大海的邊緣；一顆巨大紅豔、不懷好意、飄浮移動的太陽。隨著太陽以沉重的步伐上升，進入空中，陽光閃耀四射，它再也不是一個球體了。

一隻灰澤鵟從牠在鹽沼地的棲息處起飛，飛向海堤。牠在靠近枯萎草叢的上方定點鼓翼，以單調的動作在氣流中振翅移動。牠的羽色就像搖曳的草叢：灰褐色、黃褐色和紅褐色。牠的翅膀末端是黑色的，修長的褐色尾羽則有橫紋，帶著深淺相間的斑點。尾巴基部的尾上覆羽有鮮明的白色斑點，在陽光下閃閃發亮。牠在風中緩慢飛行，保持在低空處，振翅兩次，接著兩邊翅膀往背上抬高形成V字形，同時深色的初級飛羽徹底張開且向上彎曲，以這樣的姿態向前滑翔。牠再次定點鼓翼，然後向下滑翔，以很長的轉彎傾斜曲線越過陡峭的海堤。牠在海堤的兩側飛來飛去，越過的草叢依然掛著晶亮的雨滴，輕盈、溫柔、安靜地飛越彎曲的青草，低頭探看草莖的間隙尋找獵物。不知不覺間，牠飄飛到遠處消失不見，就像雲層遮住太陽時，影子突然就消失了。

風勢慢慢減弱，空氣變得比較溫暖。太陽透過一層薄紙般的高空雲層照耀下來。距離感覺延伸了。隨著早晨時光流逝，視野變得十分鮮明。灰色的大海好像縮減範圍，在廣闊的鹽沼荒地之外，閃亮泥灘地的遠處邊緣咕嚕咕嚕冒出一道泡沫。遠方有些農田與村莊聚集在一起，分布在內陸空曠田野的頂部。赤足鷸彼此苦苦追逐，飛過海堤旁邊的寬闊堤岸。眼看要降下更多雨水，但此刻一切仍然寧靜。

早上十點半，一群群小型鳥類從田間四散飛起，一隻灰背隼宛如飛箭刺穿牠們之間，俯衝又疾飛。牠是一種身形纖瘦的隼，飛得很低。牠急速掠過海堤上方，轉彎出去越過鹽沼地，然後繞著陡直的螺旋形搖擺向上，在翅膀急速推收翻飛的模糊形影中，如同尖刺般的修長身子搖搖晃晃。牠飛得極快，不過繞著寬大的圈子似乎相當費力，上升速度也很慢。到了六十公尺高，牠以極長的曲線繞圈子，然後懸停，稍微定點鼓翼。接著牠順著風勢，往前飛向一隻在田野上方高歌的雲雀。牠早已看到雲雀飛上空中，於是盤旋一陣子提升高度再發動攻擊。從後方看去，灰背隼的翅膀非常直。那雙翅膀似乎以很淺的動作上下輕揮，一種非常活躍的脈動，比其他所有的隼揮得更快。牠短短幾秒內就飛到雲雀那裡，只見牠們朝向西邊往下墜落，一起搖晃又扭轉，而雲雀依然唱著歌。看起來很像燕子追逐蜜蜂。牠們在空中以之字形往下衝，到了遠處的綠色田野，從我眼中消失。

牠們那種高速、變換、舞躍的動作，顯得那麼靈巧優雅，實在很難相信起因是飢餓而結局是死亡。隨著猛禽的狩獵飛行而來的殺戮，伴隨一種令人震驚的力量，彷彿猛禽突然變得瘋狂，屠殺牠所熱愛的事物。鳥類奮力獵殺，或者自救免於一死，都是美麗的景象。景象越是美麗，死亡越是駭人。

三月九日

早晨的太陽低垂而耀眼，冷風颼颼，而我在河口的北岸，沿著海堤步行。有一隻雌遊隼，突然從原本躲藏的堤防背風處向上躍起，嚇了我一大跳。我在她的正上方，低頭看著她修長尖細的翼展，以及隆起的寬闊背部。她飛高時相當寂靜無聲，很像短耳鴞，然後輕快飛過沼澤，猛力左右搖晃，在向右和向左兩種垂直平面之間傾斜搖擺，輪流以兩邊的翼尖豎立在空中。飛了很長一段距離後，她慢慢向下滑入草叢。我再也找不到她的身影。她本來在陽光下睡覺，也許是沐浴之後，而且沒有聽到我靠近。

下午雨很大。雌遊隼起身飛向一棵橡樹枯木，位於海堤附近，看著許多涉禽在潮水高漲時聚集於鹽沼地。我離開時她還在，在傾盆大雨中縮成一團，神情肅穆，而在此同時，叫著吹哨聲的赤頸鴨跟著潮水飛進來，那些涉禽的嘈雜叫聲也更加響亮了。

三月十日

在早晨宛如大理石般堅實潔白的陽光中，高聳的白雲逐漸增長。風勢將它們吹落成一道道雨牆。潮水高漲的河口滿溢著藍色和銀色的光，接著失去光澤，變成暗淡的灰色。

一隻雌遊隼低空飛過沼澤，迂迴穿梭於風中，不時突然傾斜和轉彎，彷彿在看不見的枝葉下方移動，在看不見的樹木之間扭轉。她飛起來宛如體型很大、昏昏欲睡的灰背隼。太陽把她的背部和雙翼照得光彩亮眼，呈現深邃的紅褐斑駁色彩，像是紅毛公牛的毛色，如同把北邊耕地染紅的一塊塊紅色土壤。初級飛羽是黑色的，帶有一點藍色。發亮的暗褐色八字鬍斑紋像逗點一樣彎的，在白色臉上很像鼻孔。隨著翅膀向前向後揮動，雙翼之間隆起的肌肉在羽毛下方聳高又降低。她看似溫順，但是極具威脅性，很像美洲野牛。赤足鷸一身亮麗站在草叢裡，看著她飛過。牠們相當平靜，沒有緊張兮兮上下擺動，亮橘色的雙腳也沒有抽搐顫抖。

一小時後，從一隻激動鳴叫的大杓鷸那裡，雌遊隼俐落起飛，慢慢盤旋到沼澤上方。她滑入一道熱氣流，強勁的北風讓熱氣流裡蓬勃發展的白雲都彎曲了。牠的雙翼伸展得直挺挺的，以這樣出神的飛行方式往上爬升，宛如將要離去的神祇一樣在空中飄盪。看著遊隼遠去而縹緲，沒入天空的寂靜之中，我同樣感受到她緩慢爬升的欣喜和沉靜。隨著更加高遠渺小，她環繞的圓圈變得更加寬廣，隨著風勢更加延伸，直到只剩一個鮮明的小點，劃過白雲，是湛藍空中一道模糊的痕跡。

她慵懶遊蕩；疏離，帶著敵意。她在風中維持平衡，位於六百公尺高處，這時白雲飄過她上方，越過河口往南邊而去。她的雙翼慢慢向後彎折，流暢地順風飄飛，彷彿沿著一條電線上向前移動。如此熟練地駕馭狂風，如此莊嚴高貴的飛行能力，讓我不禁縱情大喊，興奮地跳上跳下。

此刻，我心想，我見識到遊隼最厲害的地方了；沒有必要再做進一步的追求；我可能再也不想苦苦尋覓了。我當然錯得離譜。只見識一次絕對是不夠的。

在北邊遠處，雌遊隼傾身向下，慢慢滑過太陽，鬼祟地飛向地面。隨著雙翼快速抬起又後擺，她滑翔得更快了。然後又更快，這時全身拉平壓縮。沿著一道華麗的弧線俯彎而下，她向地面急墜。我的頭猛然往前伸，雙眼緊盯著她墜落之勢最後的垂直衝刺。我看到田野在她背後向上飛掠；接著她消失在榆樹和樹籬和農舍後方。徒留我孤零零待在原地，只有風吹蕭瑟，陽光隱沒，我的頸部和手腕寒冷僵硬，雙眼泛紅，而方才的榮光消失無蹤。

三月十一日

我花了一整天待在河口的南側，行走於潮溼的田野，在漫長的樹籬內和雲雀高飛的溫暖空中尋覓鷹蹤。一隻都找不到，不過是開心的一天。

平展的河口平原西邊有幾座圓頂狀的小山丘，它們之間形成深邃的河谷。傍晚六點，這些山丘上方的光線還很亮，太陽漸漸下山，河谷裡的田野顯得陰暗肅穆。昏暗樹影搖曳，我站在樹下的小路上，雄遊隼盤旋高飛迎向亮光。牠飛得很快，以角度很小的轉彎繞圈子，沿著陡峭的螺旋形旋轉而上，翅膀急揮抖動。牠很快就飛到我的上方高處。牠看得到山丘沉入幽暗的河谷，遠方的樹林向上升起，城鎮和村莊依然沐浴在陽光下，寬闊的河口匯入藍色略灰的幽暗大海。我看不到的這一切，全都對著牠又圓又大的眼睛清晰閃耀。

從螺旋形的飛繞之中，牠突然向前衝出，以一股狠勁破空飛向北邊，下降，扭身，轉彎，修長的翅膀在氣流中躍動彈跳。飢餓的狂怒欲望促使牠拚命一搏。

光線漸暗，獵物越來越迎向潛伏的暮色，最後一隻雲雀高飛入空，而夜晚，受到遺忘如此之久，突然拋出黑色暗影，覆過眼睛原有的熾烈光輝。

焦灼飛越天空，飽受折磨的遊隼看到下方的大地有鳥群陣陣騷動，立刻活了起來。金斑鴴沿著綠色地表低空飛翔，縱聲發出野性的鳴叫。遊隼像是燃燒的火炬，從牠們之間咻咻飛過。

三月十二日

河谷現在水滿為患，於是雄遊隼狩獵和沐浴的地方改到南邊和東邊綠意深濃的高地。在河谷和狹長的河口之間，我發現牠乘著強勁的北風騰空高飛，定點鼓翼，然後飛向南邊。受到順風的加速，我沿著風很大的小路瘋狂踩踏自行車，讓高處那個叉形的小點維持在視線之內，追丟了，然後再次追上，因為牠停止前進，盤旋於正在覓食的大群海鷗和鴴科鳥類上方。禿鼻鴉停棲於牠們巨大的鳥巢旁邊，位於山頂的高大榆樹上，以熱切的喉音對著三月太陽呱呱叫著。樹木在清澈的綠光映襯下，顯得如木炭般漆黑。

我越過山丘，下坡到深邃的河谷裡，看見雄遊隼在扇形的陽光之中急衝而下，前往遠處的沼澤。我飛快穿越萊斯特郡的俐落綠光。綠色田野有著耀眼的水氣，滋潤了風吹乾燥的眼睛。嗡嗡作響的輪子在我下方猛衝而去；一陣狂風拉著我向前奔馳。這是狩獵的速度，振翅的猛禽迅速飛向獵物之後的猛然一擊。我記得飛奔越過春天綠意盎然的綠地，那是小時候；越過戰前那幾年的荒廢田地；穿越恣意生長的樹籬和草花似錦的荒地，遊隼和雀鳥的身影忽隱忽現。

遠處的山丘轉彎、繞過、分開；狹長河口的銀色河段突然閃亮起來，很像一道光柱在地平線延伸，而且所有遠方的沼澤全都浮現在淺藍色的海面。我停下腳步，站在沼澤綠草的上方。遊隼奮力奔向海上的光之間隙，像一團迅速彈跳的火焰，飛跳著越過綠色大地。

三月十三日

一隻槲鶇在涉水灘旁邊唱著歌，是今年的第一次，大展牠那豐富圓潤的歌聲。牠停止鳴唱，衝進雜木矮林。我聽到牠發出喋喋不休的乾啞警戒聲；接著牠把一隻遊隼驅趕出去，飛向橡樹枯木。

那是一隻雄遊隼，我以前沒有看過牠；與這個河谷的渡冬個體比起來，牠的翅膀較短，體格比較結實，羽色較暗偏褐色，不帶紅色或金色。牠的翅膀和尾羽有缺口，換掉的羽毛還沒有重新長好。牠有很長一段時間無所事事，不過經常抬頭看著天空，頭深深往後傾，看著高空飄飛的許多小點，那是正在遷徙的海鷗。

閒散了一個小時之後，牠從樹上輕輕飄下，落到面前的綠色麥田裡。牠幾乎立刻就飛起，腳趾上懸垂著粗粗的紅色蚯蚓。牠閃開一隻匆匆飛過、尖聲大叫的海鷗，然後低下頭，迎向自己抬起的腳，三兩下就把蚯蚓吃掉了。牠回到橡樹上，海鷗飛走。已經有一個多星期的時間，許多海鷗飛過這片田野，不時飛下來吃蟲。可能是出於好奇心，驅使那隻旁觀的遊隼也如法炮製。總共三次，在傍晚期間，牠飛下來降落到田裡，抓隻蟲子來吃。已經開始下雨了，許多蚯蚓跑上地表。

這幾次飛下來之間，遊隼低頭埋進胸口的羽毛裡打盹，像一隻平凡無奇的貓頭鷹。大雨沒有對牠造成困擾，牠很快就全身溼漉。黃昏之初，牠飛向更高的棲枝，在果園北側邊緣的一棵榆樹上。我站在那棵樹下，抬起頭就能透過下雨的單調黃色光線看著牠。牠雖然很想睡，若有非常細微的聲響或動靜還是會醒來，低頭專注盯著一群群石雞的叫聲。牠的羽毛下垂而濃密，宛如溼漉的毛皮。牠看似暗中潛行的印第安人，唯獨頭部隱藏在粗毛蓬亂的美洲水牛獸皮裡。

三月十四日

沿著河口的南岸，潮水退得很遠，形成閃亮的銀藍色淺灘。泥灘地變得寬闊，在陽光下金黃耀眼。三隻大杓鷸降落在泥灘地上，踏著細緻的步伐前往水濱。牠們有點不安，不停轉頭左右查看，宛如小鹿猜疑著風中的氣息。牠們的羽色很像沙子，以及泥灘，以及卵石，以及鹽沼地的乾枯野草。牠們的雙腳是大海的顏色。

一隻遊隼飛到上空，在海堤上方定點鼓翼，幾隻石雞就蹲在那裡的草叢裡。那是一隻羽色像獅子的雄遊隼，凶猛且驕傲，以晶亮、深邃、流動的眼神看著下方。在寬闊翅膀與胸口的交接處，腹面的羽毛有濃密斑駁的鑽石形斑點，很像雪豹的毛皮。在陽光下，琥珀色的遊隼短暫閃耀著光芒，接著飛向內陸。

我爬上田野長長的斜坡，前往小溪的東邊，發現一隻雌遊隼棲息於一棵橡樹的樹梢。她的羽毛溼溼的。在一處溢水的田裡沐浴淨身之後，她正在晾乾羽毛。她的碩大胸膛混合著褐色和黃褐色的箭頭斑紋，但下方羽毛顏色較深，也沒那麼黃，厚厚的羽毛垂靠在樹枝上。她的粗糙雙腳閃閃發亮，有如擦得晶亮的黃銅器。她的頭一直動個不停。從停棲的高處，她可以看到田野、小溪和綿延數里黃土河岸的所有動靜。

我走到非常靠近了，她才特別費心以兩隻眼睛同時看著我。我走得更近一點。她毫無猶豫或忙亂，伸展雙翼，任憑微風從樹上將她托起。修長而末端尖細的初級飛羽徹底展開，寬闊呈扇形的次級飛羽也伸展張開，具有淡色條紋的表面在空中閃閃發亮。滑翔著，翅膀輕輕水平向前，這隻大型鷹從樹上飄起，划飛出去，升騰到小溪上方飽含水氣的藍色空中。乘著微風轉彎飄飛，她從河口溫暖和煦的長條天空，繼續飄向遠處明亮的大海天空。

濃厚的雲層往下降，下午顯得陰沉。在芥末黃的暗淡光線中，一隻短耳鴞從一條溝渠安靜飛起，飄飛的模樣很像浮起的月亮，悄然無聲，只有微風吹開草叢的輕柔沙沙聲。牠那張貓樣的臉龐轉過來對著我，然後縮起貌似蛇皮的斑駁翅膀，飛越沼澤。

高漲的潮水注入小溪，呈現灰色的光澤。短耳鴞在自己的倒影上方緩慢拍翅，看起來很像兩隻貓頭鷹努力想穿透水域的閃亮表面而相遇。有一隻飛到海堤上方，另一隻則向下沉潛。

三月十五日

一陣張揚的西南狂風，透過雲層灑下的陽光，溫暖的白雲。金斑鴴在強風之中盤旋繞圈，那團金色星雲退降到北方天空的湛藍地帶。天空的地平線伸展於大地的遙遠彼方。高飛的鳥群在明亮日暈中閃閃發亮，低飛的鳥群則早已遁入下方大地那鐵灰色的邊緣。一群小辮鴴起飛，遭遇翱翔的遊隼，牠隱藏著彎鉤嘴喙和尖利爪子；宛如魚被鮮豔的誘餌引向水面。小辮鴴受到天空的誘惑，結果一起飛就遭遇不測。一旦飛到高處就安全，不過起飛的時候難逃毒手。

中午十二點半，暗褐色的雄遊隼停棲在榛樹上，分布於東西向的這片樹籬把果園北邊一分為二。沐浴之後，牠正把自己曬乾，這時金色的雄遊隼在河谷狩獵。牠不時起飛到強風之中，定點鼓翼，接著又滑下來回到樹籬。下午兩點，牠以更堅定的揮翅動作飛起來，用快速短促的戳刺動作向前疾飛。牠懸停了一會兒，略微收起翅膀向下俯衝，墜入蘋果樹之間的枯萎草叢裡，雙腳放低，翅膀徹底伸展。起飛時牠縮成一團，重重揮動翅膀往下飛到小溪，帶著一隻紅腳石雞，以及一條長長的酸模草莖，上面長滿紅色的種子。石雞跑去吃酸模的種子，而遊隼看到動靜，趁著石雞還沒吃完就發動攻擊，然後從地上把石雞和草莖一同拎起。

一小時後牠回到這裡，停棲在開闊耕地邊緣的一棵蘋果樹上。我在距離三十公尺的地方坐著觀察牠，四周毫無掩蔽。以不安的眼神瞪了兩分鐘之後，牠直直飛向我，一副作勢要攻擊的樣子。飛到我這裡之前，牠迅速乘風飛起，在我頭頂上方六公尺處定點鼓翼，低頭看著。我的感受一定就是老鼠的感受，蹲伏在毫無遮掩的短草地上，畏縮又期盼。遊隼鮮明銳利的臉龐感覺近得嚇人。晶亮而冷酷的眼睛，好陌生又好遙遠，很像褐色的地球儀，在鬢斑旁的長眼窩裡轉呀轉。臉的顏色像獾，在天空的襯托下顯得生動又鮮明。我無法移開自己的視線，不去看那雙眼睛的強烈目光，不去看那個彎勾嘴喙的尖刺角形。在牠目光的緊箍咒之下，很多鳥都自投羅網。牠們死去時轉頭看著牠。牠回到樹上，顯得並不滿足，於是我讓牠獨處一會兒。

從下午兩點到五點，牠停棲在榛樹樹籬上，或者懸停於果園上方。牠始終沒有離開我的視線。牠總是停棲在最高的細枝上，無論樹枝有多麼纖細又容易彎曲。上上下下，左左右右，遊隼和細枝在強風之中一起彎曲搖擺。牠讓視線高度維持穩定，方法是頭部和頸部呈現下沉和扭轉的古怪移動，彷彿前方有某個令人火大的障礙物，牠一直要讓視線越過頂部或繞過側邊。牠那雙檸檬黃色的大腳以笨拙的姿勢抓著細枝，一隻腳縮在另一隻腳上面，光亮的鱗片排列成一圈圈環狀，在陽光下閃閃發亮。牠面對我的時候，吃得很飽而昏昏欲睡，胸膛看起來寬闊又渾厚，完全看不到翅膀。牠的乳黃色喉部略帶一些褐色斑點，而在那下方，胸口的羽毛是土黃色或黃褐色，垂直方向則結合了巧克力的褐色，在陽光下發亮的模樣如同略顯暗淡的銅器。鬢斑是暗褐色，從眼睛上方顏色較淡的橫向條紋延伸下來。頭頂的條紋沿著垂直方向形成接近紅褐色和暗黃色的木紋，帶點灰色，到了頸背顏色變淡。圓滾滾的眼睛是褐色的，很像林地泥土的麥芽色，深深嵌入淡藍綠色皮膚的眼窩裡。蠟膜是黃色；嘴喙基部是灰色，彎鉤的尖端則是藍色。

牠很少看著我，也沒有跟隨我的手部動作。牠正在觀察長草區，仔細聆聽。聆聽的模樣很像貓頭鷹，臉部羽毛豎立起來，耳部覆羽抬起又放下。如果已經把石雞大部分都吃掉了，不可能還很餓，但牠顯然處於警戒狀態，無法停止狩獵。有時候牠抬頭看看東北邊翱翔的海鷗。那些海鷗發現牠的存在，於是一邊飛走一邊叫著粗啞的聲音。牠不時把頭轉向右邊，面對著果園的北半邊。再一次，突然之間，牠朝我飛過來，懸停在我的上方，低頭查看的眼神看似好奇卻也淡漠，就像我們低頭看水裡的魚，透過水域的反射曲線，看起來好像距離很遠，以為絕對不會嚇到魚，除非我們掉下去。牠的翅膀腹面是乳黃色，覆蓋著細密的褐色網狀線條，帶有微微的銀色光澤。腋羽，以及次級覆羽的內側半部，則分布著更深的褐色斑點，或者較大的鑽石形斑紋。

由於風勢強勁而無法滑翔，牠持續定點鼓翼，控制力道絕佳。牠竭力滿足自己強烈的狩獵欲望，在果園上方的每個角落定點鼓翼，但沒有離開果園的範圍。到了三點半，牠停棲休息時，數百隻金斑鴴在河谷上方高處繞圈子。另一隻雄遊隼又開始狩獵。下午四點，果園的雄遊隼平靜下來。牠不再懸停，慢慢飛到一棵榆樹落定。理羽之後，牠的嘴喙張得好大，喉嚨用力哈氣，很像鴿子咕咕叫。這樣的張嘴，喉嚨像青蛙一樣鼓起又消下，持續了十分鐘，而且舉起一隻腳用力抓搔喉嚨的羽毛，同時扭動脖子。接著，牠把沒消化的骨頭和羽毛所構成的食繭嘔出來，然後立刻睡著。半小時後，牠飛過田野，前往橡樹枯木，在那裡睡覺，徹底休息。

風勢已平息，雲朵變得更大也更暗。金色的雄遊隼搖晃低飛越過田野，宛如一道光束，接著一連串猛力振翅，迅速飛到一棵榆樹最高的枝頭。牠修長的翅膀像划槳一樣揮動，與褐色雄遊隼較短促、戳刺般的揮翅動作很不一樣。這像是拿蘇俄牧羊犬和邊境牧羊犬來比較。牠停棲了一會兒，宛如一支紅金色的飛箭突然卡在一棵樹上，接著牠一躍而下，飛向北邊。褐色的雄遊隼則在橡樹上睡覺；牠沒有看到另一隻遊隼來了又走。

下午五點後變得完全無風。傍晚非常平靜。少了強風肆虐，整個河谷似乎慢慢向南飄移。

三月十六日

清晨六點，日出前一小時，我停下來看一隻倉鴞。牠搖搖晃晃飛向道路，在灰色的暗淡光線中顯得更白也更結實，只見牠飄飛而過，輕輕下降飛向河流。在結滿露水的潮溼田野上，有一種沉重的寂靜氣息。又有第二隻貓頭鷹由草叢邊緣飛起，從近處通過。牠的白色圓臉緩緩回頭看，懶洋洋的大頭轉動的樣子真是奇妙。深色的眼睛像李子，從有如悲傷小丑的羽毛面具裡射出炯炯目光。接著牠抬高修長的白色翅膀，動身離開，飛進冷杉樹林，夜晚在那裡逗留。

在河口地帶，這一天寒冷而晴朗。我看著潮水漲起又退去，觀察涉禽覓食和休息，同時鴨子呼呼大睡，而太陽移向西方，越過長滿榆樹的島嶼上方。

日落前一小時，我躺在海堤的石頭斜坡上，面對著太陽逐漸膨脹的金紅烈焰。潮水在泥灘地漸漸退去。空氣凜冽，開始有黑夜將至的氣息。一陣拍翅的轟隆嘩啦聲響，很像懸崖崩落入海，岸邊的每一隻鳥都飛起，讓海岸在翅膀密布的天空下變得很明亮。赤頸鴨飛過頭頂上方，從堤防後方的沼澤匆匆飛起。有個響亮的拍擊聲，很像木板擊打泥土的聲音，還有排泄物落下的啪啦聲，以及振翅的刺耳呼嘯聲。垂直爬升的赤頸鴨四散飛開。有一隻掉回沼澤上，癱軟成一團，細小的頭部披著金色頭冠，從頹然顫抖的頸部垂落下來。看起來很不真實，彷彿牠應該灑出鋸木屑，而不是滴落鮮血。牠躺在掉落的地方，癱軟腐壞。

我在附近時，遊隼沒有回來找牠的獵物。我完全沒有看到牠。牠是在我上方的空中痛下殺手，我依然看不到過程，牠的俯衝攻擊就是這麼快速迅捷。（隔天早上我去那裡時，牠已經吃完離開了。無頭的赤頸鴨犧牲性命仰躺著，骨頭的乳白色在陽光下閃閃發亮，底下則有深色的血跡，柔軟的羽毛在風中飄起又落下。）

薄暮時分，我又看到一隻倉鴞，在道路與河流之間狩獵。有二十分鐘的時間，牠巡弋著草地，沿著很長的直線飛越其上。牠飛在草地上方將近兩公尺處，振翅快速又均勻。說來奇怪，那種穩定的振翅節奏很能撫慰人心。暮色更深了。貓頭鷹顯得更大也更白。逐漸上升的月亮從深橘色變成黃色，脫離樹梢往上飄移。貓頭鷹停在一根門柱上，我可以看到牠臉上那張和藹沉思的面具，從灰色的田野看著我。牠那彎鉤狀的喙，從宛如心形面罩般的臉盤中伸出，很像單獨一根腳爪。深色眼睛的邊緣是酒紅色。牠從頭頂上飛過，而在春天夜晚的第一絲寒冷中，牠突然叫起來。一種粗厲嘶吼的喊叫聲，直喊至尖銳的邊緣，接著怒氣消散，復歸寂靜。但已不是原先的寂靜了。

三月十七日

灰撲撲的東風把長條的捲軸雲和柱狀雲都吹散了，讓天空好像沒有盡頭。光線隨著風勢而增強，在午後的冷冽強風中顯得光輝明亮，直到日落前的一小時才減弱成朦朧和幽暗。

我走出去，到達河口的溫柔河光與大海的空曠明亮相遇的地方。一隻大型的雌遊隼低飛越水域，前往的地方有一排空蕩的貨船，繫泊在河道的中央。她突然往上飛撲，停棲在一艘船的桅頂上，在那裡待了五分鐘，然後飛向南岸。

下午四點半，光線非常昏暗，一隻短耳鴞正在沼澤上方狩獵。一隻倉鴞從牠下方飛過，而較大的貓頭鷹猛然撲向較小的那隻。倉鴞潛入草叢，在那裡待了十分鐘。這番遭遇之後，兩隻貓頭鷹各據一方，分別待在沼澤的兩半邊。隨著日光慢慢變弱，褐色的貓頭鷹隱身不見，但白色貓頭鷹顯得更白了。牠們的狩獵方式一模一樣，目標可能是同樣的獵物。

斑尾林鴿從農場附近的樹上飛入雲中，那裡位於西邊約八百公尺處。上千隻鳥兒向上飛高，彼此緊挨在一起，然後發生大規模的騷動和擴散而向外爆開。一隻遊隼在那裡狩獵，但我距離太遠而看不清楚。

黃昏初始，我越過沼澤，走上通往村莊的小路。聽到驚人的嘹亮尖叫聲，我停下來，那是尖銳刺耳的「啾—咿」，來自西邊田裡一隻小辮鴴。牠一邊叫著，一邊由低處迅速飛過。在牠後方，緊貼著犁溝上方飛過的，是一隻雄遊隼精瘦疾飛的身形，閃耀著金光。牠的雙翼劈開，在背部上方舉得很高，以拉長的猛力划槳動作追近小辮鴴。小辮鴴用瞬間的扭身和轉彎加快飛行速度，但遊隼一下子就欺近牠身邊，以寬大的弧線轉個彎，但速度更快了。小辮鴴飛向某處灌叢尋求掩蔽，這時遊隼飛到牠上方，逆光的黑影在空中定點鼓翼，然後垂直俯衝而下。那是駭人的一擊。小辮鴴遭到擊落，掉到地上。兩隻鳥一起墜落；一隻是鬆弛癱軟的死亡狀態，另一隻則因為狂熱和衝擊而渾身緊繃。這隻落單的小辮鴴留到太晚，沒能跟上鳥群，沉浸於自己的求偶和鳴唱儀式。遊隼的腳上拖著死去的鳥，飛過光線漸暗的田野前往沼澤，白色的貓頭鷹還在那裡狩獵。

三月二十日

早晨的毛毛雨變得稀疏而成薄霧，薄霧又讓位給雲層，但整天依然潮溼昏暗。東北風十分寒冷。

深褐色的雄遊隼在十一點回到果園，從一棵榆樹拋下食繭，接著再度飛離。我在樹下的草叢裡找到好幾個食繭。全都包含了小鼠的毛皮和骨頭，還有一些斑尾林鴿的羽毛。十二點半，雄遊隼再度出現，這天的接下來都待在果園裡面或附近。現在牠兩邊翅膀的中央都有兩根深藍黑色的成鳥羽毛，尾羽的中央也有兩根藍白相間條紋的羽毛。

足足有三個半小時，牠在高處的棲枝準備伏擊，從溪邊的白楊樹或赤楊樹或橡樹，低頭專心看著果園的草地。停棲的高度對牠來說很重要。牠降落在一棵白楊樹最高的細枝上，環顧周遭，接著飛到更高一點的另一棵樹上。進一步仔細觀察，以雙眼打量一番後，牠終於飛到整排樹最高的地方。牠雙腳的動作非常漂亮、精準又靈活。就算是最纖細又彎曲的細枝，牠也從來不曾失手。我站立的地方與牠的停棲處經常只距離二十公尺，看著牠的視線越過我頭頂，望向後方的果園深處。牠無所畏懼。如果我拍手或喊叫，牠有時候會低頭看看我，但只有一下子。我不用雙筒望遠鏡就能看見牠的雙眼，以及羽色的每一個細節。如此一來，我能看到最細微的一些特徵，像是嘴喙基部周圍的堅硬嘴鬚會抖動。牠的背部、肩背和次級飛羽的羽毛都有深褐色和暗黃色的細密條紋，而且帶點紅色。尾上覆羽是單純的紅褐色，顏色比尾巴或肩背略淡一點；初級飛羽是黑色的。肩胛的部分很獨特：黑色和金色條紋，帶有發亮的金色光澤，很像絲緞，連距離很遠、光線昏暗都十分明顯。

遊隼目不轉睛凝視良久，一顆頭始終動個不停，然後不時向前飛起，乘風爬升，定點鼓翼二十到三十秒，接著回到牠的停棲位置。牠沒有俯衝或發動任何形式的攻擊。只要牠飛起，遠處的石雞就叫起來，但附近的石雞躲在泛黃的長草叢裡，我在遊隼曾經懸停的好幾個地方把牠們嚇得飛出來。遊隼見狀回到棲枝上，沒有興趣去追牠們。麻雀在灌叢裡對牠尖聲叫著，不安地上下跳動，生氣的小臉抬得高高的。牠沒理會那些麻雀，同樣也沒理會我茫然抬高的臉。牠熱切專注於自己那些充滿好奇卻沒有成功的狩獵，或者只是假裝狩獵。

下午兩、三點左右，牠開始提高警覺和躁動。到了三點，牠飛向東南邊，到了視線所不及之處。牠的果園狩獵顯然結束了。一個小時後，牠飛進橡樹枯木，在那裡待到黃昏。牠抓到六隻蟲並吃掉。每一次，牠就這麼滑翔降落到麥田裡，用爪子抓起一隻蟲，帶著蟲回到橡樹的一根枝頭。牠用一隻腳壓著蟲，分成四、五口慢慢吃掉。所有的動作都顯得從容又謹慎。牠面露美食家的神情，津津有味吃著某種罕見的季節佳餚。比較豐盛的獵物已經在早些時候吃過了。小蟲，就像小鼠，只是開胃菜，正在換羽的遊隼似乎難以抗拒。

三月二十一日

一隻灰林鴞，死去已久，躺在南樹林邊緣。我抬起牠那雙寬闊的翅膀，有粉末噴出來，像灰塵一樣。我把很輕的乾屍拋到旁邊時，修長的爪子莫名勾住我的手套，彷彿還有生命。堅韌有力的雙腿，羽毛一路覆蓋到腳趾，末端有這些彎曲的鉤爪，像鋼針一樣銳利堅硬。感覺好像不會腐朽。等到野草長得更高，它們會比逐漸粉碎的骨頭和輕盈飄飛的羽毛留存得更久。

在黑刺李的下方，在小溪旁邊，我找到一隻剛遇害的斑尾林鴿。花朵飄落，掉在逐漸乾涸的鮮血裡。有一條步道位於兩片樹林之間，與樹林隔著小片的荊棘樹籬，也散布著橡樹和榆樹。步道的南邊有一棵枯木：六公尺高的枯萎榆樹，沒有樹枝，樹梢參差不齊，很像一顆斷掉的牙齒。在這顆長著青苔的尖牙上，動作較輕盈的金色雄遊隼正在休息。我靠近時，牠飛向東邊，繞著圈子，在一連串急速滑翔和煞停後，緩緩朝我飄降而來。我站在枯木附近，看著牠下降。圓圓大大的頭，懸浮在堅固的雙翼之間，感覺變得更大，凝視的雙眼顯露出來，大膽無畏的眼神穿透了深色眼罩的阻擋。沒有因為恐懼而瞪大雙眼，沒有因為驚嚇而逃離跳開；牠只是平穩下降，從我旁邊滑翔而過，距離約二十公尺。牠的雙眼定睛看著我的臉，經過旁邊時轉頭看我，因此能讓我保持在牠的視線之內。我放下或舉起手上的雙筒望遠鏡，或者移動位置，牠都不害怕，也沒有受到干擾。牠要不是漠不關心，就是略感好奇。我想，牠現在認為我是半鷹半人；值得不時飛過來瞧一瞧，但絕對不是完全可以信任；一隻殘廢的鷹，也許吧，不能飛行或俐落獵殺，性情易變又無趣。

沒多久，高空的白雲分裂開來，在陽光中消融。我讓遊隼不斷移動，希望牠會飛向高處。下午一點半，牠厭倦一直遭到追逐，慢慢往上滑翔，伸展雙翼，乘著空氣的溫暖表面，飛高到看不見的地方。繞圈又飄飛，牠浮升到空中，直到我的肉眼只看到一個鮮明的小點劃破湛藍，接著消失於無形。利用雙筒望遠鏡，我又找到牠，在林木蓊鬱的稜線上方，劃著長而優雅的弧線，越過白雲的羽毛。我仰躺在乾燥的土地上，看著牠慢慢縮小消失。牠在空中創造出漂亮的花樣和塗鴉，如同岸邊波浪的渦漩形狀一樣轉瞬即逝。陽光十分溫暖，綠意入侵樹籬，雲雀引吭高歌，遊隼翺翔其上。這片土地終究心意堅定。

乘著山丘上方比較輕盈的氣流，遊隼一路向上，而我心滿意足躺在田裡的許多細碎聲音之間，等待牠回來。二十分鐘後，牠從東邊飄回，開始慢慢下降。牠在風中來回飛掠，繞著8字形，交叉越過步道上方，分別在田野的兩側上方繞圈子。每次繞完一個8字形，牠在步道上方以直線向前滑翔，乘著風的動作非常流暢快速，雙翼彎向後方。接著牠慢慢轉彎，進入下一個8字形。牠以長條的直線步道作為導引線。牠用這種方式下降了三百公尺，但即使幾乎就在頭頂上方，牠依然只是空中的一個小點。透過雙筒望遠鏡只能認出牠是一隻鷹。輕而易舉又莊重威嚴，牠駕馭著順風，透過翅膀的柔軟間隙穩定氣流，操控突如其來的波動，跨越擾流中的深陷處。

突然一陣衝刺，陡然滑降前往北樹林，破壞了原本的飛行線條。遊隼向下俯衝，很像一隻魚突然獲得自由。一隻斑尾林鴿飛在樹林上方，抬起頭看，失控轉向，但繼續往前飛。遊隼的黑點驟然下降，逐漸變大而顯現色彩，雙腳金光一閃，往前伸長發動攻擊，很像一把槍的後座力。灰色羽毛向前噴出，飄盪在空中。死去的鴿子搖搖晃晃掉到樹林裡。遊隼不見了。空中看似空盪蕭條。

下午稍晚，我找到那個獵物，仰躺在沼澤般的綠地上，位於高大細瘦的樺樹和鵝耳櫪之間。遊隼的足跡深深踩踏在泥土裡；鴿子的雙腳則很乾淨。已經挖空見骨，宛如一艘象牙白的船。

三月二十二日

雲層很高，寒風冷冽，風勢把視野吹得清澈。果園的雄遊隼，於中午十二點，停棲在老地方的榆樹上，下方有聒噪不休的烏鶇和蒼頭燕雀。牠乘風起飛，定點鼓翼，在強勁的風勢中奮力振翅，透過徹底伸展的飛羽和尾羽縫隙可以看到天空。牠累了，滑向南邊，低飛穿越果園，然後飛出去越過田野。正在覓食的數百隻寒鴉和斑尾林鴿瘋狂飛起，衝到高處，四散奔逃，全部離開此地。寒鴉以螺旋形向東飛離，斑尾林鴿則飛向西邊，爬升到視線之外。

雄遊隼回到果園，繼續從樹梢觀察了一小時。等到烏鴉從一棵楊樹飛過來驅趕牠，牠才開始加速飛行，翅膀揮動的時間拉得更久也更加果決。從那時開始，牠變得活躍和機靈許多。遊隼的一天經常有某個時間變得很餓，但仍然不情願或還沒準備要狩獵。如果這種時候受到來自人類或圍攻烏群的干擾，牠的表現會像是終於消除疑慮，立刻開始大殺四方。

牠躲開烏鴉後，飛回榆樹上，就是我早先看到牠的地方。牠停棲的枝頭比剛才更高，身子向前傾，頭不時轉來轉去，抓握的雙腳也焦躁地動個不停。等到牠往下跳，高舉雙翼從樹上飛降，牠的眼睛緊盯著早已在果園裡看到的目標。牠飛得小心翼翼、安靜無聲，迎風飛行，然後慢慢滑翔出去，越過開闊的地面。牠停下來，在六公尺高的地方定點鼓翼，接著小心往下墜落，撲向牠的獵物。牠飛起的樣子很沉重，由低空飛過樹木之間，帶著一隻紅腳石雞，那是一對石雞的其中一隻，遊蕩的地方距離掩蔽處太遠。我追在牠後面跑。牠扔下石雞，但立刻又回來撿起。牠回來撿獵物的速度快得驚人。一眨眼的功夫，閃身落下又飛起。接著牠飛出果園，越過小溪，揮翅的動作既快又深，幾乎要沉落到靠近地面，然後再度升高，下垂又彈回的動作很像啄木鳥。一隻紅腳石雞的重量約為四百五十到七百公克。雄遊隼帶著牠至少飛了一公里半，時速介於五十到六十公里之間。

三月二十三日

今天與昨天相差一整個季節，由於強勁西風和柔和陽光，天氣溫暖，薄霧籠罩，泛黃的暮色帶有香氣。三百隻金斑鴴在河邊的草地上覓食，另外還有小辮鴴、海鷗和田鶇。牠們慢慢移動越過草地，很像吃草的牛隻。接著每一隻鳥都飛起，彷彿有一張網在下方扭轉縮緊，逼使牠們全部一起飛撲到空中。小型鳥類飛到樹上，海鷗和鴴科鳥類飛上天空。六隻田鷸跟著金斑鴴一起飛，也跟牠們一起在高空旋轉迴繞。

透過這樣漫天鳥翼飛舞，我看到一隻遊隼在太陽裡一閃而過，有一隻金斑鴴翻滾落下。我花了好長一段時間才找到牠，那時遊隼已經不知去向。金斑鴴承受了來自下方的攻擊。牠的側邊有傷口，彷彿有一把刀刃很薄的刀子刺進身體。遊隼已經從胸口吃掉一些肉。金斑鴴有一隻腳萎縮而失能。這很令人驚訝，遊隼竟然可以從一大群看似完全相同的鳥類之中，精準選出一隻畸形或不正常的個體。即使是最微小的身體弱點或羽色差異，都有可能對一隻鳥的逃脫能力造成很悲慘的影響。也許生病的鳥兒沒有期望能活下去。

我走進果園時，深色的雄遊隼在溪邊一棵赤楊樹上帥氣現身，看著我走在蘋果樹之間。牠飛向榛樹樹籬，而我在距離牠十二公尺的地方坐下來。我們對望了一會兒，但遊隼失去興趣，開始觀察草叢。等到牠以僵硬的姿態飛過我旁邊，從牠翅膀的敏捷推拉動作看來，我知道牠看到獵物了。牠懸停在空中，俯衝入草叢，飛起時腳上有一隻老鼠。牠帶著老鼠飛向橡樹枯木，在那裡進食，向後方斜斜仰著頭，觀察閃亮的南方天空，那裡有金色的雄遊隼滑翔飛向海岸，還有海鷗繞著圈子。等到迤邐綿長的鳥群通過山丘下方，牠也回到小溪。

牠在果園上方定點鼓翼，或者在赤楊樹上休息時，我一直位在非常靠近牠的地方，但牠完全沒有理會我。牠專注看著我腳邊的草叢，觀察或聆聽的某種動靜是我察覺不太到的，雖然我距離草叢只有兩公尺，而遊隼距離三十公尺。牠的雙眼跟隨那番動靜。突然間，牠的頭猛然抬高，快速飛過來，在距離草叢十公尺的上方定點鼓翼。牠往側邊轉身，縮起翅膀，然後俯衝。這番下墜只有兩公尺左右，但俯衝兩公尺和兩百公尺的技巧是一樣的。牠用力衝向草叢，不過沒有撞上，輕盈和安靜如同貓頭鷹。牠從草叢輕巧飛起，帶著一隻死去的大老鼠，前往一棵蘋果樹，咬個兩口就吞下，從頭部開始吞，然後是其餘部分。這一切全部發生在我面前不到二十公尺的範圍內，我甚至不必保持靜止不動。

牠休息了十分鐘，接著在果園的北半部上方懸停於空中，位於池塘和榛樹樹籬之間，那裡的草比較短。牠對地面進行徹底的巡弋，而且似乎比先前更熱中。吃了第二隻老鼠又增加牠的飢餓感。牠在強風之中懸停了半小時，沒有休息。牠只俯衝一次，結果失手了。陽光普照的果園非常安靜，泛著淡琥珀色的光。僅有的聲響是歌鶇和烏鶇的鳴唱，由於距離很遠而微弱，不時也有一隻紅冠水雞的叫聲，細小樹枝在風中發出吱嘎聲和沙沙聲。僅有的動靜，則是在陽光普照的通道上，遊隼修長翅膀的無聲揮動。對我來說是無聲的；但是對於短草叢中的小鼠，對於靜靜躲在樹下長草叢中的石雞，遊隼的翅膀會在空中發出刺耳聲響，就像一把圓鋸的強烈嘎嘎聲。牠們害怕無聲；一旦上方的轟隆聲響平息下來，等待的就是墜落的衝擊。如同在戰爭期間，我們學到飛彈轟炸突然安靜下來要感到害怕，知道死亡正要降臨，但不知究竟在何處，也不知目標是何物。

春日溫暖無雲，在柔和的陽光中，遊隼在蘋果樹的枝頭後方閃閃發亮，很像逐漸沉降的落日。我步行穿越果園時，牠跟著我，在上方定點鼓翼，希望我會幫牠嚇起某種獵物。我往下走到溪邊，一隻白鼬跑過來，跳過一叢叢青草和黑莓灌木，嘴裡咬著一隻水鼩，而且把水鼩抬得高高的，才不會在草中拖行。那隻蓬鬆的水鼩胖嘟嘟，渾身癱軟死去，體型比兩側削瘦的白鼬大了兩倍。很像老虎叼著一頭小公牛。我讓遊隼繼續耐心狩獵，也讓白鼬去吃牠的大餐。

對一隻雄遊隼來說，有晴朗無雲的天空、寬闊河谷、山丘、河口，還有大海本身；三十公里長的狩獵天堂，有上百萬隻的鳥類可供挑選，有三千公尺高的溫暖有風天空能夠飛行翱翔。對另一隻雄遊隼來說，同樣強壯，同樣的銳利嘴喙和尖利爪子，卻只需要一座果園的安靜角落，有青草和蘋果樹的一畝土地，幾隻小鼠，也許一隻石雞，蟲子，然後睡覺。牠似乎非常迷戀這片均衡的小樹林。牠很像一名賭徒，無法抗拒再丟一次骰子的衝動，滿心期盼自己即將時來運轉。

我沿著小溪步行，爬上溪岸到達橡樹枯木，看看金色的雄遊隼是否已從海邊回來。牠不在那裡，於是我在田邊一角坐下等待。一棵大橡樹的影子深深壓印在我前方的光禿地面上，我看得到小型鳥類的身形，在魅影般的枝葉頂端輕快跳動。我快要睡著時，一隻翠鳥飛過頭頂上方，降落到溪畔。我從沒見過翠鳥凌空飛過的剪影；總是看到下方河流反射的光線照亮牠們。高高飛過乾涸的土地，背後襯著雲朵的暗淡表面，牠似乎是隻虛弱無力、稱不上光彩耀眼的鳥。野生動物唯有在自己所屬的地方才是真正活著。遠離了那樣的地方，牠們可能像外來物種一樣繁殖興旺，但會一直回眸尋覓自己失落的家園。

下午一點，雄遊隼從東邊滑降下來，安頓在田地遠處一棵小橡樹上。我在黑刺李樹籬的陰影中匍匐前進，直到距離牠只剩四十公尺，而我背對著太陽。牠面對太陽，很快就變得昏昏欲睡，雙腳有點鬆弛。牠抬起一隻腳藏進羽毛裡，然後睡覺，不時醒來理羽和環顧四周。遊隼的睡眠很淺。牠們醒來，會是為了風中一片樹葉搖動，為了青草搖動的沙沙聲，為了影子變長和消失。牠們為了每一件事而逃亡，唯獨不是為了恐懼。

太陽低垂，遊隼閃耀著琥珀色的光芒，每一根羽毛都柔滑光亮，或在風中波浪起伏。牠在扭曲糾結的枝葉間閃閃發亮，很像華麗的銅器散發著金光。大眼睛從角落微微突出，垂直的鬢斑在那裡與水平的深色眼線彼此相接。眼睛周圍有裸露的藍灰色皮膚，每次遊隼轉頭就會白得發亮。橡樹和榆樹，上方的天空和雲朵，全都映照在那雙晶亮的墨黑色眼睛裡，彷彿把景物縮小，畫在光亮的表層上，如同雞蛋的蛋白一樣光滑。那雙眼睛異常慵懶。有時候似乎有淡淡的紫色果粉讓它們變得幽暗，如同雙筒望遠鏡的透鏡所塗布的礦物薄膜，或像李子暗色果皮上的果粉。

下午三點半到四點之間，遊隼變得比較機警，尾羽收起，雙腳動來動去，頭部快速轉動環顧四周，也抬頭看著天空。牠無預警起飛，在田地上空繞圈子，然後飛出去展開長距離的滑翔，一副想要展翅高飛的樣子。滑翔又變成向下俯衝，我連忙跟上，這時看到一對紅隼起飛映入眼簾，低飛於小溪上方。遊隼對牠們發動攻擊，而牠們一起鑽進一棵樹上。雄紅隼起飛離開前往南邊，叫聲尖銳；雌紅隼則待在樹上。遊隼飛向北邊，拎著其中一隻紅隼拋下的老鼠。那兩隻紅隼遭到攻擊，是因為雄遊隼目前正在捍衛領域，不能忍受有其他猛禽待在那裡。要不是看到那隻掉落的老鼠，牠有可能殺了其中一隻紅隼。牠無法抗拒自己本能的驅使，於是跟著老鼠落下並抓住牠。

遊隼回到停棲位置，但沒有徹底放鬆。牠的雙眼失去原本的慵懶。現在是淺褐色的憤怒目光，很像燦爛的冬日陽光射穿濃密的樹林。牠盤旋而上，飛進溫暖的藍色薄霧，然後順風滑翔離開。空氣沉悶，氣味香甜，彷彿花粉在風中飄盪。

我知道牠今天不會回來，而我周圍所有的鳥類也都知道。斑尾林鴿又開始到處移動。有一群飛越兩片樹林之間的田野，始終靠近地面，從來不曾超過一公尺的高度。牠們害怕俯衝，因為很多鳥都是從一片樹林飛到另一片時遭遇毒手。紅隼飛向那棵榆樹枯木，叫聲顫抖。在那棵樹下的蕁麻叢裡，我找到紅隼和遊隼掉在那裡的一些食繭。遊隼的食繭包含許多斑尾林鴿的羽毛，以及好幾大塊砂石，大小約零點三公分，有銳利的尖角和邊緣。在溪裡沐浴時，牠叼起那些石頭，用來協助消化。

我又花了一小時仔細查看遠處的稜線，這時身邊所有的鳥類都安心鳴唱和覓食。我受限於視野的禁錮，很羨慕遊隼能夠無邊際地探索天空。遊隼活在空中的曲線上。牠們圓滾滾的眼睛從來不曾看過我們人類眼中的蒼白單調。

河口的潮水漲得很高。隨著大地光線漸暗，滿潮海水的光彩讓上方的天空變得明亮。遊隼會對昏昏欲睡的涉禽發動攻擊，牠們一群群四散奔逃，漫天的水鳥翅膀遮蔽了落日，很像燃燒祭品裊裊升起的輕煙。

三月二十五日

白色的波浪席捲了熔藍色的海水，烙印在溫暖的海堤上。潮水正在上升。陽光普照的河口生氣勃勃，亮麗的水鳥一批批落下。花鳧漂浮游進小溪和海灣，或者在綠意盎然的沼澤上休息，顯得又大又白。赤足鷸和雲雀引吭高歌。小辮鴴匆忙奔走跳躍。環頸鴴對著海浪沉思，或者聚集在浪間飛翔，銀光閃閃，宛如魚群飛躍。有一隻沿著海岸越來越細的邊緣唱著低沉的歌聲，「咕——嗯—嘟，咕—嗯—嘟，咕—嗯—嘟，」翅膀傾斜且左右搖擺。穩重莊嚴的尖尾鴨漂浮於水位高處，褐色白色相間，有著貴族般的優雅，孤高，頸部細長。島上樹木環繞，讓穿透漫長地平線的白色海堤段落顯得柔和。遠方的杏花十分亮麗，很像珊瑚。

好幾對石雞從海堤那邊傳來乾啞的呼呼聲。剛開始，牠們乾澀的叫聲不太一致。接著，猛然拍動的翅膀開始發出一種逐漸減弱的低沉聲音，而隨著那些鳥滑翔飛向一處樹籬、降落尋找掩蔽，聲音也漸漸消失。牠們就像上緊發條的玩具，劈劈啪啪的聲音慢慢安靜下來。

春天的潮水淹沒鹽沼地的時候，涉禽飛上天空，閃閃發亮快速飛掠，環繞成灰色和銀色的圓盤，向外灑落宛如雨下，接著迴旋向上像是水域掀起的波浪。我持續聽到一種古怪的打呼聲，隨後還有啵啵冒泡聲，很像某人深吸一口氣然後漱口的聲音。我不時看到水中拖著一長串的氣泡。到最後，一隻海豹長著觸鬚的深色口鼻從水面冒出來，接著露出整顆光滑流線型的頭部。牠看著我，吸一口氣，然後下潛。慢慢地，牠濺起水花，環繞海灣到處閒晃，而且又在河口冒出頭來。真是美好的生活，一隻海豹，在這裡的淺水海域。如同很多空中和水中生物的生活，牠的生活似乎比我們的更美好。我們缺乏一個完全適合、自然歸屬的環境。我們一旦崩壞，沒有什麼能夠支持我們。

在海邊的礫石上，有一隻死去的鼠海豚隆起成一團，沉重得像一袋水泥。光滑的皮膚帶有粉紅和灰色斑點；舌頭是黑色的，硬得像石頭。牠的嘴巴大大張開，很像鞋底綴有釘子的舊靴子裂開了。牙齒看起來像陰森的古董睡衣袋的拉鍊。

我找到十六隻遊隼的獵物：三隻紅嘴鷗、一隻赤足鷸，還有一隻赤頸鴨，在海邊的礫石上；五隻小辮鴴、兩隻赤頸鴨、一隻禿鼻鴉、一隻寒鴉，還有一隻花梟，在沼澤上。花梟躺在一長排羽毛的末端，遭受俯衝的撕裂式衝擊而支離破碎。一隻紅嘴鷗已遭拔毛和吃掉，躺在一棟夏日小屋的平坦綠色草地上。牠躺在正中央，倚著一大團白色羽毛，很像枯萎花朵的周圍都是掉落的花瓣。

下午稍晚，一隻雌遊隼飛到河口降落下來；精瘦，威嚴，體形壯碩如同大杓鷸。上方遠處，一群群灰斑鴴在高空的陽光中閃閃發亮，很像游在一隻鯊魚前面的前導魚群。雌遊隼悠悠滑翔，然後開始升空高飛。乘著溫暖的西風，她盤旋向上，消失在遠方天空的藍色薄霧裡。什麼事都沒發生。潮水漸漸退去，涉禽聚集在範圍逐漸變大的海岸線。海鷗開始從陸地向外移動。半個小時後，我正透過雙筒望遠鏡看著一群椋鳥飛在頭頂上方高處，這時看到牠們下方有個黑點，沒有移動。黑點沒有移動，但變得愈來愈大。黑點變大得非常快。那是雌遊隼以極其驚人的俯衝向下墜落。直直向下朝我衝來，她沒有呈現一隻鳥的身形，而是像一顆墜落的頭，一個鯊魚頭從空中墜落。她發出微弱的颯颯聲，很快就凝聚成刺耳的哀鳴聲，很像風吹過高處電線的聲音。一隻大黑背鷗飛過上方前往海岸，一度遮蔽遊隼。牠的黃色嘴喙、紅色斑點，都在陽光下閃閃發亮；一雙冷酷蒼白的眼睛往下探看。牠擺出平常那種對一切都漠不關心的表情。傳來一陣巨大的猛烈重擊聲。海鷗彎曲變形，宛如燒得火燙的金屬。牠的頭搖晃垂落。雌遊隼撞擊牠的頸部。

經歷了漫長到幾乎像是慢動作的下降，最後這番猛烈的撞擊簡直快得令人眼花撩亂。雌遊隼用後爪勾住海鷗的頸部，將之撕扯開來。她顫抖著身子離開撞擊現場，很像砍樹時木頭碎片噴出去的樣子。接著她輕輕轉彎繞出，往上飛高到水域上方，重新恢復自制力。從三十公尺高處，海鷗緩緩滑落，在礫石上血流殆盡。雌遊隼降落在牠旁邊，開始進食。肉遭到剝除。裸露的骨頭怔怔面對天空，很像一艘失事船隻的船肋。

三月二十七日

在海堤旁邊的樹籬內，輕柔迴盪的哞哞聲從一棵矮橡樹傳來。那是一棵中空的樹，樹幹粗短，頂端的枝葉從中空的樹幹向外生長。我站在樹的旁邊，剛好可以看到一隻縱紋腹小鴞的頭頂從樹幹邊緣露出來。牠知道我在那裡，而過了一分鐘後，牠沿著一根樹枝往上走，看了我一眼。我們之間的距離大約是三公尺。牠眨眨眼；剛開始是兩隻眼睛，接著只眨左眼。牠用一種快速的屈膝動作，大幅度上下擺動，而且把脖子往上延伸，直到變得又細又長。牠眼睛上方的濃密白色眼線動來動去且皺起來。接著牠別開視線，彷彿突然間覺得很不好意思。

牠沿著樹枝再往上走一點，而且一邊走一邊看著自己的腳，然後又轉頭看了我一眼。我慢慢舉起手中的雙筒望遠鏡。貓頭鷹嚇了一跳，連忙低下頭。不過牠也感到很好奇，有幾分鐘的時間，牠直直盯著望遠鏡的鏡片。又大又圓的眼睛非常明亮，不過沒有顯露什麼眼神，彷彿是畫在牠的頭上。黑色瞳孔與鮮豔黃色虹膜的寬度幾乎是一樣的。牠常常眨眼，灰色的瞬膜非常怪異，彷彿喀嚓一聲蓋住眼睛一秒鐘，有如洋娃娃的眼睛閉起來的模樣。牠似乎無法清楚看見我。我覺得自己對牠來說沒什麼意義。我對牠來說，就像是用特殊的攝影技巧去拍攝熟悉的物體；如果不能從照片認出我，那就一點用處也沒有。牠漸漸失去興趣，開始看別的地方。牠突然就忘了我，拍著翅膀往下鑽入樹幹內。我在外面，牠在裡面，而牠沒有什麼話要對我說。

以體型這麼小的鳥類來說，縱紋腹小鴞的雙腿異常粗壯有力。看起來有點毛茸茸的，很像動物的腿。停棲的時候，整隻鳥看起來完全不成比例，很像一顆頭伸出兩條腿。我必須盡量不要擬人化，但不可否認的是，縱紋腹小鴞的模樣非常逗趣。飛行的時候，牠們只是貓頭鷹，但停棲時，牠們似乎是大自然的丑角。牠們自己並不知道，這是當然的。而這一點讓牠們顯得更逗趣，因為神情總是那麼生氣、憤慨，怒氣多到滿出來。牠們的利爪和銳喙就一點都不逗趣了。牠們是殺手。這就是牠們的本質。但每次看到有小鴞這麼靠近，又在樹木裡面，我就捧腹大笑。

薄暮時分，展開狩獵之前，牠們又變得不一樣。牠們的春天鳴唱像是木管樂器的單一音符，逐漸提高，空靈，充滿甜蜜的感傷。聽起來很像遠方一隻大杓鷸在夢中叫著。樹林裡暮色漸濃時，這種貓頭鷹隔著田野和河谷互相應答。接著春天夜晚降臨，瀰漫著冰冷青草的氣息。

我讓小鴞去睡個不安穩的覺，自己沿著海堤走向河口。平靜的陽光照亮了逐漸退去的潮水。在一片耕地上，有某種很像蛇的東西滑行又游動。那是一隻白鼬，正在跟蹤獵物的氣味，動作激烈又快速。牠在犁溝跑上跑下，跳過田埂，原路折回，繞個圈，扭轉身子，進一步往田裡挺進，接著又繞回來跑向邊緣。牠蹲下，跑動，彈跳，爬行，興奮地抖動身子，看出某種氣味的清晰色彩。有如一個人嘗試要逃離迷魂陣的模樣。牠跳到沼澤上，我看到白鼬的紅褐色背部起伏躍動，跑向一隻身懷重病的吃草兔子。兔子像陷入泥沼的牛一樣無助。不過白鼬沒有殺牠。牠存活下來，被自己那場私密死亡的恐懼所保護。

一對琵嘴鴨降落在海灣裡，先在空中煞車熄火了好一陣子，然後才衝進水中，嘩啦水花四濺。雄鴨的腹部是鮮豔的主教紫袍色，在陽光下閃閃發亮。牠在水裡沉得很深，沉重的嘴喙往下垂，就像尋血獵犬的雙下巴一樣；雄鴨的深色頭部閃耀著綠色光澤。

在礫石海灘上，我找到兩隻斑尾林鴿的遺骸，是某隻遊隼在不久前獵殺的。春天高漲的潮水，透過某種食屍鬼般的怪物，把大黑背鷗的無頭屍體掛在一片帶刺鐵絲網上，距離海堤很近。得手那樣的獵物很不簡單，即使是雌遊隼也一樣。大黑背鷗重達一點八到二點二公斤，雌遊隼則是零點九到一點一公斤。剝皮之後，海鷗屍體則與血肉完整的斑尾林鴿一樣重。這類大型海鷗是很會搗亂又心不在焉的殺手。看到死了一隻，我並不感到難過。

一群二十隻斑尾鷸在潮水之濱覓食，伴隨的有大杓鷸和灰斑鴴。有一隻斑尾鷸非常焦躁。牠飛過泥灘地，胡亂俯衝和盤旋，長長的嘴喙亂搖亂揮，很像擊劍選手的鈍劍。牠飄忽不定，從一群涉禽猛衝至另一群，飛撲過去急竄到牠們上方，把黑腹濱鷸嚇得飛起，也把鴨子從鹽沼地趕走。牠似乎故意模仿猛禽的攻勢。牠的動作顯然很像正在狩獵的遊隼。要是一直沒看到牠的長嘴，從遠處看去，我會錯以為牠是一隻鷹。奇怪的是，一小時後，有一隻雄遊隼從內陸匆匆飛來，俯衝那些涉禽，與剛才斑尾鷸俯衝的方式一模一樣。牠鎖定一隻斑尾鷸追逐了好幾分鐘，最後消失在島嶼遠方，依然緊追不捨。

到了四點，雌、雄遊隼一起在河口上方盤旋飛高。一隻鷺鷥從覓食的淺灘處飛起，以沉重的飛行動作前往內陸的巢位。我期待看到兩隻遊隼用馴鷹術書籍經常描述的神奇方式，對鷺鷥展開俯衝。但牠們沒有俯衝。雌遊隼沒有理會鷺鷥。雄遊隼則是從牠旁邊飛撲而過，由下方發動攻擊，像猴子一樣在牠周圍喧鬧叫著。等到鷺鷥被迫吐出一條魚，雄遊隼緊追其後，好幾次嘗試抓住那條魚，但沒有成功。接著牠往上爬升，與雌遊隼會合，牠們盤旋到視線之外，越過沼澤，往北邊飛去。

這天結束時，水面映照著月光。燦爛群星出現了，很多鳥類鳴叫著，河口對面燈火閃爍。西邊內陸上方的紅色雲層隱隱發亮。

三月二十八日

一整天颳著西南風。早晨太陽曬暖的熱氣流升高成雲。早上十一點，兩百隻斑尾林鴿從果園嘩嘩起飛，因為深褐色的雄遊隼從南邊飛抵此處。我才剛踏進果園的東端。我們在溪邊相遇。有一小時的時間，牠觀察且懸停，也停棲在很多棵樹上。牠抓到一隻老鼠。依我看來，牠顯然還沒有很投入，但讓我留在視線所及之處，我一移動，牠就跟過來或飛得比較高。牠已認定我所代表的意義，但究竟是什麼意義，我一無所悉。我是牠身邊動作緩慢、欠缺活力的同伴，就像卡利班之於他的愛麗兒[2]。

我每次看見牠，牠都試著往上飛高，但天氣條件一直不適合。牠的幾次嘗試頗為無力又猶豫。今天中午十二點半，牠再嘗試一次。爬升到九十公尺高，轉彎，然後乘風滑翔。牠想要把滑翔拉高成向上的盤旋，但飛行速度太快了。牠快速飛掠果園上方，雙翼往後彎折，俯衝向下，停棲於榛樹的樹籬。又經過半小時的焦躁飛行和懸停之後，牠回到樹籬。我坐下來，背靠著一棵蘋果樹，看著那隻拱著背、貌似不開心的遊隼。太陽火熱，青草乾燥溫暖。雲雀高歌，白雲飄過。下方的溪畔，一隻綠啄木叫著。遊隼抬頭看看天空，雙腳動來動去，低頭看著樹籬，然後飛起。

牠還沒有看到獵物。牠飛得非常輕盈、飄浮，雙翼就只乘著微風。牠像田鷸一樣傾斜身子閃身向上，靈巧地輕觸空氣，動作優美，追求雙翼能夠掌控滑翔的流暢度。

在果園山坡的低處，有一塊地方算是空地，沒有長出樹木，青草很少也很短。那裡的地面受到遮蔽而無風，於是有熱氣流湧升。遊隼在這塊空地上方伸展翅膀和尾羽，傾身慢慢繞著很長的半圓，然後順著風轉彎。牠越飄越遠，飛得更高。過沒多久，牠在果園北端的上方飛得高遠、細小、烏黑。歷經幾個星期的潛伏、停棲和懸停，牠得到解放、飄浮、極高：牠為自己爭取到自由。

猛然來個角度很小的轉彎，牠突然靜止不動，迎面頂風，位於三百公尺高處。足足有五分鐘，懸空不動，向後揮的翅膀緊繃收縮，像是固定在白雲上的黑錨。牠低頭看著下方的果園，頭轉來轉去，機靈，惡意，很像一條蛇從岩石後方探頭觀察。風勢無法撼動牠，陽光無法托升牠。安然固定在天空的裂縫中。

突然間，牠在空中鬆弛開來，撐直雙翼，慢慢盤旋得更高。放慢、穩定、平衡，然後再次靜止不動。牠現在是一個小點，很像一隻遙遠眼睛的瞳孔。牠平靜飄浮著。然後，就像樂音中斷，牠開始下降。

牠向前滑行，往左邊下降了六十公尺，然後停止。暫停了很長一段時間後，再往右邊下降六十公尺，然後停止。就這樣以垂直的之字形，不斷改變翅膀的掌控力，牠緩緩地沿著天空的垂直面下降。沒有猶豫或停止。牠就是下墜，然後再下墜，如同蜘蛛拉著蜘蛛絲，或者一個人拉著繩索往下墜。終於，漫長的下降過程結束了。牠回到了地面厚厚的空氣中。

我以為牠會休息，但牠再度飛高，到達開闊耕地上方，無法抗拒天空沐浴在陽光下的暖意。牠向上爬升的速度非常緩慢，因為仍然不熟練。牠的雙翼向外伸張，展開到最大的極限，頭也向前伸長，雙眼往上方觀察。最初繞行寬廣的圈子後，牠知道自己很安全。牠放輕鬆，再次低頭查看。在一朵大大的白雲下方，牠迂迴飛向北方，繞著又長又廣的圓圈逐漸飛高縮小。但牠不大願意離開果園，也就不會跟著白雲移動。牠慢慢滑翔回來，穿越三百公尺陽光普照的空中，停棲在小溪附近一棵樹上。經歷了四十分鐘的飛行之後，牠在那裡休息，但沒有睡覺。我靠得比較近時，牠也沒有注意我。牠沒有特別看著什麼東西。牠睜大雙眼，但是眼神渙散。牠飛向南邊，移動的樣子宛如夢遊，眼神恍惚向前凝視。牠的翅膀只是輕觸滑過空氣。陽光照耀著牠，宛如銀色的保護水層一樣發亮，閃耀著溼亮的紫褐色，很像雨後的深色耕地。

在一整排楊樹後方，牠繞著圈子，又開始爬升高度。這一次牠迎風而飛，朝向西北邊快速爬升，移動到河谷上方又遠又高的地方。滑翔，盤旋，懸停，划動，似乎終於掙脫了牠對果園的迷戀。自由！你無法得知自由的真義，除非你看過一隻遊隼自在飛翔於溫暖的春日天空，隨意漫遊，穿越陽光普照的所有遙遠境域。沿著河流兩側的斜坡，牠以威武的動作向上飛升。很像綠色大海裡的海豚，很像四濺水花裡的水獺，牠投身於深邃的天空瀉湖，上達高空的白色卷雲岩石。

等到我的手臂痛起來，再也不能看著牠，只見牠變成模糊的小點，從我明亮的視野之中消失了。我很快又找到牠，看到牠變得比較大。逐漸而穩定，牠變得越來越大。從河谷上方數百公尺高處，向下俯衝回到果園，看來還沒有準備好要徹底離開。牠從一個小點變成一團模糊，變成一隻鳥形，變成一隻鷹，再變成一隻遊隼；連接翅膀的頭部頂著風向下俯衝。一陣猛衝，一閃而現，雙翼呼嘯，牠往下飛到距離我十公尺的樹籬。牠停棲，牠理羽，牠左顧右盼；經歷了半小時的歡暢飛行，牠沒有疲累，甚至沒有遭受考驗。有整個河谷可供選擇，牠則選擇回到我目前站立的果園。有一種連結：無法理解，難以言述，但確實存在。

現在是下午四點。太陽依然溫暖，天空幾乎無雲。雄遊隼抬頭仰觀。順著牠的目光，我看到一隻雌遊隼從東邊盤旋而來。在純淨的陽光中，她緊握的雙腳，以及雙腳上方的淡色羽毛，散發出象牙和金色的光澤。整隻鳥完全閃耀著阿茲特克式的光芒，彷彿是以青銅鑄造而成，而非飄飛在天、羽毛輕軟和骨頭中空。她看到雄遊隼盤旋繞圈，於是從河口飛過來加入他的行列。這正是他的飛行目的。他從果園升空，而牠們一起慢慢從頭頂上方飄飛而過，遊蕩著，遊蕩又鳴叫。牠們刺耳的鳴叫聲重重衝擊著堅定不移的天空。遊隼剛到達渡冬的家園時經常鳴叫，等到要離開時也是如此。牠們原本繞著鬆散的圈子，此時慢慢縮小。牠們很快就開始高速繞圈，其中一隻比另一隻飛得更高。沿著又長又廣的弧線，牠們朝向東南邊爬升高度，幾度快速滑翔，中間穿插許多次深沉又猛力的振翅。每一次的行動都很急促又有力。陽光和風勢再也掌控不了牠們。牠們有自己的力量，最終也很清楚自己的路線。

此時牠們可以看到荷蘭的海岸線，位於一百六十公里外。牠們可以看到荷蘭須耳德河的蜿蜒河口、白色的堤防線，以及遠方閃閃發光的萊茵河，站在夜幕將至的陰暗處。牠們正要離開熟悉的環境模式，離開樹林和田野，離開河流和色彩繽紛的農田；離開河口，離開綠意盎然的小島和從未停止移動的蛇形泥灘；離開黃褐色的鹽沼地、突然筆直的海岸線、陽光耀眼的陸地邊緣。這些鮮明的影像縮小成緊密色彩所構成的一道彩虹，收藏在牠們記憶的地平線之下。其他影像浮現上來，至今就像扭曲的海市蜃樓，清楚浮現於大陸海岸線的漫長蒼白，浮現於此刻陷入黑暗的遠方島嶼，浮現於夜晚啟航的峭壁和山脈。

三月二十九日

兩百隻金斑鴴在逐漸生長的麥田裡覓食，聆聽著動靜，向前向下戳刺，很像大型的歌鶇。很多隻已經換成夏羽。牠們胸前的黑色羽毛在陽光下閃閃發亮，位於芥末黃色背部的下方，很像黑色鞋子有一半覆蓋著毛茛的黃色花粉。我在河岸邊找到一隻野兔的遺骸。牠已經死了好幾天。毛皮已遭剝除，剩下裸露的骨頭。遊隼的嘴喙把一些較細的骨頭咬出三角形的洞。遊隼找到野兔的時候，牠有可能已經死去且遭攝食，但更有可能是牠遭到兩隻遊隼一起獵殺。我以前曾經找到像這樣的野兔，通常是在三月，這時正在換羽的遊隼獵殺許多哺乳動物。

歐亞鴝在河流附近的樹林裡鳴唱，清透如春日河水，清新如捲曲清脆的萵苣嫩葉。就像大鍵琴的叮咚聲，牠們的鳴唱聲隱隱有種鄉愁的光輝。森林瀰漫著樹皮、灰燼和枯葉的氣息。道路的末端閃耀一圈冷冽的天空。一隻紅腹灰雀的雄鳥蹲坐於落葉松的下垂細枝。牠朝上方的細枝伸長脖子，扭轉嘴喙咬下一個嫩芽，發出細微的喀嚓一聲，默默咀嚼。接著牠低下頭，從較低的細枝咬下更多嫩芽。牠是紅黑相間的胖子，懶洋洋地吃著東西，偶爾使勁力氣唱出略顯沙啞的「嘟—嘟嘟」歌聲，一身胖嘟嘟輕輕抖動。牠像一隻吱嘎咀嚼的小公牛，吃著山楂樹的葉子。不過，看著牠用嘴喙拉扯扭轉咬下嫩芽的樣子，讓我聯想到遊隼扭斷獵物的頸部。無論摧毀的是什麼，這種毀滅式的動作並沒有太大差別。美麗是從死亡的墓穴幻化而來。

我前往小溪，尋找金色的雄遊隼。自從二十四日以後，我還沒有在河谷裡看過牠。下午一點，一隻紅隼在南樹林附近的田野上方定點鼓翼。牠的翅膀小心翼翼輕彈著風，很像手指頭輕輕碰觸火燙的鐵塊。那雙翅膀上下抖動，宛如一把火腿刀的刀刃。牠稍微降低高度，停住不動，翅膀從腕關節向後彎曲，淡色邊緣在陽光下閃爍。接著牠垂直陡降，彎曲的翅膀向上飄起，如同降落傘往下墜。（紅隼俯衝時，沒有像遊隼那樣把翅膀收在身側。）牠在最後一刻拉回水平，砰的一聲撞上草叢裡躲藏的某種東西。那個灰灰的東西渾身癱軟，掛在紅隼的嘴喙上，只見紅隼飛向一個鼴鼠丘，吃了起來。我走向牠時，牠立刻飛走，把獵物留在原地。那是一隻鼩鼱，非常嬌小輕盈。紅隼爪子緊緊抓住的印痕，依然顯現於牠柔軟的灰色毛皮上。我把牠放在鼴鼠丘上，希望等我離開後，紅隼會回來找牠。

我在枯木旁邊的歐洲春榆樹下等了兩小時，但遊隼沒有出現。有一種古怪的哀鳴聲開始從我上方的空中傳來，最初非常微弱，漸漸變得比較大聲。那是田鷸飛行的嗡嗡風切聲。我在十五公尺外的地方尋找牠的身影，但最後發現牠在將近一百五十公尺外。像雲雀一樣小，牠迅速繞著圈子，涵蓋很大的區域。牠在陽光下閃閃發亮，或像一顆黑鑽石劃過白雲。每隔二十秒，牠就會斜身俯衝，尾羽徹底張開，於是空氣擊打著尾羽，發出如梳子摩擦薄紙般的奇特顫音。有八到十個獨特的嗡嗡音符，第四或第五個音最大聲。那些音調漸次加強，然後隨著田鷸恢復水平繞圈而消失。那種聲音的嘹亮鮮明令人吃驚，像是巨大的飛箭一支接著一支從頭頂上方猛然呼嘯而過。那是一種不祥的聲音，彷彿上天準備傳達一段神諭。讓我覺得好像無處可躲。就這樣繞著圈子、風切聲嗡嗡作響了五分鐘後，田鷸降落到小溪附近的沼澤地。那裡在三月永遠都有田鷸，只要水位夠高就有，但牠們始終不曾留下來繁殖。

半小時後，嗡嗡風切聲又開始了。田鷸繞著圈子，直到比先前飛得更高，直到只算是還看得見。我看著牠的時候，覺得好像看到第二隻田鷸，繞著圈子往下降。但是透過雙筒望遠鏡，我立刻認出那是雄遊隼。牠快速爬升，飛向那隻田鷸。田鷸並沒有意識到危險，直到遊隼距離牠不到十五公尺。接著，牠的嗡嗡風切聲停止了，開始以陡峭的角度向上閃躲，就像受到驚嚇從地面起飛的樣子。遊隼在後面辛苦追趕。田鷸往下飛去，但遊隼立刻俯衝，迫使牠再度爬升。這樣的操控重複了十次或十一次，直到兩隻鳥都幾乎隱身於高空而看不見。牠們翱翔到河流上方非常高的地方，我都覺得田鷸差不多筋疲力盡了，只能為逃脫做最後的掙扎，墜入一大片蘆葦草原。牠掉下來的時候相當突然，彷彿遭到攻擊。牠翻滾著垂直墜落。遊隼則用比較流暢的動作斜斜往下飛，逐漸趕上田鷸。在河流上方一百五十公尺處，兩個剪影融合成一團黑色的鳥影，爾後再度往上爬升，最後慢慢回到溪邊。雄遊隼帶著牠的獵物前往榆樹枯木。牠在那裡拔掉羽毛吃了起來，這時陽光照亮牠羽毛輕飄的背部，呈現金色麥子的光澤。進食後，牠休息一下，接著向東飛去，前往牠停棲的樹木，一棵獨自佇立的榆樹，位於河口的一座小島。

三月三十日

雨勢一直下到午後兩點，接著是陣雨和霧氣和帶有水氣的陽光。我在下午三點找到遊隼，停棲在北樹林附近的一棵榆樹上。在溼氣中，牠顯得龐大而蓬鬆，不會飛遠。下午三點半，下起一陣滂沱大雨。遊隼面對著大雨，直到全身溼透，接著牠飛到一棵中空的樹上，爬進裡面，躲避風勢。等到雨停，牠慢慢拍翅，以沉重之姿降落到一片收割過的田裡，那裡有麻雀正在覓食。麻雀沒有四散奔逃，直到遊隼朝牠們衝去。牠輕鬆抓到一隻，帶著獵物飛上榆樹進食。牠那種緩慢、沉重的飛行方式很像烏鴉，麻雀就是因為這樣而受騙。

太陽出來了，遊隼開始把滴水的羽毛晾乾。有一團暴風雨從南邊延伸湧來。在雨聲劈啪的黑暗中，我看不到遊隼。雨水從一團紫雲落下，風勢增強。一隻白鼬跑過我旁邊，跳起來的時候伴隨閃電。牠嘴裡咬著一隻死掉的老鼠。

等到雨勢漸歇，溼透的草地升起霧氣。那裡到處都是雨停之後的漣漪和水泡，它們在流速緩慢的河水中尋找寧靜。遊隼不見蹤影了。黃昏將至，縱紋腹小鴞嗚嗚哀鳴。

三月三十一日

這天的日出時分涼爽又清澈，東邊薄霧些微透亮，有些微的雲。一隻活動到很晚的倉鴞在河邊搖擺身子，白色身影投射出黑色倒影。遊隼從上方滑翔而過，對著安靜的貓頭鷹向下俯衝。倒影搖晃、衝擊，很像白斑狗魚攪亂一池春水。貓頭鷹像小辮鴴一樣敏捷善躲，但牠飛得快多了；銀白的斜線閃爍劃破綠色的原野。遊隼從這番追逐向上飛高，翱翔於第一道陽光之中，繞著圈子往東邊飛去；貓頭鷹悄悄爬進中空樹幹的暗處。

兩隻小斑啄木鳥飛進一片落葉松林。我聽見牠們那種吱吱刺耳、有點悶響的叫聲。那些含糊而急促的音調要很費力才能發出；一種怒氣沖沖、略顯哽咽的嘶嘶叫聲。牠們停棲在很高的落葉松細枝上，相距約三十公分，用翅膀對彼此發出嘶嘶聲和拍打聲。接著牠們退避一點，做出芭蕾舞的姿勢。牠們站得挺直，一對形狀像葉子的翅膀伸展開來，顯露出翅膀腹面淡色羽毛的波浪狀斑紋，而嘴喙垂直指向上方。牠們看起來很像奇異的原始蝴蝶，在熱氣蒸騰的史前叢林裡，攀附在巨大的樹蕨上。其中一隻飛向一棵柳樹枯木。牠降落在柳樹的側邊，完全沒有減速，彷彿牠的大腳底部有很多吸盤。牠的橢圓形背部很像瓢蟲，幾道白色的閃亮條紋越過深色的背部，看起來永遠都像一道漆成白色的小梯子倚著牠的背部，留下溼溼的梯板印子。牠像擊鼓一樣快速敲擊枯木，發出一長串的嘎嘎聲，過程中只有短暫停頓。牠的嘴往後回彈的速度實在太快，沒辦法看清楚每一次的敲擊；抖動的頭部顯得模糊。牠的擊鼓動作比大斑啄木鳥稍微慢一點。牠飛到更高處，但沒有消失不見。只要多練習，一定能區分這兩種啄木鳥。耳朵的學習速度比眼睛更快。

擊鼓一陣過後，牠對樹木敲擊十幾次，速度很慢，很用力，非常響亮，牠把頭往後拉得好遠，於是必須朝向外側傾斜身子，兩隻腳完全伸直。第二隻鳥在附近跳躍，落定在樹木的另一側。兩隻鳥靜止不動維持了一分鐘。接著，第二隻鳥對著另一隻激烈拍翅，逼使牠離開，取代牠的測試員地位。如果小斑啄木鳥的擊鼓聲持續很久，會有一點點類似夜鷹的鳴唱聲，在共鳴和震動兩方面都像。毫無疑問，那種聲音是透過機械方式產生，是嘴喙對枯木製造出很像口吃的咯咯聲，但也會以某種方式與鳥類的鳴管產生共鳴。這樣就能解釋敲擊聲為何異常響亮。最響亮的擊鼓聲是將鳥嘴張大，用上喙的尖端製造聲音。

山丘樹林的綠色薄霧中，歐亞柳鶯和嘰喳柳鶯輕聲鳴唱。在冷杉造林地裡，隔著陰暗的光線，灰林鴞的碩大頭部上下擺動。有陽光閃耀的地方，就有藍色光影充滿了昆蟲嗡嗡鳴叫的暖意。透過樹林往山下看去，我可以看到許多小塊的田地，以及河流的深色痕跡。遊隼出現了，對一隻海鷗俯衝。牠們如同一段動態影像般掠過、閃過樹林，接著突然消失在黑暗中。

河口一片寂靜；沒有遊隼，沒有獵物。一對小辮鴴的叫聲穿越沼澤而來，雌鳥在草叢裡，雄鳥則縱聲高歌且展示飛行。牠飛行的樣子很像瘋狂小丑，橘色、黑色和白色飛快旋轉。牠的翅膀像是沿著地面如車輪般轉動，如同風車運轉。翅膀像魚鰭一樣收緊，又像觸手一樣揮動，同時眼看牠墜落、俯衝、爬升，與天空糾纏不休。

四月二日

春天傍晚；空氣溫暖，不甚劇烈，聞著有潮溼青草、新鮮土壤、田間農藥的氣味。現在比較少有鳥類鳴唱了。三月有很多鳴唱聲來自遷移性鳥類，牠們已經啟程回到北方。大多數的烏鶇和雲雀已經離開，但有一百隻田鶇還棲息在河邊的樹上。蘆鵐已經回到牠們的築巢領域。穗䳭的白色尾部成為深褐色耕地的亮點。遊隼的兩隻獵物躺在河邊。兩隻都是斑尾林鴿。一隻幾乎還沒碰過；貌似魚眼的那雙眼睛依然閃耀著強烈、狂熱的藍色光芒。另一隻則顯然已經被吃個精光。牠位於蘆葦叢深處，附近有一大堆遭到拔除的羽毛；只剩一堆無用的中空骨頭。

一隻燕子輕快飛過，映著轟隆作響的白色攔河壩呈現紫色，越過平穩的綠色河水則顯現藍色。如同平常的春天傍晚，沒有什麼鳥在我附近鳴唱，而所有遠處的樹木和灌叢則是高歌不斷。就像所有的人類，我彷彿行走在一個直徑百公尺的熾熱鐵環中，將周遭的生命氣息驅散。我站著不動時，它冷卻下來，慢慢消失。傍晚七點。在榆樹和山楂樹下，暮色已至。有隻鳥低飛越過田野，直直朝我飛來。牠從長草叢上方飛掠而過，很像一隻貓頭鷹。牠飛過來時，胸骨的深龍骨甚至觸碰並撥開了草叢。牠的雙翼輕鬆揮動，抬得很高，尖端幾乎在背部上方相觸。牠的頭很寬，像極貓頭鷹。牠穿越陰暗的田野快速接近時，有一種令人興奮的柔軟度和靜默的鬼祟感，非常奇妙。牠低頭看著草叢內，偶爾才會抬頭看看自己往哪裡飛。等到牠距離更近，我看出來了，那是一隻正在狩獵的遊隼，雄鳥，利用低飛的方式，想要把石雞嚇得飛出來。

牠看到了我，突然往右轉彎，振翅向上飛去，停棲在一棵很大的歐洲春榆上。最後的暗淡陽光照亮牠的寬闊背部，彷彿金縷衣那麼閃亮。牠很機警、渴望，沒有一刻靜止不動。過沒多久，牠就以流暢的動作向下飛撲，突然間搖擺晃動，轉朝北邊而去。牠降落在一條纜線上，在開闊田野遠處，在那裡待了十五分鐘。牠直直挺立，左顧右盼，在逐漸黯淡的光線中呈現龐大的輪廓，還轉頭望向左後方。接著牠飛到低處，快速越過耕地，飛到樹林後方，奮力揮動修長的翅膀加速破風前進。春日暮色；蝙蝠振翅的咯吱聲迴盪於泛著金屬冷光的河面上，像狐猴瞪大眼睛的貓頭鷹叫得像大杓鷸。

四月三日

天氣暖和。風把早晨陽光照亮的霧靄慢慢吹散。形成了一些雲，但又消散成湛藍晴空。一隻歐洲山蝠在河流上方飛了半個小時，捕捉著昆蟲，偶爾叫幾聲。陽光照亮牠毛茸茸的褐色背部，凸顯出很長的毛皮耳朵。我找不到遊隼。

大斑啄木鳥在南樹林十分喧鬧。有七隻一起飛出一棵樹，像小豬一樣吱喳叫個不停。牠們伸展著硬挺的翅膀，四散飄飛。牠們停在周圍的樹上，快速敲擊一會兒才作鳥獸散；亞登森林裡討人喜歡的小丑[3]。如果樹木的質地是對的，大斑啄木鳥的擊鼓聲會產生一種深沉空洞的聲音。牠看著樹木一會兒，慢慢向後傾斜身子，接著快速傾身向前。最初的敲擊之後，緊接著又是一陣快速的連串敲擊。嘴喙似乎只是從樹木彈開，很像一顆球的彈跳高度越來越低。敲擊動作漸漸變輕，嘴喙與樹木的距離也越來越近，直到最後，嘴喙幾乎停留在樹上，擊鼓聲也逐漸止息。牠等待著回應。牠可能在同樣的位置等了二十分鐘吧。一旦聽到擊鼓聲，牠立刻做出回應。

一隻茶腹鳾快步奔過山毛櫸的樹皮，隱藏得很好，直到牠開始唱起聲音圓潤的「於—於—於—於」。牠的背部與樹皮很搭配，胸部則是山毛櫸枯葉的顏色。牠也能唱一種嘹亮高亢的顫音，一種顫抖的機械式聲音，很像啄木鳥以擊鼓方式敲擊三角鐵。

四月初，只要有鵝耳櫪的地方，就有成群的歐金翅雀高聲鳴唱。很多都在北樹林陽光普照的矮林裡，懶洋洋地叫著唧唧聲和啾啾聲。有些則在厚厚的枯葉堆裡覓食，同場的還有蒼頭燕雀、大山雀、沼澤山雀和歐亞鳾。鳥群不時飛到樹上，振翅發出乾燥的沙沙聲，然後又靜靜飄飛而下，穿越塵土飛揚的光影格柵。金黃陽光閃爍搖曳，伴著細雨一般的鳥影。鳥群似乎透過纖細的絲線聯繫到一條巨大敏感的神經。只要有最細微的光線或動靜變化，牠們就有過度激烈的反應。突然間，我在牠們之間看到一隻臘嘴雀，身形圓潤，羽色出眾，是一隻雄鳥，厚厚的黃色嘴喙很像破冰船的船頭。牠鳴叫起來：一種是嘹亮堅決的「滋」聲，另一種則是把嘶嘶聲、唦唦聲和口哨聲全部組合在一起。我再次尋找牠的身影，但是找不到。我沒有看到牠飛來，也沒有看到牠飛走。就像其他貌似好鬥的鳥類，其實臘嘴雀生性謹慎又膽小。

藍鈴花香氣濃郁，與果園飄來的含硫氣味混合在一起。一隻大杜鵑從河流的方向慢慢爬升，沿著蜿蜒溪流而飛。牠飛進樹林，開始為期兩個月孜孜不倦的鳴唱。即使有人非常靠近，都可以清楚看到牠了，牠那種兩個音符的歌聲似乎來自內心深處。聲音依然模糊不清，就如同在遠處聽到時一樣。牠以一種瘋狂的專注力鳴唱著。牠的雙眼有種呆滯的眼神。橘黃色的虹膜，看起來很像一顆彩色珠子釘在牠頭上。牠是令人厭煩的求愛之鳥，永遠鳴唱不休，凝神諦聽牠的求偶對象那種聲如洪鐘的啼聲。在樹林裡覓食後，牠飛出來越過田野，立刻引來遊隼的追逐，遊隼可能等待已久，一直聆聽並確認牠的歌聲。牠躲回樹林裡，沒有再離開。只要有機會，大多數的遊隼都會獵殺大杜鵑來吃，可能因為覺得很容易抓到。

我跟隨的這隻是金色的雄遊隼，牠越過田野前往榆樹枯木，在那裡停棲了一小時，觀察著天空。下午五點，牠繞著寬大的圈子盤旋向上，開始爬升高度。牠飄向東邊，一邊鳴叫一邊低頭查看。牠叫了很長一段時間，彷彿離去的遊隼要對留下的遊隼泣訴牠的傷悲。接著牠滑翔出去，前往海岸。慢慢地，牠加速飛行。牠的移動路徑是一條巨大的拋物線，而還沒完成最後的垂直俯衝，牠早已消失於東方天空極度清澈的光線中。

一隻綠啄木在開闊田野的上方高飛鳴叫。一隻松鴉從一棵樹飛到另一棵樹，謹慎穿行於兩片樹林之間；這是自從十月之後，我第一次看到松鴉離開藏身處。銀喉長尾山雀由樹籬輕快跳下，從遊隼的獵物身上收集羽毛，用於築巢。就我所知，這些鳥類知道最後的遊隼已離開河谷。牠們擁有了我已失去的自由。

四月四日

綠葉白花的野櫻桃排列在通往小溪的綠徑上。紅腹灰雀一身蓬鬆的黑白鮮紅羽色，一閃而過，消失時叫著嘶啞的聲音。色彩到水邊就褪色了，陸地也結束於此。

天空灰灰的，但明亮隨著潮汐而飄入。雲雀高歌。這是一天最好的時光。暮色已經穿梭於遠處的樹木和樹籬之間。小溪和海灣一片平靜，未受干擾。鳥類的鳴唱和叫聲與潮汐的漲落和蕩漾融合在一起。我去那裡尋找遊隼。牠前一天傍晚離開河谷的時候已經很晚了，我覺得牠有可能在遷移之前停下來，沿著海岸進行狩獵。風向已轉回北風，這天相當潮溼寒冷。但河口太過寧靜，鳥類太過自在。平靜空曠的天空沒有遊隼。在海堤上，我找到一隻小嘴烏鴉的屍體。沒幾個小時之前，遊隼才剛獵殺牠。黑色羽毛覆蓋著染血的骨頭。牠看起來陰森可怕，頭骨破裂，眼睛遭到刺穿，嘴喙直指天空。牠只剩一個頭和一對翅膀。

下午三點，我突然覺得很確定，如果立刻前往海邊，大約十幾公里外，我應該會在那裡找到遊隼。這樣的確定感是很少有的，但感覺來的時候，就像探水人手中的細枝會向下彎曲一樣，令人無法抵抗。我動身前往。

似乎沒什麼希望。在寒冷的北風中，低空的烏雲十分陰暗，光線很差。潮水逐漸退到鹽沼地之外的遠處。田野就像遠方的大海一樣灰暗荒涼。陸地和海洋受到千錘百鍊，同樣都變得像是單調乏味的金屬。我喜愛孤寂，但這遠遠超越孤寂。這是死亡。

一隻花鳧躺在泥地上，閃閃發亮的樣子像是一只打破的花瓶；墨綠色和白色，栗褐銅色，朱紅色。胸口的羽毛已遭拔除，許多肉也已從骨頭撕扯下來；體內深處，鮮血溼潤。遊隼進食過了；牠還在附近嗎？我沿著海堤斜坡往上爬，從頂部小心探看。

牠在那裡，不到一百公尺外，停棲於一條高架的電線上，灰暗的內陸天空襯托出牠的輪廓。一定是我躲在海堤後面時，牠飛到那裡去。牠迎著風，等待夜色降臨，昏昏欲睡不願移動。一隻黍鵐從牠旁邊往上飛，努力擠出一種聲音乾乾的、虛弱的鳴唱。我走得更近時，黍鵐飛起，但遊隼沒有。到了二十公尺處，牠開始看起來不大自在。牠從電線輕輕飛起，一度縮起翅膀，轉個彎，順風滑翔。我沿著海堤旁邊的步道跑過去，看見牠飄落到籬笆的一根桿子上，位於堤防面向內陸那一側。我靠近時，牠朝向內陸移動得更遠一點，從一根桿子輕快地飛到另一根桿子。到了籬笆末端，牠飛向老舊海堤遠端的一小片有刺灌叢。

我躲在低矮的綠色堤岸後方，以雙手雙膝在地上踉蹌前進，前往我認為遊隼會待的地方，希望牠會留在那裡等我抵達。短草又乾又脆，帶有香甜氣息。這是春天的青草，如同海水一樣乾淨鮮明。我把整張臉埋進去，深深吸氣，吸入春天的氣息。一隻田鷚飛上天，然後又一隻金斑鴴。我趴著不動，直到牠們離開。接著我再次向前移動，輕手輕腳，因為遊隼正在傾聽。暮色開始緩緩拓展。不是冬天暮色的短暫狂野折磨，而是春天漫長緩慢的暮色。霧氣在堤防內飄移，聚集在田野邊緣。我得猜測自己與遊隼的相對位置。再前進三公尺，我決定賭一把。用非常緩慢的速度，我挺直身子，從堤岸頂部望出去。我很幸運。遊隼在區區五公尺外的地方。牠立刻看到我。牠沒有起飛，但雙腳緊緊抓住灌叢的有刺細枝，隆起的關節很緊繃，肌肉也顯得鼓脹。牠的翅膀變得放鬆，微微顫抖，處於起飛的邊緣。我保持不動，希望牠會放鬆下來，接受我在背光下顯得龐大的掠食者身形。牠胸口的長羽毛受到微風陣陣吹動。我看不出牠的羽色。夜色將至，牠看起來比真實的體型大很多。高貴的頭部稍微頷首，但立刻又抬高。這時，牠很快就放棄自己的野性，順服於我們周遭宛如黑水般湧現的夜色。一雙大眼望進我的眼睛深處。我在牠面前移動手臂時，那雙大眼依舊盯著，彷彿看著超越我之外的某種事物，無法移開視線。最後的餘光粉碎剝落。距離感沿著內陸榆樹昏暗的線條移動，漸漸逼近，最終聚集在遊隼暗影的後方。我知道牠現在不會起飛了。我爬上堤岸，站在牠面前。而牠沉沉睡去。

1 酸模（dock）是一種蓼科植物，葉片具有止癢解毒的藥用功能。

2 莎士比亞戲劇《暴風雨》（*The Tempest*）的人物，卡利班是主角普洛斯彼羅公爵的僕人，愛麗兒是精靈。

3 這裡指的可能是莎士比亞作品《皆大歡喜》（*As You Like It*），劇中的一個場景是亞登森林，女主角羅瑟琳遭到流放，帶著宮廷裡的小丑「試金石」前往森林，投奔同樣遭到放逐的公爵。

後記

羅伯特・麥克法倫／撰文

羅伯特・麥克法倫（Robert MacFarlane）是國際暢銷作家，作品獲獎無數，包括《心向群山》（Mountains of the Mind）、《野性之境》（The Wild Places）、《故道》（The Old Ways and Landmarks）。他的隨筆主要出現在《紐約客》（The New Yorker）雜誌、《格蘭塔》（Granta）雜誌和《衛報》（The Guardian）。他與音樂家和藝術家合作，包括強尼・佛林（Johnny Flynn）和史丹利・唐伍德（Stanley Donwood），他的作品也廣泛改編成電視節目、電影和廣播節目。他是劍橋大學伊曼紐爾學院院士。

《遊隼》五十歲了，但感覺像是昨天才寫成。自從出版以來的這半個世紀，這部凶猛的小書只以它的利爪把我們抓得更緊。如今它讀起來如同神祕的預言：對於人類世，對於滅絕事件，對於人類科技和大自然的糾纏，對於前景悲觀的生態環境，甚至是對於虛擬實境的預言。在古羅馬時代，「臟卜師」接受訓練的占卜形式，是檢視獻祭動物的內臟。貝克的書，不時出現內臟遭到剝奪的鳥類，也念念不忘預測和追蹤，是一部關於殺戮和預言的文本：從鮮血和內臟窺伺未來。他用內臟占卜出我們的現在，而我想它的預言能力還沒有全部用完。

《遊隼》書寫的故事非常出色，其核心有個神祕難解之謎。約莫十年期間，從一九五四到一九六四年，埃塞克斯郡一位患有近視和關節炎的上班族，名為約翰・亞歷克・貝克，追蹤著在他的家鄉大地上空狩獵的遊隼。他以騎腳踏車和步行的方式追蹤遊隼，透過雙筒望遠鏡觀察牠們沐浴、飛行、俯衝、獵殺和棲息。他學習預測遊隼出沒的地點，借助的智慧始於邏輯推理、止於本能直覺，是一段始於迷戀、止於著魔的關係。即使是一九六二到一九六三年的嚴寒冬季，都沒有阻止貝克繼續探索；當年從岸邊延伸出去，海洋冰封超過三公里，屋簷和樹上都掛著像矛尖那麼長的冰柱。在野外待了一天後，他會回到自家在切爾姆斯福德鎮連棟房屋的書房，寫下詳細的日記，全部的手稿加起來超過一千六百頁。

然後花了三年的時間，從一九六三到一九六六年，貝克將這些日記壓縮精簡成一本書，字數不到六萬字，寫成狂喜、暴烈、執迷的散文。日記是碳，而《遊隼》是鑽石：經過擠壓，它們變成書。他把十年濃縮成單一的「追鷹季」，並且「剝除外皮」，讓敘事「露出青紫的骨頭」，這是借用他早期詩作的用語。同樣的行動在整本書的過程中反覆出現：人類追遊隼，遊隼追獵物。結構不斷重複，散文也極富戲劇性。戲劇性大部分是由貝克投注於語言的特殊能量所引發。以語法來說，他的散文密布了隱喻、明喻、動詞和副詞；以重音來說，他的散文充滿了重音的音節。像這樣結合了鏗鏘有力的重音和超有活力的語法，產生一種讀起來令人感到震驚的風格。

難解之謎是：撰寫《遊隼》期間到了某個關頭，貝克回頭去看他的日記，把原本記錄遊隼野外觀察的所有頁面和段落幾乎全部銷毀。對於為何這樣做，他沒有留下隻字片語，也沒有留下原稿的任何版本。藉由這樣的編寫，他確保出書的時候是最理想的敘事順序，而且掙脫任何束縛，無法在閱讀時與真實世界相互對照。

觀鳥的人說起某一種鳥類的jizz（氣質）時，指的是各種特質的總和：包括身形、羽色、姿態、飛行方式、叫聲、棲地，於是能從一種大致的印象立刻認出牠來。一種鳥類的氣質就是牠的要點和神韻：把牠的各種特點凝聚成生物的複合特徵。貝克的風格也有它自己的「氣質」。我想，我在任何地方遇到他散文的某個句子，立刻就能認出是出自他筆下。形容詞和名詞硬是變成動詞；超現實的明喻；浮誇的副詞：這些特性構成他散文的獨特形態。「五千隻黑腹濱鷸……如雨點般降落到內陸，很像一大群蜜蜂閃耀著幾丁質的金光。」「北風在樹籬的交織格柵內冰冷清脆。」「四隻短耳鴞平緩飛出荊豆花叢。」一隻黃嘴的烏鶇「很像嬌小狂熱的清教徒，嘴裡咬著一根香蕉」。一隻斑尾林鴿死在冬日田野上「像花椰菜一樣呈現紫色和灰色」。我不曾服用迷幻藥：多虧有貝克，我不需服用。他的埃塞克斯郡就像服了迷幻藥所見的風景：色彩超級飽和，千變萬化如夢似幻，尺寸膨脹又縮減，大自然如同超自然。這些年來，貝克引發很多人的模仿，全都立志要即興發揮、顛覆自己，讓描寫的強度能夠與之媲美。我也曾是其中一員。然而相較於原著，我們的風格永遠都覺得很刺眼又造作：是由「輕量版貝克」所構成。

在《遊隼》的開頭，貝克描述一隻黑腹濱鷸遭到遊隼捕捉，遊隼以較快的速度從後方接近牠。他寫道：「那隻濱鷸看起來好似慢慢退回到遊隼身邊。牠逐漸進入遊隼的黑色輪廓內，沒有再出現。」這樣的畫面彷彿在外太空上演：大飛行器的拖曳光束逮住一艘小型飛行器，無情地將它拉進去。貝克作品的拖曳力道可堪比擬。它牢牢勾住讀者，於是他們不由自主地逐漸進入其中。就我所知，很少有書像這樣，沒有一個人讀了覺得無動於衷。絕對不是每個人都喜歡。我聽過有人說這本書很法西斯，因為它對北方、純淨和掠食的盲目崇拜。我知道有人很討厭書中那麼厭世，我更認為那是以身為人類為恥。但是沒有人懷疑這本書的荒涼、尖銳。

與一般認為是自然文化的許多事物不同，《遊隼》不能以被動的方式去閱讀。它令人氣憤難消，耿耿於懷。透過書中的殺戮儀式，以及敘述者吐露的自我憎恨，這本書對於用多愁善感的方式描述「大自然」提出譴責，這是本書在當代受到關注的原因之一。在大規模滅絕的時代，越來越難在純淨山峰和暴風雨掀起的浪濤之間，找到挽救方法或自我認知。雄偉壯觀和風景如畫，這些對大自然的老派感受，在人類世的標誌之下，已淪為近乎庸俗。貝克筆下的血腥大自然則與庸俗相去甚遠。它發生在萬物彼此摩擦的邊緣地帶，在交錯著中世紀田野風貌、無序擴張的郊區，以及鹽沼與海堤的混雜景觀裡。人類的經驗徹底去中心化，這符合本書的另一位書迷、哲學家約翰·格雷說的，人類生活的「無神論的神祕主義」。《遊隼》並不是「綠色環保」文學。它沒有為建立一種源於人與萬物共通性的環境倫理提供任何基礎。然而書中有強烈的願景，已將一種充滿希望的奇特力量傳達給許多讀者。

《遊隼》記錄了一種癡迷，也激發出後續的癡迷。多年來，我接收到很多故事，都是關於《遊隼》對個別讀者的影響。我以前的一位學生參加京斯諾斯村發電廠的抗議活動，她就把自己起而參與直接行動的決定，歸功於《遊隼》帶來的重要影響。有個人寫說，他成長的勞工階級家庭位於沃爾索爾市，「在英國的黑鄉地區[1]深處」，而他九歲的時候讀了《遊隼》：「一個全新的世界在我面前開展，當時處於一九八〇年代的後工業黑暗期。」他說，「完全就是由於這本書，我才知道有翠鳥在鎮上的運河岸邊生活，從那裡開始對人類以外的世界產生了終生的迷戀。」他持續努力，成為專業的環境保育人士，特別致力於將大自然帶入年輕人的日常生活。

好幾年前，我得知一位年輕音樂家在倫敦南部的一間空屋過著邊緣人的生活，是一個硬核龐克搖滾樂團的主唱。他是才華洋溢、內心混亂不安的人，對他來說，以傳統方式體驗「大自然」根本是無謂之舉。但他自己發現了《遊隼》，書中的黑暗憤怒說到他的心坎裡。他反覆閱讀，開始模仿貝克對遊隼的有樣學樣。有一次，在倫敦街頭一家俱樂部外面，他示範「護食」的動作，這種時候遊隼伸展雙翼，拱著身子趴在獵物上方擋住，不讓其他掠食者看到。一年夏天，我和他合作一項計畫，也有其他計畫準備再次共同參與。後來他在一間空屋吸食海洛因過量而過世，年僅二十三歲。他埋葬於康瓦爾郡的一處冬日田野，他的朋友把車子停在墓地附近，眾人以立體音響大聲播放他的音樂向他致敬，並放一本《遊隼》在棺木裡陪伴他。

沒有一本書——也許除了娜恩·雪柏德的《山之生》以外，它可說是《遊隼》的最佳雙胞胎，為它的黑暗提供光明、為它的空虛提供連結，也為它的傷害提供了愛。除此之外，沒有一本書對近代英國的地景文學產生這麼大的影響。羅傑·狄金[2]、提姆·迪伊、凱瑟琳·傑米、理查·梅比[3]、海倫·麥克唐納[4]、詹姆士·瑞班克斯[5]以及我在內的許多人都深知其力量。《遊隼》也漸漸拓展其領域。最近在德國出版上市，未來的版本還有中文、荷蘭文、西班牙文和希伯來文。

這本書的影響力並不局限於文學。目前有一家知名的歌劇公司考慮改編演出。一齣單人戲劇表演正在開發。十年前，作曲家勞倫斯·英格利希從倫敦一位朋友的書架上挑了這本書，隨意打開一頁。他讀到一隻貓頭鷹安靜狩獵的一段描述，深受散文裡「聆聽」的強度所吸引。「這本書改變了我的人生。」英格利希於二〇一五年回憶道。對他來說，它標記了「二十世紀的轉捩點」，在那個時刻「體認到人類塑造自身環境時扮演的角色」。為了回應，英格利希製作了一張專輯，我第一次聽到時，對於它缺乏活力和光彩感到很驚訝。為了回應《遊隼》對於缺乏的關注，英格利希反倒用冰霜般的低頻聲與高亢的弦樂音，譜寫了一首失去熱情、光芒散盡的配樂：一種白灰色的半衰期聲景。

英格利希寄了一本《遊隼》給德國導演韋納・荷索。荷索讀了書，大感驚訝。此後他經常寫到和提到這本書，如今在他的「流氓電影學校」指定它為唯三的必讀書單之一，另外兩本是古羅馬詩人維吉爾的《農事詩》和海明威的短篇小說〈法蘭西斯・麥坎伯短暫又幸福的一生〉。荷索用ecstatic（狂喜）這個詞的根本意義來描述《遊隼》：不只是著迷或狂熱，而是真的極度興奮、跳脫自我。他指出，有些時刻「你看得出來，（貝克）已經完全進入一隻遊隼的存在狀態。而我拍一部電影的時候就是這樣，我跳脫自我，踏入『*ekstasis*』，這個希臘字描述你踏出自己的身體外面，到達外面的一個點」。

《遊隼》對電影創作者的吸引力是顯而易見的：它擁有異常純淨的視覺、突然快速的拉近鏡頭（如同俯衝般的鏡頭）、廣大的視野，以及靈活轉動的視角。對荷索的吸引力也特別容易理解，正如他在很多部電影裡受到癡迷、極端和荒野的吸引，包括《陸上行舟》、《灰熊人》、《荷索之祕境夢遊》、《冰旅紀事》。多年來我一直很疑惑，就是荷索為何還沒有拍《遊隼》。終於在二〇一五年，我寫信向他詢問有沒有打算要拍。「如果有人能拍，那人應該是你。」我說。我寄一張照片給他，一張是我家這邊的遊隼停在一座教堂的尖塔上，而遊隼獵殺的一隻白色鴿子，身體遭到斬首，內臟清除一空，任憑牠掉落到下方的人行道。荷索隔天回信，大方回答但執著堅定。「拍成劇情片會很不對勁。有些文本永遠都不該碰。格奧爾格．畢希納的小說《倫茨》[6]就是一例。事實上，如果有人嘗試要把《遊隼》拍成電影，都應該不經審判直接槍斃。」啊。好吧。訊息收到，理解。

二〇〇四年《紐約書評》經典系列讓《遊隼》恢復印行，我在書中寫了一篇序，描述它「不是關於看一種鳥的書，而是關於變成一種鳥的書」。貝克本人經常提起一種類似的轉換過程，寫到如何藉由跟隨和模仿這些原始的儀式，「獵人變成他所狩獵的獵物。」然而十三年過去了，我不再認為《遊隼》是一本關於「變成一種鳥」的書。如今看來，講得更精確一點，它是一本關於「無法變成一種鳥」的書。貝克確實很嚮往遊隼掙脫領域的經驗，希望如牠們一樣，生活在一個「沒有接觸就流逝而去的世界」。而且有很多極度認同的時刻，他發現自己「蹲著俯看（一隻）獵物，很像一隻護食的猛禽」。但隨著這些狂喜時刻而來的，永遠都是貝克意識到自己依附人類的臭皮囊而暗自神傷。一次又一次，主體和客體之間的距離幾乎要消弭了……卻只是再次遠遠拉開。貝克渴望能「像遊隼那樣思考」（改寫自美國哲學家湯瑪斯．內格爾在一九七四年做的著名思想實驗），但也知道他不能卸除自己的形體或脫離自己的物種。

貝克幾乎沒有對我們透露他自己的事。他是那種，英格利希形容得好，「敘述者的幽靈」。他幾乎不吃不喝，不睡覺，從不上廁所，除了野外和天空以外沒有其他生活，幾乎不描述自己的衣著或身體。以神祕主義的用語來說，他是一位苦修士，先消耗自己才能脫離肉身。以薩滿主義的用語來說，他的身軀預備要進行天葬。以虛擬實境的用語來說，他準備把自己上傳到雲端，轉換成純粹的虛擬人像。然而，無論如何想像，這種自我消耗的行為永遠沒有真正結束的一刻。因此，我們應該聽到很多祈求的話語散布在整本書裡，試圖藉由話語的力量進行召喚，使人類轉換成遊隼，像是「我是鷹」、「我們是一體的」，但它們終究是失效的咒語。這本書給人荒涼的感受，有一部分來自於渴望發生這種神奇的蛻變，卻是徒勞。

一九四〇年七月一日，當時貝克十五歲，英國的空軍大臣發布「遊隼撲殺令」。成鳥和亞成鳥都遭到射殺，雛鳥在巢內遇害，蛋被打破，鷹巢遭毀。這項命令附屬於戰爭時期的緊急防禦條例：皇家空軍轟炸機的機組人員經常帶著傳信鴿上飛機，咸認遊隼對這些傳信鴿帶來太大的威脅。如果一架飛機在海上迫降，又無法透過無線電傳達位置，就會把腳上綁著標籤的鴿子放出去，報告他們的位置。遊隼可有可無，飛行員則非如此，於是遊隼必須死。撲殺令執行了六年，那段期間大約有六百隻遊隼遭到射殺，還有不計其數的雛鳥和蛋遭到摧毀。在某幾個郡，特別是英格蘭南部，遊隼幾乎遭到全面撲殺。等到撲殺令在一九四六年解除時，英格蘭地區的遊隼築巢、繁殖數已減少到戰前數量的大約一半。

等到下一次較大的人類威脅又出現時，英國的遊隼族群都還沒從戰時大幅減少的狀況完全恢復。一九五六年，就是貝克開始觀察鳥類的兩年後，那場危機的第一個徵兆變得明顯，越來越多配對的遊隼無法孵出雛鳥。農業使用有毒的有機氯化物殺蟲劑，用量最多的是DDT，逐漸累積到食物鏈的上層。受害的猛禽成鳥死亡率增加，蛋殼也變薄到無法留住的程度。結果在一九五〇年代末期和一九六〇年代初期，以猛禽專家德瑞克．雷克里夫的話來說：「族群數量嚴重暴跌的速度和程度，都極少在脊椎動物界見到。」到了一九六三年，英格蘭南部據報有遊隼居住的地區只剩下三處，蘇格蘭和威爾斯的族群數量也像自由落體般崩跌。貝克在他書的前段寫道：「如今在英國渡冬的遊隼很少，在這裡築巢的更少，猛禽的舊巢漸漸消失。」貝克也知道使用殺蟲劑和遊隼死亡之間的關聯，因此他在書中針對他所稱的「暗中受農藥汙染的花粉」，發出憤怒噓聲。雷克里夫後來指出：「假如進一步的下跌持續未控制，英國遊隼可能在一九六七年左右滅絕。」正是《遊隼》出版的那一年。

隨著遊隼逐漸消失，埃塞克斯郡的地景也遭遇了自從圈地運動[7]以來最劇烈的變化。城市的成長造成綠帶外擴與斷裂，而英國在戰後推動大規模田地耕種和農業自給自足，導致數千公里的灌木樹叢遭到破壞。我們從貝克的信件和詩作得知他對埃塞克斯鄉間的深刻情感，特別是大巴多村和西漢寧菲爾德村之間的內陸地區，因此他面對鄉村的分崩離析感到極大的痛苦。一九五〇年代初期，貝克寫了一首名為〈失落的王國〉的抗議詩，詩中迴盪著豪斯曼[8]與克萊爾的呼聲。貝克在詩裡寫道：

一切都改變了，
遍及綠色田野，
橫亙著長排的紅色鮮明屋頂。
它們建築在我的童年夢境之上，
再也無法恢復我青春歲月生氣勃勃的田野。

然而，還有一種更大的威脅縈繞在《遊隼》裡，超越單一物種在單一鄉郡的滅絕，以及摯愛大地的荒廢毀壞。在瑞秋．卡森《寂靜的春天》著名的序言裡，一個虛構的美國小鎮受到一種「白色……粉末」的毒害，從天而降的樣子，「很像雪花落到屋頂和草地、田野和溪流。」那是農藥的「粉末」，但當然也是放射性落塵的灰燼。閱讀《寂靜的春天》很難無視於當時的冷戰背景，我也認為貝克這本書對核能的質疑不亞於殺蟲劑。貝克為他的書做研究的時期，正是原子彈和氫彈進行試爆的最初十年期間，寫書的期間則碰上古巴飛彈危機。布拉德韋爾海濱的大型核能電廠是在一九五七年開始建造，剛好位於貝克追鷹領域的中心地帶，而電廠於一九六二年在那裡開始運轉。他的散文受到核能焦慮的撕裂：在這本書裡，死亡一次又一次從天而降，經常也有人認為大地會發生規模擴及全球的「燃燒」和「垂死」。

鳥類和軍人，或者以奧登[9]的話來說，是「飛鷹和戴頭盔的飛行員」，這兩者在貝克心中永遠難分難解。為了尋找遊隼眼中的景象，他研究《英國：下方的風景》這本書裡的空拍照片。書衣封底的文字寫道：「鳥瞰的觀點提供了廣闊的全景……很多景象太廣闊了，從地面無法領略……置入一個全面的視角並重新審視。」貝克會對空拍機多麼著迷和震驚啊，這種新的掠食物種巡邏著我們的天空。我想像著他研究空拍機飛越上空的影片，讓他能透過閃亮的動態畫面看見「沒有接觸就流逝而去的世界」。我想，有件事不會讓他感到意外，就是有很多空拍機／無人飛行載具以猛禽來命名：包括「歐洲鷹」和「上升科技隼」、以色列英若康公司的「隼眼」，以及，是的，特勵達萊恩公司的「BQM-145遊隼」。現在也可以看到歐洲的警方著手訓練金鵰「抓下」疑似與犯罪活動有關的空中無人機，貝克肯定也會冷冷地欣賞其中顯而易見的諷刺意味吧（金鵰具有視力和速度的優勢，能夠在無人機螺旋槳的迴轉之間發動攻擊，因此能避免腳部受傷）。

飛鷹和戴頭盔的飛行員在《遊隼》中難分難解，但兩者是不相等的。一次又一次，貝克很明確地區分人類的殺戮和動物的殺戮。前者是謀殺，後者是本能。「對野生動物來說，沒有什麼痛苦、沒有什麼死亡的可怕程度會超越牠對人類的恐懼。」貝克在書中最憤怒的段落這樣寫道。「我們是殺手。我們散發死亡的惡臭。我們身上帶著那種氣息。像冰霜一樣黏附在我們身上。我們無法將之剷除。」遊隼是演化所製造的殺戮機器，設計用來給予死亡，但服從於本能，意思是無須承擔罪責。人類可以制止自己，因此能意識到自己的罪責。

十五年前，人們對貝克的了解相對有限。部分原因是還沒有進行必要的研究，另一部分則是因為貝克刻意營造自己的神祕感。《遊隼》出版了幾個月後，他獲得英國藝術委員會頒發的一千兩百英鎊獎金，表彰這本書的成就。《每日電訊報》在一九六七年十二月七日報導這個獎項的消息：「十四人（這個獎的受獎者）之中最不尋常的是約翰．貝克，他住在埃塞克斯郡的一棟公營住宅，而且不願表明是哪個城鎮，以免鄰居發現他所做的事。他沒有電話，也從未離開自己的家。」

隨著對貝克的崇拜擴散出去且益發熱烈，他的生平就有更多方面變得為人所知。多虧有大衛．科本、詹姆斯．坎頓、馬克．科克、海蒂．桑德斯（貝克第一本傳記的作者）的努力，特別是約翰．范沙維，他煞費苦心收集和保存貝克的檔案資料，包括日記和書籍草稿；如今我們心中的想像填補得相當豐富。他的略傳約莫是這樣。貝克於一九二六年八月六日出生於埃塞克斯郡的切爾姆斯福德鎮，是一段不愉快婚姻的獨子。他的父母是公理宗的教徒：他的父親，從事的工作是電路設計師，苦於長期的精神疾病，原因是骨頭的生長壓迫大腦（他接受的治療相當殘忍，是腦葉切開術）。八歲的時候，貝克染上風溼熱，後遺症會持續終生。隨著貝克年紀漸長，引發的關節炎蔓延開來且益發惡化，到了十七歲，醫師又診斷出僵直性脊椎炎，這是急性關節炎的一種發炎形式，造成脊椎的肌肉、骨頭和韌帶沾黏在一起。可待因[10]有效，但不能消除慢性疼痛，貝克的關節還接受非常疼痛的長針注射「金療法」[11]，試圖減緩疾病的進展。但他的身體仍然被壓垮：他的膝蓋和髖部先開始，接著是雙手，在一九六〇年代飽受折磨：指節融合，手指開始彎曲，變得像爪子。

儘管病痛，貝克年輕時的照片顯示他是個快樂且友善的年輕人。一頭金髮；雙手插在口袋裡；總是戴著厚厚的眼鏡。伸出手臂攬著他的朋友；在戰時的酒吧裡喝醉擁抱；沿著海堤步行。他身高一百八十公分，聲音低沉，體格健壯，不過脊椎炎讓他稍微變矮。他熱中閱讀，勤於寫信：他在戰爭那些年寫的信，訴說著一位勇於探索知識且非常健談的年輕人，對於地景和文學投注最大的熱情。他經常花了好幾個星期的時間只寫一封信：他有一位朋友唐恩．山謬攤開多達六十四頁藍色信紙。開頭寫道：「親愛的山姆，這裡展開的，如果不是一封『很棒的』信，也保證絕對是一封『古怪的』信。很多主題會慢慢飄過這些紙頁；不明確的物質幻影，拖曳著沉重的意象雲霧……」信件的末尾用極富感情的字句描述「優美平衡的」埃塞克斯景致：「波浪起伏的綠色原野，高低不平的耕犁土地，甘美多汁的果園，松樹林叢，一排排優雅莊重的榆樹。」「美麗的事物包含一種平靜的永恆，以及一種觀看的永恆，」近視很深的貝克做了這樣的結論，充滿渴望。這樣的信件，以及范沙維所收集的貝克書房裡的藏書名單，完全顛覆了過去所認定的，他是工人階級學者或農夫詩人，是憑著本能直覺寫出一種鮮明的風格。貝克的閱讀範圍非常廣泛，而他閱讀的作品所包含的一些影響在《遊隼》中處處閃耀：泰德·休斯的《雨中之鷹》、傑拉德·曼利·霍普金斯的詩作、詩人休姆和路易斯·麥克尼斯、《舊約聖經》、詩人羅伯特·伯恩斯和小說家巴拉德等人。

一九五〇年代初期，在切爾姆斯福德鎮的汽車協會工作時，貝克遇見他的太太，朵琳，她在公司負責發薪水。他們在一九五六年十月結婚：婚姻持續了一輩子，沒有孩子，感情甚篤，雖然朵琳不時感到很辛苦（有人如此猜測）。同樣在一九五〇年代初期，有一位工作上認識的朋友，希德·哈曼，介紹貝克去觀鳥。過沒多久，貝克就開始獨自去觀鳥。只要有機會，他就騎車出去，騎上他的萊禮腳踏車，帶著卡其帆布馬鞍袋，認真找鳥，深入埃塞克斯郡海岸五百平方公里的地帶，那裡是他的「獵場」。他會經過從倫敦蔓延出來的工廠和廢車場，前往內陸田野和樹林，或者前往海邊的偏僻海堤和鹽沼地。

貝克會穿上他的標準觀鳥裝束：灰色法蘭絨長褲、開領襯衫、他母親織的套頭毛衣、蘇格蘭粗花呢外套、毛呢扁圓帽，與軋別丁布料風衣以抵擋壞天氣。他會帶一包三明治（朵琳做的）和一個熱水瓶（裝了朵琳泡的茶），以及雙筒或單筒望遠鏡。他也會帶一本筆記本，以及英國地形測量局發行的地圖，他會用原子筆在地圖上標示自己的觀察地點，用圓圈把一些大寫字母圈起來，像是K、P、HH、BO，記錄猛禽的種類。M代表的是Merlin（灰背隼），P代表Peregrine（遊隼）。他也會用墨水筆在地圖上畫出直線，將觀察範圍分成好幾個區域，都是搜尋一次能夠涵蓋的範圍：將一片地景大卸八塊（這是取出內臟的另一種形式）。觀鳥的每一天結束後，他會回家吃飯（朵琳煮的菜），然後上樓前往他的書房，將筆記重新整理和仔細描述。朵琳在他過世後回憶說，他是「很難伺候的顧客」，成年後變成「孤僻的人」。視力和行動都受限，也因關節炎忍受著幾乎不間斷的疼痛，他很容易就暴怒。

如果不知道貝克有雙重的身體不便，即受限的視力和僵直的身體，那麼就很難把《遊隼》讀得通透。遊隼是他夢想的圖騰，也是他的義肢，剛好在貝克弱化的方面臻於完美。他選擇迷戀的對象，是一種視力敏銳得驚人的鳥類，而且能夠達到地球上所有生物最快的速度。遊隼的眼球設計成很像雙筒望遠鏡，影像放大的程度約比人類的視覺多了百分之三十，讓遊隼能夠從高空偵察獵物，而且以時速四百多公里的高速朝獵物向下俯衝。

貝克無法以肉眼觀察的時候，就借助科技的協助：他的「美蘭達」十倍乘五十倍雙筒望遠鏡，他的輕便式「史都華」單筒望遠鏡。他寫道：「一副雙筒望遠鏡和一份類似遊隼的警覺心，能夠減少我的近視劣勢。」《遊隼》因此是提姆．迪伊口中「放大世紀」的產物。迪伊提起愛德華．托馬斯[12]，他在一九一七年春天於西方戰線[13]服役，剛好是《遊隼》出版的五十年前，而他提供了第一筆使用雙筒望遠鏡觀鳥的紀錄。托馬斯是炮兵營的前進觀察員，任務是觀察彈著點，向他的炮兵連回報位置，以便調整瞄準的方位。由於托馬斯從小就熱中觀察大自然，他的雙筒望遠鏡不可避免地從炸彈的爆炸處（「宛如一棵樺樹般豎立」，他在戰時的日記裡這樣寫）偏移到戰壕之間「無人區」一對碎步快跑的石雞，或者從兩架決戰的飛機移向一隻定點鼓翼的紅隼。然而，托馬斯使用雙筒望遠鏡有個風險：透鏡反射的閃光，有可能向德軍的狙擊手洩露他的位置，那些狙擊手專門選定觀察員為目標，於是有些人因為子彈射入雙筒望遠鏡的前方物鏡、穿過鏡筒再進入腦部而遇害。

在《遊隼》中，臉的前方通常有東西舉著：有某種物體或人工假體，介入眼睛和世界之間。影像透過面罩、面具、頭盔和透鏡而再現。我想到貝克的文風確實很像一種擴增實境面罩，像是文本的虛擬實境頭戴式裝置，能夠達成原本不可能的觀看和移動的精確度。這正是閱讀貝克的作品為何如此困難、如此不穩定的一個原因。他讓我們失去原本在世界上的立足基礎。地景轉換成平面，隨著我們行走而在周圍開展。他散文的活力和不和諧讓大腦很緊張，奇異的幾何學也讓眼睛如此。景深變得深邃又平坦，難以預測。聚焦的範圍傾斜又變平。視野誘人又退避。讀完貝克的作品後，抬起面罩，精疲力竭又心情振奮。

遊隼在英國沒有走向滅絕。科學救了牠們，文學也伸出援手。一部分原因是自然學家德瑞克·雷克里夫等人做的研究，探討殺蟲劑用量和英國猛禽族群蛋殼變薄之間的關係；另一部分原因則是瑞秋·卡森的《寂靜的春天》在全球造成的影響，DDT和其他有機氯化物遭到禁用。這項禁令對鳥類的生活產生相當重大的影響。雷克里夫在一九九一年指出這一點：

英國遊隼族群的現狀，從一九六〇年代初期的黑暗日子和悲觀預測呈現出最令人振奮的幸運翻轉。誰能想像到了一九九一年，有些地區的遊隼數量會超過渡鴉？我們很少有機會慶祝某個保育成功案例，但這一個案例可能比我們膽敢奢望的任何結果都更好。

然而，從雷克里夫如釋重負至今過了二十五年，從貝克的書出版至今也過了五十年，英國遊隼「保育成功」的故事看來既少了一點把握，也多了一點把握。

少了一點把握，是因為現在英國猛禽遭受的危害到達惡劣的程度，主要是驅趕松雞供人射擊的產業所造成。灰澤鵟在英國近乎滅絕，每年有包括遊隼在內的大量猛禽，在英國繫養松雞的地方及其周圍地區遭到非法殺害。目前山區的遊隼族群數量多半逐漸減少。

而多了一點把握，則是因為遊隼現在已經移入我們的城市，登上公共建設的數量越來越多。一九八〇年代以前，英國只記錄到少數的遊隼在人造建築上築巢，奇徹斯特座堂是已知最古老的巢位。一九九一年，有八對遊隼在人造建築上築巢；二〇〇二年，六十二對。二〇一四年，有遊隼築巢的人造建築根據估計有一百八十處，包括教堂、無線電塔，以及在布拉德韋爾半退役核能電廠的冷卻水塔上，距離半個世紀前貝克觀察鳥類的地方沒有很遠。遊隼築巢增加的情形在全世界城市都發生了。現在光是紐約就有超過十六對築巢，在橋的大梁上和公寓大樓的窗臺上。原來呢，磚頭、鋼鐵和玻璃，成為最佳的遊隼不動產。

沒錯，目前證實遊隼最能適應城市環境，或如德文所說的Kulturfolger，意思是「文化追隨者」。這種棲息在峭壁和懸崖的鳥類追隨我們的腳步，住上我們的摩天大樓和高層建築、我們的哥德式塔樓和我們粗獷的公共建築。對遊隼的生活來說，城市的條件是有利的。高層建築為狩獵提供了很好的優勢位置，也是築巢的安全地點。城市往往比開闊的鄉野更溫暖，也比較能抵禦惡劣的天氣，於是幼鳥和成鳥因為寒冷而死亡的可能性就會降低。幼鳥從巢中墜落時，有時候會有人類的雙手協助放回原處，讓這些幼鳥得到第二次機會。最重要的是，城市提供豐富的獵物，主要是鴿子類（另一種非常成功的「文化追隨者」）：遊隼甚至似乎在高聳城市的摩天大樓峽谷內，演化出新的狩獵和獵殺技術。逐漸累積這些優勢後，結果遊隼在城市可以更早開始、更頻繁，也更成功地繁殖。

遊隼已來到劍橋，我居住的城市。有一對遊隼在福爾伯恩村白堊礦坑的陡峭側壁築巢好幾年，距離我家約一公里半；在位處內陸的劍橋郡，那裡是你所能找到最接近海邊峭壁的地方。那些鳥偶爾會來市中心狩獵；我有一次看到朋友海倫．麥克唐納，現在是國際知名的猛禽作家，只見她興奮地匆匆跑過潘布洛克街，手裡拿著一副雙筒望遠鏡，一邊說著：「有一隻遊隼停在國王學院禮拜堂上面」，一邊跑過去。接著有另一對遊隼來到劍橋大學圖書館，這棟紅褐色磚造建築是現代主義的傑作，藏書兩百萬冊。牠們築巢在六樓的壁架上，不時會有血跡斑斑的鴿子羽毛旋轉著落下，掉在圖書館使用者的腳邊，而他們正準備推開青銅旋轉大門。在圖書館築巢兩年後，那對遊隼搬家到市中心一棟十九世紀哥德復興式建築，巢位在柏油路面上方只有大約六公尺高。牠們竟然在熙來攘往街道中成功養育了一隻雛鳥。

遊隼在那裡安穩定居，並以美妙的方式成為城市生活的一部分。一年有九個月，我每天早上經過教堂下方，遊隼喜歡利用教堂的尖塔當作瞭望點和拔羽毛的據點。有空的時候，我短暫停步，讓腳踏車倚著牆壁，拿出小型雙筒望遠鏡，試著捕捉鳥兒的身影。大多時候我看到一隻或兩隻都看到，停棲在東邊的尖塔上：燧石藍的背部，胸部和翼下有條紋，眼睛一圈和雙腳是浴缸橡皮小鴨的黃色。不時有鴿群從鐘樓像霰彈一樣炸開，讓我得知遊隼正在狩獵。有時候我帶朋友或訪客沿路走向繁忙的十字路口，說我有東西要給他們看，但沒有說明是什麼。接著我向上指著，很像蹩腳的魔術師拿出一隻真正的魔法棒。「看那邊，左手邊的尖塔上面……不是，那不是滴水獸，那是一隻遊隼，對，一隻遊隼，就在市中心這裡，就是現在。」我們瞇眼看著那隻不真實的生物，不可置信地搖搖頭，同時感受著牠與我們的親密接近和牠與我們的極大距離。

貝克是怎麼說的？「最難觀察的事物，就是真實存在的事物。」

1黑鄉地區（Black Country）指的是英國中部伯明罕以北和以西的地區，設有很多煤礦和鋼鐵廠，各種汙染很嚴重。

2羅傑・狄金（Roger Deakin）是英國作家和環境保育人士。

3理查・梅比（Richard Mabey）是英國自然作家，著有《植物的心機》（*The Cabaret of Plants*）等書。

4海倫・麥克唐納（Helen Macdonald）是英國自然作家，著有《鷹與心的追尋》（*H is for Hawk*）、《向晚的飛行》（*Vesper Flights*）等書。

5詹姆士・瑞班克斯（James Rebanks）是英國農場主人和作家，著有《山牧之愛》（*The Shepherd's Life*）和《明日家園》（*English pastoral: An inheritance*）等書。

6格奧爾格・畢希納（Georg Büchner, 1813~1837）是德國劇作家，小說作品《倫茨》（*LENZ*）題材取自他飽受精神疾病之苦、接受療養的真實經歷。

7圈地運動（The Enclosures）發生於中世紀到十八世紀左右。原本土地的所有權屬於皇室或教會，再分封給各地領主，讓佃農依照合約使用農地。後來由於羊毛業獲利頗豐，領主開始圈地，買斷農民的使用權而收回土地，於是地景發生很大的改變。

8豪斯曼（Alfred Edward Housman, 1859~1936）是英國古典學者和詩人，作品亟欲喚起英國鄉村的年輕一代突破自己的命運。

9奧登（Wystan Hugh Auden, 1907~1973）是英國詩人，此句描述出自他的詩作〈在我們的時代投以關注〉（Consider This And In Our Time）。

10可待因（codeine）是一種鴉片類藥物，具有鎮痛止咳功能。

11金療法（gold injections）是一種歷史悠久的關節炎治療方法，透過注射含金化合物來抑制免疫系統的過度反應。

12愛德華・托馬斯（Edward Thomas, 1878~1917）是英國作家，一九一五年入伍參與第一次世界大戰，一九一七年於法國的阿拉斯戰役不幸陣亡。

13西方戰線（Western Front）位於法國西北部邊境，一次大戰期間，德軍和法軍在此挖掘一連串壕溝互相對峙，不時有大規模戰鬥，最後德軍因為在這處戰線的失利而戰敗投降。

在埃塞克斯郡的海岸上

J·A·貝克／撰文

有個人站在高高的海堤上，孤獨的模樣很像古羅馬時代的百夫長，在陸地上的最後堡壘守望。海堤往北邊延伸而去，狹窄，平坦。在海堤的消失之處，那裡，聳立著灰色、形似麵包的聖彼得教堂，位於六公里外，但看起來似乎近得多。而看不見的，消失在教堂東邊泥土深處，躺著奧托納的古羅馬堡壘僅存的遺跡。往南邊望去，一道海堤也很類似，宛如逐漸消失的細線蜿蜒伸向地平線。在那上方，距離八公里遠處，是福內斯島暗淡模糊的形影，以及島上教堂尖塔的高聳尖刺。福內斯。這名字本身就帶著冰冷而終結的聲響。島上有鐵絲網，以及荒蕪。那就是未來。守望者迅速轉移視線。

在內陸，平坦的田野漸漸消失於第一片樹林，是成排的榆樹，種植成林。一公里多的空曠田野，有些仍然一片黑土，有些則種了一排排翠綠的四月玉米。農田分散各處。田地之間的藍色遠處是一片迷霧森林。很多雲雀在田野上空高歌，赤足鷸的叫聲從海堤旁那條延綿不盡的水道中傳來。面對海的方向，還看不到海，只有廣闊荒涼、安靜沉睡的鹽沼地，有一公里寬，並有一條長長的銀色溪流蜿蜒通往天際。一無所有，只有鹽分沼澤，雲雀、赤足鷸叫著，以及遠方地平線一隻大杓鷸的聲音。往東北方，鹽沼地變得比較窄。再過去可以看到泥灘地，正在覓食的涉禽很像一顆顆卵石，花鳧則像閃亮的白色石頭。在牠們上方，波浪形成一道輕盈飄渺的雲線。而在遙遠藍海上方，在十多公里外的陽光中閃耀的，是克拉斯頓村的建築物，很像世外桃源的一座座高塔。

這是丹吉村的海岸，南北向的海堤有十多公里長，外側的鹽沼地構成很大的弧形，再過去有大約八百公尺寬的泥灘地。也許是個嚴酷的地方，孤立，有些人會說是荒蕪。但寂靜是不得不然。那是非常古老的寂靜。似乎已經穿越天空緩慢沉降，歷經了無數個世紀，很像白堊石慢慢落下，穿越清澈的白堊紀海洋。已然安頓於深處。如今我們身處其中，我們為之著迷。每當陌生人來到這裡，很多人會說：「好單調。什麼也沒有。」然後他們便會離開。但這裡確實有些什麼。不只有數以千計的鳥類和昆蟲，不只有數以百萬計的海洋生物。這裡有荒野。

對我來說，荒野不是一個地方。它是難以言傳的本質或精神，存在於一個地方，如同夢境的原型一樣難以捉摸，但很真實，而且認得出來。它像小鹿一樣害怕地逃竄，只存在能找到庇護的角落。它現在很稀有。人類正在扼殺荒野，追殺到底。在英格蘭的東部海岸，這也許是它最後的家園。一旦消失，就會永遠消失。而它當然在劫難逃。山區，沼澤；有一段時間，有幾十年的時間，那些地方仍會庇護荒野。但這種狀況會走下坡。棲地可能看來大致相同：只是有一或兩個水庫、幾座水力發電廠、緊抓不放的高速公路、機場混凝土跑道的轟鳴聲。但荒野無法忍受這些事物。它像是遭到驅趕而走投無路的公牛，遭到鬥牛士手執長矛狠狠刺下，背上的帶刺短標槍帶來的疼痛令牠困惑，那些短標槍向外散開的模樣有如一頂荊棘做的皇冠，等待著儀式性的那一劍所帶來的最後一擊。

我走出去越過鹽沼地。這是一條古老的路徑，以木樁和繩索拉出路線，但有深溝要涉水，也有窄溪要跳過。紫苑、補血草、鹽角草和海茴香生長茂盛，濃密糾結的模樣很像石楠花。有大海的氣息，有泥土的氣息。鹽沼地在陰天是深綠色，陽光下是黃褐色。很多雲雀在高空鳴唱，空中有溫暖四月午後的淡紫色薄霧。海鷗懶洋洋地繞著圈子，不時叫個幾聲。巨大的白雲從海洋邊緣緩緩升高，但沒有再靠近一些。東風輕柔吹拂，不帶敵意。一隻紅隼在定點鼓翼：顫動並停頓，飄浮滑行，顫動並停頓；在狩獵的渴望與無窮的耐心之間保持平衡。越過鹽沼地的後方遠處，海堤現在只是一條低矮的直線。在那後方翻飛的幾個黑點是禿鼻鴉，飛在內陸深處隱而不顯的榆樹上方。此刻，一切都那麼平坦且無邊際，有如置身於陡峭山谷的底部，而陸地與海洋在四周升起。眼睛已經無法感知距離與深度。這裡是荒涼孤寂的，純粹無瑕的荒涼孤寂。

突然間，我來到鹽沼地三公尺高的陡峭懸崖。巨大的泥灘地平原延伸向地平線，褐色，或黃色，或是在有沙地或閃亮礫石的地方呈現漂白般的白色。大海現在顯得比較近，藍灰色，但仍在遠處，彷彿完全靜止且無害。但它其實正在推進。潮水已經轉向，廣闊的泥灘地逐漸縮減，海水漲得更高也變得更灰。我舉起雙臂，伸向地平線。數百隻涉禽騰空而起，彷彿被施了魔法般飛入天空。透過雙筒望遠鏡的明亮球面，天空流暢轉動，也與鳥類建立清晰的連結。綠頭鴨和小水鴨陡直飛起。在發亮的泥灘地上，大杓鷸和黑腹濱鷸和赤足鷸的叫聲此起彼落。一百公尺外，一隻環頸鴴尚未飛起。但牠以不太自然的動作搖晃擺動，柔軟豐滿的身體持續發出圓潤的叫聲，很像遠處的鈴鐺浮標敲出憂愁的鈴鐺聲。那隻鳥的距離比聲音近多了。遠方之外，海線之下，有些灰斑鴴還在覓食。從頭頂低處颼颼越過，水鳥群飛馳而下；牠們顫動閃爍著銀光，爬升成金棕色的麻花狀，宛如煙霧，接著如雨點般落下，如魚鱗般閃耀，又如魚鰭或弧形船帆的形狀，組合起來，散開消失。這時環頸鴴飛起來了。牠低飛掠過，一邊飛行一邊鳴唱。水鳥群安頓在泥灘地上；赤足鷸和雲雀再次縱聲高歌。

東部海岸在冬季時最純粹：來自冰期的刺骨寒風把雙手和臉龐吹得麻木，十二月微小的冬陽顯得虛弱，在寒冷神祕的黃昏降臨之前，西邊的內陸短暫地燃亮。幾株生長在這裡的矮小枯木，是東風遺留的骨骸。潮水高漲時，成群鳴叫的赤頸鴨和安靜的綠頭鴨，在潮水淹沒的鹽沼地上方漂來漂去，隨著波浪狀潮水的韻律而起起伏伏。黑雁的深色行列沿著天空之岸穩定划行。有時候，紅腹濱鷸和黑腹濱鷸在泥灘地的灰色鳥群向上射出，因為灰背隼的魅影一閃而現，由低處衝刺飛過泥地和沼澤，速度快到眼睛根本跟不上。比較少見的是，一隻灰背隼會飛得比較高，黑色的星形閃耀飛越白色天空，下方則是眾多鳥翼發狂喘氣振翅。海堤那邊的草長得很高，走過去有可能嚇起一隻短耳鴞。而動作流暢的褐色鳥類沒有遲疑，靜靜振翅飄飛離開，輕鬆緩慢的飛行動作似乎傳達一種尊貴的鄙視。這是個美好的春日，寧靜且放鬆。但在冬天有比較深遠的滿足感。一個人在那種時候非常渺小而脆弱，在天空的巨大力量和荒涼孤寂之下只是個畏縮的身影。

潮水湧入，泥灘地這時淹滿了水，依然閃亮清淺的黃色或褐色池水逐漸灌入灰色海水。此時該回到海堤了，再次涉水而過，置身於雲雀的連串嘹亮歌聲之下，置身於草地鷚傾瀉的顫音之下。大杓鷸和赤足鷸高飛鳴叫，如同數千年來牠們一直在這段海岸的活動，如同牠們在古老白堊紀海岸的鳴叫，遠在最早的人類出現之前。一個死去的乾癟物體害我差點絆倒。那是一隻紅喉潛鳥，油汙讓它黏結成團，幾乎認不出來，只剩鳥的軀幹。油汙發臭。那是一種殘暴的行為，我們現代暴行的變形受害者。牠也許出生於蘇格蘭海灣裡的某個島嶼，受到當地鳥類愛好者的呵護，守護到長大成熟，接著目送牠離開，美麗的生命擁有完全的力量和亮麗的身影，是一位來自荒野的使者：如今牠已經在此回歸荒野，像是跨越邊境卻受阻的亡命之徒被擠壓得殘缺不全。面對牠的死亡，我們不必用平庸政客的安撫語言來自我安慰。在漂浮油汙的貝爾森集中營，這隻鳥死得緩慢又駭人，就像上千隻其他鳥類的死法，就像上百萬隻更多鳥類可能在汙穢未來的死法。我的目光不由自主轉向福內斯島，望向未來。

我跌跌撞撞越過鹽沼地，太過憤怒而什麼事都看不清也聽不見。靜下心來一天後，我才又能看清那個無法抹煞的人類印記，又能聞到那種無法抹煞的金錢銅臭味。一隻黃鶺鴒在我前方輕快飛過，宛如一支明亮火把在陽光之中熊熊燃燒。至少似乎仍是乾淨的，仍是未受汙染的。然而，誰又能知道潛藏著什麼樣的化學恐怖災難，可能在那些亮麗羽毛的背後暗中作祟？

暮色降臨，潮水依然上漲。很快就會淹過鹽沼地。風勢漸漸增強。夜晚和風勢和潮水一起推進。在西方樹林後方，一片淡黃色的天空已然綻放；往東邊看去，大海的灰色線條上方有一條窄窄的紫帶。非常遙遠的地方，靠近一處樹木環繞的農場，一隻烏鶇唱著歌。慢慢的，光線在西邊集中起來，天空染紅。暮色飄降到逐漸變暗的潮汐上方。一隻燕子從海上飛進來，牠飛馳越過堤防時是藍色，隨著輕快飛向內陸而轉變成黑色。海鷗從陸地飛出來停棲；牠們一邊滑降到鹽沼地上一邊叫著。不過寂靜依然變得深沉，由於數百隻隱密鳥類的輕淺鳴叫而變得更加深邃。一隻石雞在陰影籠罩的堤防附近叫著，剛出現的一些星星懸掛在逐漸湧升的大海上方。福內斯島上的少數零落燈光一個接一個亮起，很像蠟燭燃燒照亮一輛黑色的靈柩車。我現在好像失去重量，懸浮於逐漸消散的白晝微塵中。當我跪在堤岸的春日草叢時，海洋的壯闊黑夜在我上方閉合起來。

十年之後，全世界最大的機場會建設在距此幾公里外的地方。然後，夜以繼日，無止境的轟擊或響聲會永遠撕裂這樣的寂靜，這最後的荒野家園也會被囚禁在無情噪音的牢籠中。被高速公路包圍，被巨大的機場城市遮蔽，這個地方的獨特性會徹底遭到摧毀，彷彿遭到炸彈轟成碎片。這種難以置信的野蠻行為不只會對我們造成傷害。令人悲痛的是浪費了這麼一個美妙的機會，一個能夠保留埃塞克斯郡海岸的機會，從舒布立內斯到哈威治，保護這一段海岸不要受到城市的進一步入侵，維持這個國家自然保護區不要改變。埃塞克斯郡已經歷了這麼多事；新的城鎮，倫敦的大規模成長和擴張，高速公路四處挺進。我們至少可以獲准保留自己家園最好的狀態，保留古時候鳥類出沒海岸的寧靜，這也是僅剩的寧靜了。我們現在能做的，就是試圖把僅剩的部分保留下來，於是有些野生生物才會存活。那麼，鳥類依然會如今天這般鳴叫，雖然叫聲再也不會傳到我們耳中。不過牠們早在人類誕生之前就在這裡了，牠們會忍受我們這些蠻橫行為帶來的陰影，等到我們消失，牠們會再次於陽光下振翅高飛。

——寫於一九七一年

致謝

編輯想要感謝以下人士分享他們對於貝克、他的家人、貝克眼中的埃塞克斯郡和貝克作品的回憶和看法：瑪格麗特・艾克松（Margaret Axon）、傑克・貝爾德、蘇珊・布魯克斯（Susan Brooks）、泰瑞和莫琳・巴特勒（Terry and Maureen Butler）、詹姆斯・坎頓、布萊恩・克拉克（Bryan Clark）、柏納和莫琳・柯伊（Bernard and Maureen Coe）、伊恩・道森（Ian Dawson）、愛德華・丹尼斯、葛萊梅・吉布森（Graeme Gibson）、克里斯和海倫・戈史密斯（Chris and Helen Goldsmith）、安德魯・霍爾（Andrew Hall）、喬治、赫塞汀（George Heseltine）、理查・強森（Richard Johnson）、理查・梅比、羅伯特・麥克法倫、理查・米恩斯（Richard Mearns）、安德魯・莫申、阿爾恩・歐森（Arne Ohlsson）、布魯斯・皮爾森（Bruce Pearson）、吉姆・佩林（Jim Perrin）、卡特里娜・波特歐斯（Katrina Porteous）、哈洛德・拉許（Harold Rush）、唐恩・山謬、多特・泰特（Dot Tait）、摩斯・泰勒（Moss Taylor）、約翰・瑟摩（John Thurmer）、羅傑・厄普沃德（Roger Upward）、麥可・華特（Michael Walter）、麥可・魏斯頓（Michael Weston）、肯恩・威爾德（Ken Wilder）、彼得・威京頓（Peter Wilkington）和賽門・伍德（Simon Wood），以及我們可能遺漏的其他人。

也要非常感謝我們的經紀人，吉爾・科勒里吉（Gill Coleridge）和卡拉・瓊斯（Cara Jones），以及哈潑柯林斯出版公司的克爾斯蒂・阿迪斯（Kirstie Addis）、強納森・貝克（Jonathan Baker），以及我們的發行人，梅耶斯・阿奇巴德（Myles Archibald）。

特別感謝大衛・柯本（David Cobham）的慷慨，把日記的原始手稿任由我們處理。

詹姆斯・坎頓	James Canton
海蒂・桑德斯	Hetty Saunders
《雨中之鷹》	*The Hawk in the Rain*
傑拉德・曼利・霍普金斯	Gerard Manley Hopkins
休姆	T.E. Hulme
路易斯・麥克尼斯	Louis MacNeice
羅伯特・伯恩斯	Robbie Burns
巴拉德	J.G. Ballard
軋別丁布料風衣	gabardine mac
希德・哈曼	Sid Harman
「美蘭達」十倍乘五十倍雙筒望遠鏡	Miranda
「史都華」單筒望遠鏡	J.H. Steward
奇徹斯特座堂	Chichester Cathedral
福爾伯恩村	Fulbourn

在埃塞克斯郡的海岸上

聖彼得教堂	St Peter's Chapel
古羅馬堡壘奧托納	Othona
克拉斯頓村	Claxton
紫苑	sea aster
補血草	sea lavender
海茴香	samphire
石楠花	heather
黃鶺鴒	yellow wagtail
舒布立內斯	Shoeburyness
哈威治	Harwich

四月四日

小嘴烏鴉	carrion crow

後記

人類世	Anthropocene
臟卜師	haruspex
約翰・格雷	John Gray
京斯諾斯村	Kingsnorth
沃爾索爾市	Walsall
娜恩・雪柏德	Nan Shepherd
《山之生》	*The Living Mountain*
勞倫斯・英格利希	Lawrence English
韋納・荷索	Werner Herzog
流氓電影學校	Rogue Film School
維吉爾	Virgil
《農事詩》	*Georgics*
海明威	Ernest Hemingway
〈法蘭西斯・麥坎伯短暫又幸福的一生〉	The Short Happy Life of Francis Macomber
《陸上行舟》	*Fitzcarraldo*
《灰熊人》	*Grizzly Man*
《荷索之祕境夢遊》	*The Cave of Forgotten Dreams*
《冰旅紀事》	*Encounters at the End of the World*
湯瑪斯・內格爾	Thomas Nagel
德瑞克・雷克里夫	Derek Ratcliffe
〈失落的王國〉	The Lost Kingdom
布拉德韋爾海濱	Bradwell-on-Sea
《英國：下方的風景》	*Britain: The Landscape Below*
歐洲鷹	Eurohawk
上升科技隼	AscTec Falcon
英若康	Innocon
隼眼	Falcon Eye
特勵達萊恩公司	Teledyne Ryan
金鵰	golden eagle
《每日電訊報》	*Daily Telegraph*

歐亞鴝	robin
二月十七日	
林岩鷚	hedge sparrow
藍山雀	blue tit
沼澤山雀	marsh tit
二月二十二日	
疣鼻天鵝	mute swan
三月二日	
大山雀	great tit
大斑啄木鳥	great spotted woodpecker
三月六日	
黃鵐	yellowhammer
三月八日	
灰澤鵟	hen harrier
三月十日	
紅毛公牛	redpoll
三月十三日	
槲鶇	mistle thrush
三月二十三日	
蕁麻	nettle
三月二十五日	
尖尾鴨	pintail
三月二十七日	
琵嘴鴨	shoveler
三月二十八日	
須耳德河	Scheldt
萊茵河	Rhine
三月二十九日	
歐洲春榆樹	wych elm
三月三十一日	
嘰喳柳鶯	chiff-chaff
四月二日	
穗鵰	wheatear
四月三日	
歐洲山蝠	noctule bat
臘嘴雀	hawfinch

威爾特郡	Wiltshire
契爾屯地區	Chiltern
科茲窩地區	Cotswolds
特倫特河	Trent
尼恩河	Nene
烏茲河	Ouse
華許灣	Wash
布雷克蘭區	Breckland
恆伯河	Humber
塞汶河	Severn
岩鷚	rock pipit
十二月二十三日	
小鷸	jack snipe
旋木雀	treecreeper
茶腹鳾	nuthatch
水鼩鼱	water shrew
十二月二十四日	
冷杉	fir
落葉松	larch
一月五日	
巴拉克拉瓦	Balaclava
驢蹄草	kingcup
藍鈴花	bluebell
毛金龜	rain beetle
一月九日	
家蝠	pipistrelle
一月十八日	
磯鷸	sandpiper
龍蝨	water beetle
一月二十五日	
白鶺鴒	pied wagtail
小鸊鷉	little grebe
中沙錐	great snipe
草地鷚	meadow pipit
蘆鵐	reed bunting
一月三十日	

冬青	holly
十一月十六日	
銀鷗	herring gull
澤鵟	harrier
白蠟樹	ash tree
十一月十八日	
雪鵐	snow bunting
十一月二十一日	
椴樹	lime
縱紋腹小鴞	little owl
水鮃	water vole
十一月二十六日	
指示犬	pointer
鸕鷀	cormorant
黑雁	brent geese
十一月二十八日	
蒼頭燕雀	chaffinch
十一月二十九日	
冠鸊鷉	great crested grebe
十二月十八日	
川秋沙	goosander
鵲鴨	goldeneye
白冠雞	coot
白秋沙	smew
十二月二十日	
戴菊鳥	goldcrest
花雀	brambling
朱頂雀	redpoll
十二月二十二日	
北肯特郡沼澤	North Kent Marshes
克利夫村	Cliffe
謝佩島	Sheppey
麥德威河	River Medway
科恩河	River Colne
密德瑟斯	Middlesex
伯克郡	Berkshire

十月九日	
白楊樹	lombardy poplar
白斑狗魚	pike
十月十四日	
鹽角草	glasswort
大葉藻	zostera
十月二十日	
蒼鷹	goshawk
十月二十三日	
中杓鷸	whimbrel
十月二十六日	
黍鵐	corn bunting
白眉歌鶇	redwing
十月二十八日	
小水鴨	teal
荊豆	gorse
十月三十日	
灰背隼	merlin
鷦鷯	wren
十一月四日	
紅腹灰雀	Bullfinch
十一月六日	
水獺	otter
十一月十一日	
家麻雀	house sparrow
十一月十二日	
紅胸秋沙	red-breasted merganser
紅喉潛鳥	red-throated diver
綠啄木	green woodpecker
黑尾鷸	black-tailed godwit
劍旗魚	swordfish
十一月十三日	
灰林鴞	tawny owl
十一月十五日	
小斑啄木鳥	lesser spotted woodpecker
大杜鵑	cuckoo

小辮鴴	lapwing
斑尾林鴿	woodpigeon
紅嘴鷗	black-headed gull
拉普蘭省	Lapland
石雞	partridge
花鳧	shelduck
大黑背鷗	great black-backed gull
赤足鷸	redshank
綠頭鴨	mallard
肩帶	shoulder-girdles
白鼬	stoat
小黃鼠狼	weasel
銀喉長尾山雀	long-tailed tit
短耳鴞	short-eared owl
椋鳥	starling
禿鼻鴉	rook
秋沙鴨	sawbill duck
鸊鷉	grebe
中央窩	fovea

狩獵生活

十月一日

紅腳石雞	red-legged partridge

十月三日

環頸鴴	ringed plover
三趾濱鷸	sanderling
蠣鴴	oystercatcher
彎嘴濱鷸	curlew sandpiper

十月五日

紅額金翅雀	goldfinch
白腰草鷸	green sandpiper

十月七日

雪松	cedar
長尾森鼠	long-tailed field mouse
擬鯉	roach

菲伊・古德溫	Fay Godwin
《埃爾梅特遺跡》	*The Remains of Elmet*
〈歌鶇〉	Thrushes
旋木雀	tree creeper
傑克・貝爾德	Jack Baird
英國皇家鳥類保護協會	Royal Society for the Protection of Birds, RSPB
《鳥類》雜誌	*Birds*
福內斯島	Foulness Island
馬普林沙洲	Maplin Sands
〈在埃塞克斯郡的海岸上〉	On the Essex Coast
《埃塞克斯郡鳥類情報》	*Essex Bird Report*
《荒野不是一個地方》	*Wilderness Is Not a Place*
安東尼・克雷	Anthony Clay
亞倫・麥奎格	Alan McGregor
《禿鼻鴉的好日子》	*High Life of the Rook*
《反嘴鷸回來了》	*Avocets Return*
《乘著冒險的翅膀》	*Adventure Has Wings*
丹吉村	Dengie
默西島	Mersea Island
「托利卡尼翁」油輪	Torrey Canyon
七姊妹海崖	Seven Sisters

開端

山楂	hawthorn
黑刺李	blackthorn
白柳	willow
赤楊	alder
北雀鷹	sparrowhawk
田鶇	fieldfare
田鷸	snipe

遊隼

寒鴉	jackdaw

瑞秋・卡森	Rachel Carson
《寂靜的春天》	*Silent Spring*
三一路小學	Trinity Road Primary School
愛德華・丹尼斯	Edward Dennis
約翰・特瑪	John Thurmer
唐恩・山謬	Don Samuel
普通教育文憑	General School Certificate
高等中學文憑	Higher School Certificate
柏頓牧師	Rev. E.J. Burton
綽號「麵團」	Doughy
威爾斯北部	North Wales
康瓦爾郡	Cornwall
牛津郡	Oxfordshire
帕丁頓	Paddington
斯托昂澤沃爾德	Stow-on-the-Wold
《觀察家報》	*Observer*
狄蘭・湯瑪斯	Dylan Thomas
〈蕨山〉	Fern Hill
蘭迪德諾鎮	Llandudno
《匹克威克外傳》	*The Pickwick Papers*
約翰・米林頓・辛格	John Millington Synge
《西方世界的花花公子》	*The Playboy of the Western World*
哥爾威灣	Galway Bay
阿倫群島	Aran Islands
大巴多村	Gt. Baddow
西漢寧菲爾德村	West Hanningfield
柏納・柯伊	Bernard Coe
亞當・福爾茲	Adam Foulds
《獨立報》	*Independent*
泰德・休斯	Ted Hughes
肯恩・沃波爾	Ken Worpole
《烏鴉》	*Crow*
《牧神記》	*Lupercal*
《沃德沃》	*Wodwo*
《摩爾敦日記》	*Moortown Diary*
《季節之歌》	*Season Songs*

碧域飲料公司	Britvic
《埃塞克斯郡鳥類情報》	*Essex Bird Report*
紅隼	kestrel
德比座堂	Derby Cathedral
山鷸	woodcock
俾利教區	Beeleigh
鷦鷯	wern
烏爾廷村	Ulting
山登溪	Sandon Brook
哈洛斯路	Hurrell's Lane
縱紋腹小鴞	little owl
鼩鼱	common shrew
褐頭山雀	willow tit
灰斑鴴	grey plover
翻石鷸	turnstone
黑腹濱鷸	dunlin
青足鷸	greenshank
斑尾鷸	bar-tailed godwit
紅腹濱鷸	knot
鼠海豚	porpoise
金斑鴴	golden plover
夜鷹	nightjar
柳鶯	willow warbler
落葉松	larch
紅冠水雞	moorhen
歐石鴴	stone curlew
歐金翅雀	greenfinch

關於作者

企鵝出版公司	Penguin
布萊恩・普萊斯—湯瑪斯	Brian Price-Thomas
達夫・庫珀獎	Duff Cooper Prize
英國藝術委員會	Arts Council England
「國家圖書館」系列	Country Library
莉茲・巴特勒	Liz Butler

專有名詞對照表

（依出現順序整理。書中註釋未出現專有名詞，於此處附原文供參考。）

導讀

J・A・貝克	J. A. Baker, 1926-1987
《遊隼》	*The Peregrine*
《夏之丘》	*The Hill of Summer*
安德魯・莫申	Andrew Motion
大衛・科本	David Cobham
賽門・金恩	Simon King
埃塞克斯郡	Essex
切爾姆斯福德	Chelmsford
芬奇利大街二十號	20 Finchley Avenue
瑪爾堡路二十八號	28 Marlborough Road
威佛瑞・貝克	Wilfred Baker
潘希・貝克	Pansy Baker
「克朗普頓・帕金森」工程公司	Crompton Parkinson
愛德華六世國王學校	King Edward VI School
柯林斯出版公司	Collin's
切爾姆河谷	Chelmer Valley
馬爾敦鎮	Maldon
黑水河	Blackwater River
丹布利山	Danbury Hill
鵝耳櫪	hornbeam
歐洲栗	sweet chestnut
小巴多村	Little Baddow
赤狐	red fox
約翰・亞歷克・貝克	John Alec Baker
朵琳・葛蕾絲・貝克	Doreen Grace Baker
柯伊	Coe
英國汽車協會	Automobile Association

遊隼

自然文學經典，追隨幻影的詩意凝視

The Peregrine

作　　者：J．A．貝克（John Alec Baker）
譯　　者：王心瑩

副 社 長：陳瀅如
總 編 輯：戴偉傑
責任編輯：翁淑靜
特約編輯：沈如瑩
封面設計：Javick Studio
封面繪圖：李政霖
內頁排版：洪素貞
行銷企劃：陳雅雯、張詠晶

出　　版：木馬文化事業股份有限公司
發　　行：遠足文化事業股份有限公司（讀書共和國出版集團）
231新北市新店區民權路108-4號8樓
電　　話：（02）22181417
傳　　真：（02）22180727
電子信箱：service@bookrep.com.tw
郵撥帳號：19588272木馬文化事業股份有限公司
客服專線：0800-221-029
法律顧問：華洋法律事務所　蘇文生律師
印　　刷：呈靖彩藝有限公司
初　　版：2025年9月

定　　價：480元
I S B N：978-626-314-851-2（平裝）
978-626-314-854-3（EPUB）

有著作權．侵害必究（缺頁或破損的書，請寄回更換）
特別聲明：書中言論不代表本社／集團之立場與意見，文責由作者自行承擔

Originally published in the English language by HarperCollins Publishers Ltd.
under the title THE PEREGRINE: 50TH ANNIVERSARY EDITION
Afterword by Robert Macfarlane
© 2017 J.A. Baker
Translation © Ecus Cultural Enterprise Ltd.2025, translated under licence from HarperCollins Publishers Ltd.
J.A. Baker asserts the moral right to be acknowledged as the author of this work.
ALL RIGHTS RESERVED

國家圖書館出版品預行編目

遊隼 /J ·A ·貝克 (John Alec Baker) 著 ; 王心瑩譯 . --
初版 . -- 新北市 : 木馬文化事業股份有限公司出
版 : 遠足文化事業股份有限公司發行 , 2025.09
面 ; 公分
譯自 : The peregrine.

ISBN 978-626-314-851-2(平裝)

873.6 114009361